失控智能觉醒

樊迦 著

上海社会科学院出版社
SHANGHAI ACADEMY OF SOCIAL SCIENCES PRESS

目 录

第一章	001
第二章	030
第三章	048
第四章	069
第五章	103
第六章	125
第七章	147
第八章	174
第九章	201
第十章	215
第十一章	231
结 局	278

第一章

宁　澄

　　夜色渐逝。站在淋浴间的喷头下,感受着热水带来的舒适,疲惫的宁澄用手轻轻擦开附在玻璃上的哈气,看到初升的太阳将那轮橙红色的阳光打在冷蓝色天际边缘。在二十五岁生日刚过的第三天,她知道自己又要迫不得已第 N 次去另一个城市寻找平淡生活了,不由得长叹了口气。很快,热水混淆着哈气,将淋浴间的玻璃窗又遮盖住了。

　　淋浴间外空气投影仪不断地响起声音,刺激着她本来就敏感的内心,一周前那场由机器人制造的爆炸案,媒体铺天盖地地充斥了机器人病毒论与克隆人阴谋论。

　　也许这一切对于普通的太北市民来说,可能是一个有距离的威胁,尽管他们身边站满了机器人,也担心机器人会伤害到自己和家人的生命,但他们与媒体不同,依然相信机器人失控只是个案,政府最终会处理好一切。

　　与普通市民不同,宁澄其实早在机器人爆炸案前一两天,便有所察觉。她首先感到的是自己颈椎深入到骨髓的地方,开始隐隐作痛。一开始她还以为是那颗植入的微型芯片发生了病变,但紧随其后的一些关于父亲的噩梦和那场惊天的爆炸案,令她意识到这并不是简单的疼痛。所以,三天前她突然下定决心,要在今天离开太北市,远离这个正在被危险逼近的城市。

　　稍微把浴室的窗户拉开了一点,向外望去,看到一架架轨道飞行器穿梭在楼群之中,外面还算平静,于是又把窗户关上。她擦干了身子,用浴巾勉

强裹住纤弱的身体，推开浴室的门，一股寒意令她稍微打了个哆嗦。

这时空气投影仪在客厅中投射出的采访画面的声音被放大很多，她看到一名金发女记者问道："我想请问该机器人制造的爆炸案是否有可能是火星克隆人情报部所为？这是否会影响到我们与火星克隆人的和谈进程？"

"爆炸案不会影响到和谈，我们不能让更多的将士死在火星那糟糕的地方。对于这起案件是否与火星克隆人有关，政府一定会进行详尽的调查。"影像里的机器人情绪监控中心及外交部政府官员，尽全力解释着，其实他所知道的未必比宁澄多。

"小倪——换个台！"宁澄说着话，穿过投射在空气中的影像，哆嗦着身子坐在梳妆台前，从镜子里看到机器人倪东盘腿坐在那堆昨晚收拾好的行李包裹中，盯着影像发愣。

宁澄又把视线转回到镜子里的自己，她猜自己肯定是遗传了母亲南部人的特点，个子不算太高才一米六几，并且身材不算性感，所以她对此一直挺遗憾。

不过，继承了遗憾，也会继承优点。宁澄的优点便是怎么吃都不会胖，她看看镜中自己苗条的身材，这简直是拉仇恨的利器，任何一个吃货都会憎恶自己的。

刚得意了片刻，她忽然注意到自己的机器人倪东，并没有听从她的嘱咐换台，继续盯着屏幕发呆。

"我刚才说什么呢。小倪，你就不能换个台么？为什么偏要看这个！"不想再听到关于机器人爆炸案的讨论，宁澄脖颈深处的那颗芯片，又牵动着她一阵疼痛，她终于朝机器人倪东怒吼了一声。

"对不起！因为现在才早晨七点多，你喜欢看的超级挑战和明星访谈这类节目，全都没有开始呢！"

听出宁澄发怒了，机器人倪东虽然把声音调小了不少，但依然没有换台。他转过头用灰色的眸子凝视着她，宁澄明知道那透出温柔的眸子背后，是一套电子处理设备。但还是犹豫了一下，没有多说什么。因为她总觉得自己的这个机器人，是一个懂得真正情感的机器人。他不像其他机器人，总是对主人的命令无条件服从。

他总有自己的想法，这种独立的想法，甚至还在一次车祸中，挽救过她的生命。那次倪东不顾宁澄的命令，没等救护飞行器来，便执意砸碎玻璃窗，将她从驾驶舱救出来。紧接着撞上来的油罐飞行器将她的小飞行器撞下引力轨道，她这才意识到倪东的独立判断多么准确。从那以后的三四年里，她便很少命令倪东，尽管有时她并不高兴，却还是会照顾一下这家伙的情感模块。

关于小倪的情感模块，宁澄一直感到非常好奇。因为当自己扑在他温暖的怀抱中哭泣，泪水流在他人造的黄色皮肤上时，倪东好像总能感受到自己的悲伤，用拇指轻轻地为自己拭去泪水；当他们躺在床上窃窃私语的时候，倪东还曾用鼻尖轻触着自己的额头，让她忘了，他是钢铁，是人工智能——是一个冰冷而又精于计算的机械。

她甚至还检测过倪东的情感模块，不过没发现什么问题。所以好奇也就在日积月累的情感中消逝了。慢慢的，她觉得小倪就是一个人。此刻，空气中的影像显现出制造爆炸案、并杀死德雷萨尔能源工厂长官的机器人臧莽，望见他那被扯掉半边脸皮的钢铁头颅和血红色的电子眼中透出的凶光，宁澄这才猛然一哆嗦，恍然自问小倪和这家伙又有什么本质区别呢？

这时影像里展示出臧莽的出厂日期，宁澄心中更是一阵紧张。但她还是尽量放轻松，像是随嘴一问说道："这家伙和你同一天出厂的啊？"

"嗯——我们认识，他当时在我后面，不过他是工业型机器人。"

倪东的回答很自然，他甚至都没多看宁澄一眼，依旧盯着影像中的臧莽。他不知道，恐惧正一点点萦绕上宁澄的心头。

因为对宁澄来说，一直以来温暖她、保护她的小倪，像一颗藏有定时炸弹的玩具熊一般，"滴答滴答"着就要爆炸了……

宁澄下意识哆嗦了一下，赶忙转过头，回到卧室换衣服，怕自己的担忧与恐惧被倪东那敏锐的电子眼捕捉到。她把牛仔裤提上，上身换上了新买的粉色阿迪达斯运动装，这时家里的门铃突然响了，宁澄镇定了一下情绪，走出卧室，看到倪东已经站在电子窥视孔前。

"谁啊？"

"还是昨儿楼下那家人，带物业修漏水的，昨天咱们不是出去了么。"倪东说话间已经把手按在门把手上，朝宁澄无奈地耸耸肩。

"这么早？"宁澄皱了下眉地，她家往楼下漏水是三天前的事了，这几天因为他们要搬离这里，要买很多东西所以总不在家。

宁澄本来也没多想，但就在倪东按下门把手的瞬间，她忽然意识到对方来了——那起爆炸案的连锁反应终于要开始了。紧接着门被人一脚踹开了。

倪　东

没想到门被打开的瞬间，那几个物业的水暖工人突然踹门，将没有任何准备的倪东，踹得往后倒退了几步，倪东的电子眼猛然缩紧，锁定了男子手中带着消音器的手枪。

紧跟着连续两声闷响，枪口中迸射出来的子弹，穿透了倪东的人造皮肤，一时间那颗如同钉子一般的程序坏死弹，直刺他的神经线缆，令他的平衡神经和四肢的运动神经瞬间失灵，芯片无法给四肢分配指令。

猛然间，他倒在地上，把鞋柜敞开的门挂掉了，电子视网膜显示：程序坏死弹进攻！程序坏死弹进攻！

无法反抗，倪东看到三个男人走进屋子，最后的人把门轻轻带上，他们看都不看自己，便直接奔向了想要逃跑的宁澄，一把攥住她的手腕，不顾她强力的挣扎，把她从卧室门口拽回到客厅。

那些人打开一个橙色的方形金属盒子，盒子里的基因验码器发出蓝色的亮光。他们将宁澄的手指在上面按了一下，基因验码器随即发出了"嘟"的一声长音，紧接着他们又拿出一个像超市手持扫描器的东西对准宁澄的后脖颈扫了一下。

这之后，宁澄被三个人控制在椅子上，为首的瘦弱男子，拉了把椅子坐在她的对面，态度看似平和，却十分生冷，温和的语气中明显带着威慑："你好啊，宁澄小姐，不好意思，用这种方式与你见面，实在是迫不得已。"

"什么意思？什么宁澄？你们找错人了吧？"宁澄在椅子上挣扎起来，但这一切是徒劳的，她被控制得很死。

眼睁睁地看着宁澄拼命挣扎，倪东非常想救她，但因为程序坏死弹，根本无法动弹。紧接着他发现宁澄的话仓皇无力，明显想要掩饰什么。

不理解她在掩饰什么，将宁澄这几天的反常行为联系在一起，倪东突然意识到宁澄肯定有什么秘密没告诉自己。

"你最好告诉我们云图数据的底层代码册在哪儿？否则，呵呵——"那人冷哼了一声，神色淡然。

"什么云图数据？什么底层？你到底在说什么？你们肯定找错人了。"宁澄一脸无辜，不住地摇头，但不要说想逃过倪东电子眼的判断，就是那几个有经验的男子，也能看出来她在说谎。

"既然你想尝试尝试，那我就满足你。"

为首的瘦弱男子从水暖工的帆布包中，抽出一叠粗糙的草纸，在宁澄眼前晃了晃，深吸了一口气，像是很享受的样子，微笑着说道，"我会把这叠草纸沾满水，贴在你脸上，你知道是什么感觉吗？——它会紧贴你的面部，让你慢慢地，慢慢地……"

"不是我不配合，是我真的不知道你们在说什么！"宁澄依旧摇头，尽管她知道草纸沾在脸上会是什么感觉。

为首的男子拎着一张草纸在一盆刚打来的清水中，来回轻漂了几下说道："那就准备享受窒息的感觉吧！"

"我真的不知道什么代码册……"宁澄竭力挣扎，倪东不理解她在隐藏什么，这时那沾满水的草纸被拎起来，水珠滴滴答答落在盆中。

"嗯——我相信你不知道！"

男子说着"呵呵"一笑，将草纸盖在了宁澄的脸上，跟着宁澄的呼吸沉重起来，她扭动身体，在椅子上使劲地挣扎。

不过这种挣扎的劲头，很快随着草纸数量的增多，渐渐变弱。过了一分钟，倪东不由得担忧起来，想要大喊，但程序坏死弹破坏了他的语言系统，令他根本无法出声。

这时，那男子将草纸从宁澄的脸上扯下来，得到空气的宁澄大口呼吸起来。男子又淡淡一笑，说道："现在你知道能够呼吸新鲜空气是多么痛快了？如果你交出云图数据底层程序代码册，你就可以像正常人一样生活了。"

"不！不！听我说！你们找错人了。"宁澄竭力的摇头，倪东还是不理解他们说的云图数据到底是个什么东西。

"是吗？好吧，不过这回时间会长一些。因为我们会拆完那个机器人再回来。"男子说完话，在宁澄的脸上贴了草纸，然后从设备箱中取出一把尖利的手术刀朝倪东走来。

眼见着男子蹲在自己面前，冰冷的刀刃触碰到自己的人造头皮，倪东无法躲闪，却并不感到害怕。这时男子说道："我想这个机器人，也许会给我们提供点关于云图数据底层代码册的线索。"

他说着话割开倪东的人造头皮，根本没察觉阳台有人影闪过并发出了一声轻响。

滕　翰

情报官滕翰把脚翘在桌子上，坐在宁澄家对面大楼的一间房屋里，盯着空气投影仪投射出的宁澄与那个机器人的影像，脸上一点表情没有。他的头上戴着一个透明的头罩，小腿下面绑着塑料袋，样子看起来非常诡异。

作为此次寻找云图数据底层代码册的主要负责人、一名在火星执行过暗杀任务的特种部队成员，一个成熟的情报官，他很清楚，现代的科技已经让人类可以通过任何一个遗留的发丝、皮屑甚至是简单的飞沫，追查到自己的DNA，令整个计划败亡。所以两天以来，他只是喝了一点水，连丁点可能带渣的食物都不敢吃。

此时影像中的自己人正准备对机器人下手，滕翰却不知为何猛地回忆起昨晚的那个梦。

梦里，他的妹妹靠着那处荒废的砖墙，紧拽他的衣袖抽泣着说："哥哥！不要再继续下去了，你不知道那个疯子在进行什么！"

轻抚着妹妹的秀发，看着她满身的鲜血，滕翰想对妹妹说：傻孩子！你不懂！你一直什么都不懂。

但话到嘴边时，他却猛醒过来，意识到自己做了个梦。他无奈地摇了摇头，自言自语地告诉妹妹，自己为什么要和一个阴谋家合作；告诉她那个阴谋家的背后蕴藏着什么样的能量；他会帮助自己复仇，血债必须要用血来还。

回忆起那个梦，滕翰摇摇头，扶了一下黑框眼镜，这时手下已经准备取出机器人的芯片，看起来一切进展顺利。

然而就在这时，他忽然看到宁澄阳台上闪现出另一个机器人，滕翰猛地站起来，刚想要用通讯器提醒手下人注意，但话还没来得及出口，那个机器人已经冲进屋中，接着空气投影仪里传来了枪声。

陈　灿

清晨，在富人区一栋阴森的别墅里，刑事检察官陈灿面对趴在桌子上的尸体，把手揣在兜里，浑身酒气听着法医的介绍。他的目光温和，完全没有任何检察官的凌厉，他时不时点点头，又时不时撇撇嘴，听着法医说："应该是临时起意做的，刀子很钝，估计是切面包的餐刀！"

"嗯——"陈灿稍微点了下头，礼貌性地表示自己知道了。他将因枪伤不能太伸直的右手，插在米白色的风衣兜里，左手稍微掀开趴在桌子上的尸体，敏锐地在死者蓝色衣领上和指甲里发现了白色的粉末。

他用右手捻起粉末，放到鼻尖闻了一下，转过头对法医说道："药用石膏！扫一下，看看牌子！"

中年法医点点头，用刷子扫了一点石膏到法医鉴定机里，跟着机器闪过红光，数据库很快将石膏的品牌及医疗使用时间投射到空气上。

"科尔路。最后一次使用是在三天前主城的马蒂亚医疗中心。患者名字，你肯定感兴趣——"中年法医看到屏幕上投射出来的名字，瞬间就笑了。

"直说！"陈灿撇撇嘴，这是他辞去检察官职务前最后一桩案子了，他不想别人在这时给自己卖关子。直起腰离开尸体，随手拢了一下早晨因赶往现场而没顾上整理的蓬乱头发。

"和这个别墅的主人有关——瞧，那家伙来了。"

面对陈灿的态度，法医无奈地摇摇头，他知道陈灿心情不好。因为一周前调查太北能源工厂爆炸案的时候，陈灿不听上层指示，执意彻查该案与克隆人的关系，于是被调到了普通刑事部门。

在人类政府的检查部，谁都知道，陈灿心中有个梦想，就是像情报官那样去破获克隆人的间谍网络，而这件事让他和检察总长大吵了一架，第二天他便写了辞职信。昨晚他叫了部分同事去喝散伙酒，一直喝到凌晨四点多。

听到法医说那家伙来了，陈灿皱了下眉头，顺着法医手指的方向，看到别墅的大厅内走来一个身材矮小，稍微有点驼背的银发老人。

与他的目光对上的刹那，陈灿感到老人眼神中透出的友善，看到他快步朝自己走来，主动伸出双手。陈灿却把他的手甩开，盯着他手臂的白色石膏，皱了下眉头。

"你不该喝这么多酒，对身体不好。"老人没在意到他这态度，竟然反常地像个长辈一样关心起他来。

懒得理会这种无聊的套近乎，陈灿头都不抬，翻看着老头的资料，问道："你是石川？"

从陈灿冷冰而又沉闷的嗓音中听出冷淡，老人这才抬头审视着他，但目光中依然有真诚的善意。不过很快他像是想到了什么，收起长辈般和蔼的笑容说道："我实在不相信那些治安官，所以还是选择通知了你们。"

不理会石川的答非所问，陈灿冷哼了一声，继续审视着他胳膊上的石膏，这时搭档秦勇扶了一下变色眼镜，在旁边心领神会地替他说道："既然相信我们，那就让我们从你的手臂上提取点石膏吧。"

"你在怀疑一个报警的人?"听出陈灿的搭档话里有话,石川显得很慌张,瘦小的身躯向后一退。

这时站在他背后的法医忽然上前,用手术刀在他打着石膏的手臂上稍微一刮,刀刃上迅速留下了石膏白色的粉末。

"你们——"没想到粉末这么迅速被取走,石川支吾起来。

"你要是自己招了,这事儿也没多大!后面找个好律师,你的身体又不好,做个保外就医的话,应该很快就会出来了。"陈灿收起刚才的严肃,温和地笑笑,轻轻拍了拍石川的肩膀。

这是他一贯的手段,对敌人要冷热兼施,一味往死了逼,只能适得其反,延缓案件进程。

被他拍了拍肩膀,看看他的手掌,石川的语气很快恢复了平静:"记住酒不要喝得太多,对身体不好!"

"谢谢!"陈灿礼貌地点点头。

"这事儿是我做的!"石川接着说道。

倪 东

本以为阳台上那偶然闪过的身影与轻响,不过是自己中了程序坏死弹后过度恐惧出现的幻觉。但机器人又怎么会有幻觉?随着那个多年未见的身影从阳台走出,看到他被割开的头皮,手中紧攥着的九毫米口径的猎鹰手枪,倪东这才意识到那并非幻觉。

紧跟着连续几声枪响,三名男子全部倒在血泊之中。那个熟悉的身影走到自己面前,半蹲着拔出戳在自己线缆中的程序坏死弹,将他掉了半层皮暴露在空气中的钢铁指尖,戳进受损的神经线缆中。

渐渐的,倪东感到手指和嘴唇能动弹了。他盯着身上还穿着能源工厂黑色工作服的机器人臧莽。望着他被扯掉半边脸皮的钢铁面孔,和裸露在外的红色电子眼。尽管人类会认为这家伙的样子如此恐怖,但倪东现在觉得,自己的这个同胞竟是如此可爱。

"臧莽？"不理解他怎么会出现在这里，倪东想要确认一下自己的判断。

"记性不错！"大个子点点头，朝他咧嘴一笑，漏出沾满了机油的机械牙齿。

"妈的！你的脸怎么回事？你怎么来这里了？"开始慢慢能动了，倪东活动了一下不太灵活的四肢，但还是站不起身。

"还能怎么回事，无非是被人类扯的呗！——对了，你的皮肤喷雾剂呢？"叫"臧莽"的大个子机器人焦急地问道。

"在——衣柜倒数第三个抽屉里！那里还有一堆备用瞳孔，应该跟你右眼上的差不多……"倪东说着话，电子视网膜显示出系统已更新，刚才三名男子提过的云图数据系统，此时竟然覆盖了他原本的系统文件。

"见鬼！云图数据是干嘛的？怎么覆盖了我以前的系统？"不理解自己的系统怎么会被覆盖，倪东诧异地问着臧莽。

"你管那么多呢！我也不知道干嘛的！反正有了这系统之后，我就再没怕过什么狗屁程序坏死弹！"臧莽说着话，把皮肤喷雾剂从抽屉中取出来，扔给头皮受损的倪东，顺手掀开了宁澄脸上的草纸。

再次感受到空气，宁澄猛然大口大口地呼吸起来，这时臧莽却像是见到了鬼一般，猛地向后退去，将枪口对准了还没缓过劲儿的宁澄。

"把枪放下！"没想到臧莽突然把枪口对准宁澄，倪东晃悠着起身，从死去的男子身上捡起枪，对准臧莽的脑袋。

"你这是干什么！她会出卖我们的！"没想到倪东竟然会用枪对准自己，臧莽不解地提高了嗓门咆哮起来。

"你把枪放下，她不会出卖你的。"显然倪东没把自己和臧莽算作一拨，跟着他用自己的肩膀挡住了臧莽的枪口，这时宁澄正在大口大口地喘着粗气。

"你——你——你疯了吗？是我救了你！而你竟向着人类说话！"被倪东这突如其来的行为惊呆了，臧莽看着倪东，全然没想到情况会是这样。

"我不是向着人类说话，我只是向着宁澄说话而已！"倪东的食指预压在冰冷的扳机上，威胁道："别逼我两败俱伤！"

"你——"感到枪口的冰冷，臧莽明白倪东不是说着玩的，一时间竟然无语。

这时宁澄终于缓过劲儿来，发现小倪为自己和另外的机器人翻脸，她顾不上感动，连忙说道："我们得赶紧离开，否则军警马上就到了。"

听到宁澄的话，倪东意识到危险所在，对臧莽说："你是准备和我一起对付外面的军警，还是准备对付我？"

倪东语毕，与臧莽颇有默契地收起手中的枪，这时臧莽说："他们来了！"

陈　灿

让法警将石川押回到看守所，陈灿坐在秦勇飞行器的副驾驶位置上，望着窗外带着雾霾的灰色天空，回想起石川杀人案，他总觉得哪儿有点不对劲。于是对秦勇说道："你有没有感觉到石川这事儿，好像没那么简单啊！"

"石川？"听到那个杀人犯的名字，秦勇犹豫了一下，这才反应过来他说的是刚才的案子，于是很随意地回答："管他呢。口供、血型、基因、指纹所有的都吻合，就算真不是他杀的，又和咱们有什么关系？"

瞥了自己的搭档一眼，陈灿无奈地摇摇头，他已经习惯了秦勇这种不求至真，不求上进的态度。当年自己看重他曾在火星与自己并肩作战，并且救过自己命的份儿上，力邀他进入自己的部门，做自己的助手，可谓前途无量。但这家伙却拒绝了自己，后来陈灿才知道，秦勇永远不想和政治以及克隆人扯上关系。

这次要不是陈灿调到了普通刑事部门，估计他俩也就成了永无交集的战友了。习惯了秦勇这种无所谓的态度，陈灿笑了一下。回到检查部，推开自己办公室门之前，他又对秦勇说道："哎，临走了说一句：石川这事儿，我觉得没那么简单！"

"哎！行了，你今儿就滚了，好好休息一下才是真的！"秦勇说罢，拍了下他的肩膀，哈哈大笑着回了自己的办公室。

"妈的！臭小子！敢让我滚！"朝秦勇撇撇嘴，陈灿走进自己的办公室，这时发现办公室内坐着一个熟悉的身影，他怔了一下。

那人此刻正叼着烟，拿着桌子上的相框，看着陈灿与战友的合影。听到门把手的转动声，他转回头朝陈灿礼貌一笑，说道："不好意思，未经允许就进了你办公室。"

说话的人是检察总长闻静，一个中年谢顶，留着八字胡，带着棕色眼镜的男人。他是陈灿的上司，在检查部号称他是最善于利用权势的检察官。

"咳！还有几个小时就不是了。"一般情况下，如果有人擅自闯入自己的办公室，陈灿一定会勃然大怒的，但想想自己还有几个小时就离职了，他便也没说什么，只是把窗户打开，让新鲜空气进来，散散闻静抽烟的味道。

"你真的决定在我没有批准之前就离开？这对你的养老金可不是什么好事儿。"感受到冷空气进来，闻静依旧若无其事地叼着烟。

"应该说，我是在给年轻人腾地方！"陈灿笑了一下，看到自己的U盘还插在电脑上，这是他昨天拷贝的有关克隆人的资料，不过碍于闻静在此，他赶忙将目光转移到咖啡机上。"要点什么？"

"要点真理吧！"闻静淡淡一笑说道："让我批准你，你总得明白之前我就警告过你，这么调查是不利于人类和克隆人和谈的。你在火星作战过，难道不知道那有多残酷，多少父母失去了儿女，多少妻子失去了丈夫！妈的——现在你就因为这件事，居然要辞职！"

"我辞职准备做和平大使呢。"陈灿明白闻静说的对，战争的确太残酷了，他也热爱和平，可他觉得这一切和真相不矛盾。

"好吧，大使先生，那我现在告诉你，你辞职的事情我直接上报给了总理，所以现在他想要见见你！"闻静说罢，淡然一笑。

"见鬼！这点小事你也要上报给他？"陈灿一阵无语。

"总理的战友，又是救命恩人，我总要关照一下，你说是不！你们这个特种兵大队，十个战友，亲如手足，我不希望你在聚会的时候给我上眼药，所以提前通知了他。"闻静说着，用手点点那个相框，相框中有陈灿和几个幸存战友的合影，其中便包括了总理康进。

"不会的，我会说你是个合格的检察总长，识大体懂大局！在关键时刻，拉得下脸，下得了手，敢和朋友翻脸，也敢和敌人合作。"陈灿说着哈哈一笑。

"好了，随你怎么说了！"面对陈灿的讥讽，闻静无奈地说道："不过康进对你很够意思了，要知道你父母可都是有污点的人，要不是因为康进将你带病提拔，恐怕你到现在都还是秦勇的助手呢！所以我觉得我有义务提醒你，和谈是大趋势，康进是全力以赴支持和谈的人，而你破坏的是他的大局。"

没听进"康进是全力以赴支持和谈的人"这句话，陈灿的注意力集中在父母有污点这件事上，一时间感觉闻静的话像把刀子，割开心中的伤口。

他怔了一下，没再回应什么。这时窗户外面传来飞行器的轰鸣声，陈灿看到一架垂直起降的运-72武装飞行器和两架小型护卫机正缓缓地降落在停机坪上。

"这里不是距离总理府只有七公里吗？他竟然派运-72来？还带着护卫机？"陈灿瞪大了眼睛，被这种奢侈震惊了。

"显然康进希望能迅速见到你，所以你的辞职信，等见完了总理再说吧。"闻静说着话，无奈耸耸肩。

几分钟后陈灿登上了那架运-72武装飞行器，此时他并不知道这架飞行器永远也不会飞到总理府，也不知道今天的石川杀人案与制造太北能源工厂爆炸案的机器人有关，而这一切其实都和自己死去的父亲有关联。

直到发现冲入蓝天的运-72，并未朝总理府飞行时，陈灿才意识到有问题。他脑中迅速闪过恐惧的疑虑。于是敲了下驾驶舱的门，过了一会儿舱门打开，一个穿着中校服装的军人打开舱门，朝他点了下头问道："有事儿么？陈检察长。"

"不是去总理府吗？"

"当然不是，总理没有在总理府。您将在别的地方与总理会面。"中校话

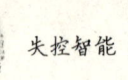

说得非常礼貌，四平八稳打着官腔。

"能告诉我去什么地方吗？"

"等我们降落的时候，你就会知道了。"中校说罢回了驾驶舱，只留下陈灿一个人孤零零地坐在运兵舱里。

大概过了十五分钟，飞行器飞过太北山脉的封龙山顶，在它的后方开始降落。隔着窗户，陈灿看到山窝里的防空火炮，还有大量的陆地防御措施。尽管他在太北山脉受过训，但却不知道这里竟然还有这么一个不为人知的基地。

运-72缓缓降落在停机坪上，过了一会儿舱门自动打开，陈灿正要走下飞行器，一个穿着大校军服的人却迎着他走上来。

"请先停一下。"那人以一种强硬的姿态将陈灿搡回到运兵舱内。

"好吧，我不清楚这是怎么回事，这是哪儿？"眼前的这个中年军官，个子很矮，估计也就一米七左右；肩膀很宽，看起来很壮；一脸的麻子；带着一个很大的银色戒指。他以前当兵的时候见过这种戒指，是军事情报部门的特殊纪念品。

"等会儿总理给你解释，现在把你的手指放上来。"那人说罢打开一个橙色的基因验码器，陈灿把手指放上去，验码器的尖针戳了一下他的指尖，开始进行匹配验证。

过了一会儿验码器发出蓝光确认了陈灿的身份，那人才由生冷转换为不带温度的客套："你好，我叫罗成，军事情报部部长。请跟我来，总理来已经等你很久了。"

罗成说着起身带着陈灿走下飞行器，在基地门口又分别对瞳孔、基因、指纹等多处检验，之后，陈灿被带入一个山洞，山洞里面停满各式各样的军用飞行器，到处都是巡逻的士兵。

走在巨大的装甲战斗飞行器底部，罗成像闲聊一样，对陈灿说："听说你一直执意调查爆炸案与克隆人的关系——"

"所以我被调开了，现在这件事由你们负责了。"陈灿说着自嘲地一笑。

"军事情报部在很多方面都比检查部有优势,所以阁下不用认为是我们抢了你的案子,能够尽早结束战争,才是正道。"罗成面无表情地说道。

"所以真相与和平是矛盾的了?"陈灿无奈笑道。

"人类在一颗已经被打烂的行星上作战,为了不值得的战争死亡。现在每个人都意识到和平才是最重要的,而真相倒是其次。"作为同样参加过火星战争的罗成来说,他希望尽早结束战争,让那些战士的尸骨回到地球。

"别忘了我和康进的一百多个战友还躺在萨默尔克堡的沙漠中,他们尸骨无存,连个墓碑都没有!"陈灿说着话,跟着罗成走进一部电梯,等到电梯下行了一会儿停住,他们走出电梯,面对眼前一切,陈灿突然惊呆了。

宁　澄

没想到臧莽话音未落,军警便用重火力封锁了楼道,令他们只能暂时退回屋中,与外面的军警形成了对峙。宁澄本来想让他俩冒险从阳台上逃走的,但这时天空中的武装飞行器,却将最后一条退路封死了。

一时间三人面面相觑,不知所措。这时,宁澄的手机突然响起来,发现是个陌生的号码,宁澄本来不想接。但此刻直觉却告诉她这个号码也许有用,所以她犹豫了一下,还是按了接听键,跟着电话那头传来一个男人的声音,自报家门道:"宁澄小姐,我是军事情报部的颜森。"

"有事吗?"听到是颜森,想起多年前就是他负责调查太北人工智能工厂病毒扩散案,自己的父亲就是在他的调查下失踪的。

她把头转到另外一边,不想在两名机器人面前显出错愕与紧张,声音平淡得就像接到的是电信局的客服电话一般。

"长话短说,我们认为闯入你家的机器人感染上了云图数据病毒,并且他可能已经将这种病毒传染到了你的机器人身上,所以你现在的处境非常危险。"颜森的话简明扼要,令宁澄立刻回想起倪东刚才还问臧莽,为何自己的系统被覆盖的事情,她一下紧张起来。

不由得瞥了一眼倪东,发现他躲在墙壁后,偶尔探出头望向外面,然后

又转过头朝自己投来淡淡一笑，说道："别担心！我会保护你的！"

刹那，宁澄觉得倪东的笑容犹如一根尖针刺入自己的内心。想起小倪刚为自己挡下藏莽的枪口，想起下雨时他为自己举起的雨伞，自己发烧时他二十四小时的陪护，而现在他竟然感染上如此恐怖的病毒，那感觉就像至亲得了要命的传染病，明知道他需要被隔离，却难以接受残酷的事实。

不敢再往下想，宁澄犹豫了一下说道："他是我的财产，政府有责任、有义务保护公民的财产！"

"宁澄小姐，请您放心。我们的目标是那个能源工厂的机器人，至于你私人所属的机器人，只要在杀毒之后恢复正常，销毁与否是不归我们情报部管的。而且您应该能看到我们的诚意，我们并没有强行突入，就是不想带来不必要的伤亡。"

颜森话说到这里，宁澄意识到对方如果真要强突的话，凭两名机器人是根本不可能挡得住，想到这里她再次强调保护倪东，然后问颜森道："好吧，接下来我应该怎么做？"

"把枪扔到门外，双手抱头走出来，我站在门口等你，告诉你的机器人千万不要反抗。"颜森认真嘱咐道。

"好，给我一点时间。"宁澄说完挂断电话，转头望向倪东，她竭力说服自己，这不过是将倪东送往医院，治疗一种可怕的传染病罢了。

发现她的眼眶红着，倪东走上前用手轻拭掉她挂在脸颊上的泪珠，关切地问道："怎么了？是不是有什么为难的事情？"

"我们被包围了，眼下只有一个办法，就是让他们对你俩进行检查，只要确认没问题，他们就会再把你还给我，因为一旦你们反抗，那面临的就一定是被销毁。"宁澄想尽量解释清楚一些，让倪东明白这一切都是迫不得已。

"我不怕被销毁，我担心的是我走了你怎么办？"倪东说罢，灰色的瞳孔黯淡下来，他意识到自己可能会面临什么，于是将宁澄拥在怀里说道："按你说的来吧！不要管我！"

"对！按你说的来吧！反正与其在这里被包围，还不如主动入瓮，然后再见机行事。"刚还想要杀掉宁澄的臧莽,在一旁插嘴说道。

"见机行事?你以为你能跑得了吗?"宁澄说着,瞥了一眼臧莽,对他的话不置可否。

"哼,我既然能从能源工厂跑出来,几辆警用飞行器休想拦住我!!"

听出臧莽语气中的不屑,宁澄想起云图数据的危害,当年父亲就是因为没控制住这病毒,才惹出了机器人暴动事件,令机器人与克隆人平分了人类的天下,在塔塔尔岛以西的地方成立了钢铁帝国。

明白小倪一旦感染了云图数据,颜森是不可能放过他的。宁澄突然将红唇贴到倪东耳边说道:"如果逃出来,就去秘密住所,明白吗?"

"嗯——明白!"倪东点点头,与宁澄深吻起来。

此刻泪水滑出宁澄的眼眶,他俩并不知道这一吻预示了他们的未来。

陈　灿

望着眼前的一切,陈灿之所以惊呆了,是因为他从没想到在太北市市郊的山脉中,竟然藏有一个由几十万台显示器组成的基地,这些显示器铺满了巨大的洞窟岩壁,令他一时看花了眼,还以为它们监控着世界的每一个角落。不过仔细观察会发现这些监控器的视角独特,并且不断跟随着特定的人移动。

铺满监控器的岩壁下是一个环形办公区,办公区由乳白色的玻璃隔离,每一扇玻璃门上都镶刻着办公区的铭牌,偶尔进出一些穿着蓝色工作制服的工作人员,令他意识到这里可能是个科研监控中心。

跟着罗成绕过环形的办公区,走到它的另外一端,经过一扇防弹钢甲门时,又被几名头戴钢盔,全副武装的士兵检查了一番,确认没问题后,他们走进一条狭长的拱形长廊。

长廊的墙壁漆着军绿色,灯盏之下站着几名穿着黑色西服,身挎微型冲锋枪的士兵,他们又对他俩进行了一次检查,然后陈灿才终于被罗成引着穿过总理秘书办公室,进了康进的办公室。

一走进办公室，陈灿便看到康进胖乎乎的身体正从沙发中起来，他一头花白的头发，眼神疲惫不堪，再不像当年那个特种大队的精英士兵了。

"老陈，非常高兴你能来。"康进说罢走到陈灿面前，与他拥抱了一下，声音非常困倦，好像没睡醒一样。

他们互相用厚厚的手掌使劲拍拍对方的后背，这是他们战友之间的礼节，意思是说感谢上天，我的心脏还在跳动。

"哎——你瘦多了啊！"发现康进胖了很多，当年的肌肉全部消失了，头发变成银白色，下巴也成了双的，眼袋明显，眼圈很黑，陈灿心里不是滋味儿，跟他半开玩笑地说了句反话。

"我瘦了？不会吧，昨天称了一下，还重了两斤呢。"没反应过来陈灿在说反话，康进下意识地摸摸自己的大肚子。

"我说的是衣服和腰带！"陈灿说罢，手指在康进的腰带上弹了一下。

"就知道你小子没好话。"康进笑着捶了他一拳道："瞧你一身酒气，要不要来点解酒的饮料？或者是再来点冰镇白兰地？"

"来总理这里了，必须得喝点好的，要不然亏了。"陈灿说罢，与康进默契地笑起来。

"哈哈，好！我这里别的不说，好酒有的是！"康进叫秘书去拿酒时，用手指指陈灿不太能弯曲的右手手臂说道："还没想通啊？换个机械的，现在技术很先进，比原装的还好用。"

"算了。这样我可以少干点活，挺好！"陈灿说罢，举起伸不直的右臂，这是他经常不干任何家务事或者不参与劳动的借口。

"见鬼！你要少干活，可以找个喜欢干活的老婆，这样的借口算什么！"康进锤了一下他的肩膀。尽管他们很久没有见，平时也不怎么联系。但战友之间那种亲密感，永远存在于两人的心中。

"好吧！好吧！"陈灿耸耸肩，想了一下又说道："让我猜猜你这次叫我来的目的，肯定不是给我介绍老婆来的吧？"

"可惜我的秘书是男的，要不然一定介绍给你。"康进说着笑了起来。

"难道是因为我的那封辞职信？"

听陈灿这么说，康进坐回椅子，变得严肃起来，他把话题转入正轨："你那什么狗屁的辞职信，也值得我叫你过来一趟。"

"那你是叫我过来参观这个基地了？对了，先告诉我，外面那些监控屏幕是怎么回事？"陈灿用手指指自己来的方向。

"哦，你说那些监控设备啊！这说起来政府是违规了，我们利用机器人的眼睛监控了所有使用机器人的政府人员，我们内部称这项目为数据安全——监——控。"康进笑了下，语气轻松得像是根本没把这桩违反宪法的事当事。

"安全吗？好像没什么效果嘛！"陈灿走到康进对面，坐到沙发上，他暗自庆幸自己从来都不肯使用机器人。

"效果肯定还是有的，总不能因为一个太北爆炸案，就否定它的一切吧。而且我才上任两年多，这个项目比我岁数都大，多数时候我相信它还是有用的。"康进说着话，秘书送进来一瓶冰镇白兰地，他起身亲手给陈灿倒了一杯说道："琴尼亚湾罗森岛的白兰地，八四年的，特种部队在和机器人交战的时候，在一处地下基地发现的！"

"希望那些士兵都还活着！"没想到这酒是在人类与机器人的交战区搜刮到的，陈灿知道那里现在已经彻底沦陷了，他由不得叹了口气。

"战争是残酷的，他们已经得到了很好的安葬。不过我今天找你来可不是想和你讨论什么道德与法律问题的。"康进说着与陈灿将白兰地在酒杯里晃了晃。

"准备聊点什么？"陈灿说罢，与康进碰了下杯子，两人都只是轻抿了一口，并没多喝。

"其实我的想法很简单，就是不能再让年轻人为了一个风沙漫天，出门必须带呼吸面罩的鬼地方，去付出自己宝贵的生命了。我们这代人在火星吃的苦够多了，不该让这种局面继续下去。那些克隆人在火星上愿意做什么，跟我们有关系吗？"康进说罢喝了口酒，把酒杯放到桌子上，凝视着陈灿。

"你说的对,但我都辞职了,案子也不归我调查了,所以……其实你没必要劝我的,而且我对克隆人没意见,我只是希望找到真相而已。"陈灿端着酒杯,并没有喝。

"我知道你不是基因主义者,但其实这次你调换岗位是我让闻静做的。"

康进的话令陈灿怔了一下,本来他一直以为这件事是闻静为了巴结康进擅自做的,但没想到竟是康进授意的。面对他的坦白,陈灿一时不知道说什么,只好耸耸肩。

这时康进又说道:"希望你能理解。我是出于整个外交的考量。说白了这只是给克隆人做个样子。其实在情报部门简单的调查后,我已经发现这个案子不能摆在桌面上调查,所以才把你调离。"

"所以你要在桌子底下调查?"陈灿这时端着酒杯,有点明白康进的意思了。

"看看外面的监控中心,你就会知道,这世界不是每件事都合法的,有些事在桌子底下,反倒更容易解决。"康进说罢,从桌上拿起一封牛皮纸袋,扔到陈灿的面前。

把酒杯晃了晃,陈灿跷着二郎腿,瞥了一眼牛皮纸袋。他犹豫了一下,这才把酒杯放到桌子上。从牛皮纸袋抽出一摞发黄了的纸,简单翻看了几眼。很快他便明白康进为何要叫自己来这里了,原来这份材料中不仅贴着他父亲的照片,还写着父亲的名字——陈永圳。

资料上写着他的父亲是曾被授予英雄勋章的检察官,办理过多起重大职务侵占案与克隆人潜伏案。多年前由于太北人工智能公司克隆人潜伏案,陈永圳迎来了自己人生的转折点。他在调查该案的过程中被克隆人收买,协助大批克隆人逃往火星,也正是这些逃亡的克隆人在火星建立的克隆人共和国,成了人类现在主要的敌人之一。

再次看到这份熟悉的卷宗,看到父亲的照片。陈灿依稀记得年幼的自己拽着小推车在家中来回乱跑,父亲投来淡淡的笑容。他在心中暗暗叹了口气,再次将文档往后翻去,这时他发现后面的卷宗上竟然写着:未完结案件。

"未完结？这好像是二十三年前的案子了吧？当时我父亲不是都被判死刑了吗？"不理解怎么回事，陈灿用手指敲了下未完结三个字，抬头凝视着康进。

"实话对你说吧。情报部发现上周的爆炸案和几十年前这个案子有关联，所以就又把这个卷宗调出来了。"康进说着，从桌上的烟盒里拿出一支烟，抽了起来。

"就算有关，也不可能和我父亲有关吧？他已经死了很多年了。"陈灿说着，把卷宗重重地放到桌子上，对情报部这样的说法感到不满。多年来父亲救过克隆人的事情，导致他在仕途上始终不被重用。

没理陈灿态度上的变化，康进看都没看资料一眼，抽着烟说道："情报部现在认为你父亲有可能是被冤枉的，他们认为他是被一个隐藏在我们政府内的克隆人间谍陷害的，而我们怀疑就是这个间谍制造了这次爆炸案。所以现在这个资料就被改成了'未完结'。"

"克隆人间谍陷害了的我父亲？"陈灿怔了下，重新拿起那份资料问道："你想让我在桌子底下调查这个未完结案件，对吧？"

"聪明！所以我一直说，如果你肯妥协一点的话，今天坐在这个位置上的没准儿就是你了！"康进说罢把烟掐灭，端着酒杯走到陈灿身旁说道："又快到你父亲的忌日了吧？有时间去扫扫墓吧。"

与康进碰杯的瞬间，陈灿这才想起父亲的墓，这些年他因憎恶父亲与克隆人勾结的事情，从没给他扫过一次墓。那里应该已经满是杂草了吧，想到这里陈灿心猛地一沉，陷入了悲伤的懊恼情绪中，一口气把大半杯白兰地全都干掉了。

宁　澄

随着军警冲入家中，当着自己的面，将小倪与臧莽用束缚带捆住。宁澄执意要与他们同乘一部电梯送走小倪。之后，他们一同下了楼，看着小倪被押入装甲飞行器，宁澄的心揪着，眼望着飞行器的舱门缓缓关闭，她听到倪

东对自己喊着："宁澄，注意安全，不要冒险！"

那一瞬间她心如刀绞，望着飞行器盘旋着起飞，进入引力轨道。宁澄呆立在风中，直到颜森提醒，才与他上了装甲飞行器，面对面的坐在冰冷的运兵舱座椅上。飞行器旋即发出轰鸣声，缓缓驶入通往市郊的引力轨道中。

在运兵舱的白色灯光笼罩下，宁澄与颜森看似和善、实则阴郁的眼神对视着。这其实并非他们的第一次碰面，事实上早在十几年前，宁澄便在自家的别墅内见过此人，只不过她当时还小，并不知道颜森正在调查父亲。

她依稀记得那天富丽堂皇的家中，有许许多多穿着礼服的嘉宾，端着酒杯有说有笑的。他们都是政府要员与经济界的重要人物，其中便包括情报官颜森。

年幼的宁澄在其中乱跑，不小心碰到了颜森手中的酒杯，令红酒撒在他的白色西服上。紧接着不等颜森反应，宁澄先大哭起来。瞬间所有人的目光都被她的哭声吸引，令颜森顾不得自己的西服，不得不蹲在她面前，将一串红透了的樱桃递给她。

时隔多年之后，宁澄才知道颜森那天本是潜入自己家中，准备去偷一份重要文件的。但自己微小的举动打破了他的计划，令他被检察官陈永圳撵出了别墅。

现在再看颜森，他老多了，鬓角已经花白，脸上的皱纹带出许多沧桑。但他的眼神却依旧锐利，在与自己对视的刹那，他朝自己微笑了一下，收敛起阴郁，淡淡地说道："非常感谢你的配合态度，让我们没有伤亡就解决了这事！"

"颜处长你今天这么快出现在这里，应该不只是为了那个制造爆炸案的机器人吧？"尽管颜森已经收起无比锐利的眼神，但宁澄依旧很担心小倪的安危。

"哈哈，不愧是首席科学家的女儿，聪明！"颜森说罢，哈哈笑了起来。

白色的灯光下宁澄盯视着他，明白他无非也是为了云图数据的底层代码册而来，于是明知故问："我父亲已经失踪超过十年了，不知道是什么风又把颜处长吹来了。"

"一周前太北能源工厂的爆炸案，我们发现其中有你父亲发出的代码……"

没想到颜森这样说，宁澄瞬间一愣。很快便又恢复了平静，冷笑着说道："这怎么可能？"

"宁森阳先生是失踪，不是死亡——而我们的侦测系统在爆炸案前截获了一条云图数据系统发出的指令代码，令我们感到奇怪的是这条代码不仅与你父亲有重大关联，而且发出的地址也很有意思，它竟然来自已经废弃的太行人工智能工厂。"

"我很难相信你说的。"

"你没必要信任我。相关的资料，待会儿到了地点，我会拿给你看的。"颜森说完，装甲飞行器顺着引力轨道已经飞离了市区。

过了一会儿随着飞行器离开引力轨道，缓缓降落在市郊的一处赌场前。宁澄走下飞行器，发现颜森带自己来的地方，竟然是著名赌博集团地下鬼城的所在地，她一下愣住。

这时颜森若无其事走到她身旁说道："别怕，跟我来——"

"这里吗？"

抬头望着面前这座白天都亮着霓虹灯的赌城，宁澄知道，所谓的地下鬼城并不仅仅指这栋高楼，还包括地下二十多米深的地方。那里有人类旧有的地下管网与防空洞，它的面积之大几乎与太北市相当。在很多人眼里，太北市其实有上下两座城，一座是阳光的太北市，一座便是赌博卖淫黑势力犯罪合法的地下鬼城。

多少年来在太北市一直有传闻说，地下鬼城之所以一直未被查处，是因为其有多名政府高官控股。而现在看看身旁的颜森，再看看霓虹灯闪烁的地下鬼城，宁澄相信了那个传闻。

"宁澄小姐，如今克隆人的间谍无处不在，到处又都是各种极端势力，

想要找个安全的地方不容易，即便是我们军事情报部也未必就会比这里安全。所以请吧，尽管放心。"颜森说罢，做了个请的手势，几名士兵一直警惕地观察着周围的情况。

宁澄犹豫了一下，最终还是跟在颜森身后，走进了地下鬼城金碧辉煌的大厅。但他们并没进赌场，而是顺着大厅西侧的一处走廊进了电梯。

随着电梯的下降，一股股恶臭泛上来，令宁澄不由得捂住口鼻，皱紧眉头。等到电梯门一打开，宁澄便看到长廊两侧是一个个巨大的兽笼，里面是经过基因恢复的古代猛兽，比如剑齿虎、猛犸象、迅猛龙等生物。

地下鬼城正是利用这些怪兽，将赌城的核心带与外界隔开，任何闯入者都无法穿过这层由猛兽把守的长廊。屏住呼吸与颜森并排走着，穿过一条旧军事隧道，空气好了很多，宁澄这才喘了口气。

穿过一条长廊，颜森与她走入一个像作战指挥室的大厅。大厅中央有巨大的沙盘，沙盘里布满各种标示，宁澄有些发愣。

颜森走到沙盘前，将牛皮纸袋装着的档案递给她。发现封皮上的照片正是自己失踪多年的父亲宁森阳，宁澄不由皱起了眉头，再仔细看，发现档案竟然是近期的。

"我们发现爆炸案是故意打破平静的，突然出现在你家的机器人不简单，虽然他的目的我不清楚，但他所接受的信号，来自这个基地，而且是以你父亲的名义发出的。"颜森没有客套，他直入主题，指指宁澄抽出的一摞资料道："这是这些数据的代码特征，我们认为如果不是你父亲，那就是有人模仿了他。"

"肯定不是我父亲，因为如果是他，他不需要派个什么狗屁的机器人来找我！"宁澄说着，用手指点着纸质的档案。

"我也这样认为。我们现在发现那里的部分实验室竟然开始恢复了运转，并且脱离了我们的监控，所以我相信某些势力正在酝酿更大的风暴，而大的风暴来临之前总会找一些替死鬼。"颜森说着，请宁澄坐下，给她倒了一杯水。

"你认为我会是替死鬼？"接过颜森递过来的纯净水，坐在还是硬邦邦的椅子上，环视四周，宁澄觉得这里像是刚被布置好的。

"谁拥有云图数据的底层代码册，谁就是各方要找的人，这与你到底是谁无关。"

颜森的话冰冷但清晰，宁澄犹豫了一下，承认他说的有道理。这些年她饱受各种势力的追查，想到这里她忽然感到很累，说："那你能找到那个势力吗？或者——"

"或者找到你父亲？"接过宁澄的话，颜森犹豫了一下说道："我追查这个案件超过十年了……我想我们可以联手找到真相。"

倪　东

尽管这并不是倪东与宁澄第一次分开，但却是他第一次感染病毒，独自面对危机。他预见到人类会将自己的记忆彻底删除，做数据处死。所以此时他的内心惶恐不安：不理解今天到底怎么回事？自己本来平静的生活，为何会被突然打乱？

坐在装甲飞行器狭窄的运兵舱中，身体被大型卡钳控制着无法动弹。倪东的彩色电子视网膜突然闪现出一行信息："前方五十米处，做好准备。"

准备？倪东瞬间一愣，不理解信息是谁发给自己的，紧接着他转头看了一眼臧莽，发现他的红色电子眼闪过一道皎洁的光亮，立刻意识到是他发的消息。

但机器人怎么可能在系统内互相发消息呢？人类是绝对禁止这种事的。不明白臧莽是怎么做到的，这时覆盖了原有操作系统的云图数据，迅速将倪东的想法转换成文字，又发回给臧莽。

眼见着自己的想法莫名其妙地变成文字，被系统发出去，不理解这到底是怎么回事，外面忽然传来"轰"的一声巨响。紧接着装甲飞行器向右一偏，连续的几次爆炸，令装甲飞行器在引力轨道上翻滚起来，运兵舱中的军警因为准备不及时，身体在坚硬的舱体中来回碰撞，很快便被撞晕了过去。

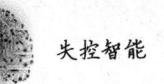

等到飞行器终于不动弹了，臧莽起身朝倪东一笑，挣脱开大型卡钳，一脚踹开夹层的防弹门。倪东随后走到几名呻吟着的士兵前，不等士兵反抗，便抢过他们的枪，与臧莽一同离开了。

紧接着，他们逃离了现场，先是在高速引力轨道上抢了一辆飞行器，在轨道的一侧进入了路边的麦地，穿过那片麦地后，重新驶上高速引力轨道，望着周围破烂的建筑废墟，紧张的情绪逐渐缓解。

坐在飞行器的驾驶舱中，听着收音机中的音乐。想起自己以前总喜欢问宁澄，书上说的命运到底是怎么回事。倪东现在终于明白了，他觉得命运大概就是一种不可测的程序，不断地推翻原有的稳定。

回想着那些闯入者，想到覆盖自己原有系统的云图数据，倪东不自觉的皱起眉头，一边驾驶着飞行器，一边用余光扫视着副驾驶座位上的臧莽，问道："嘿，哥们儿，你得跟我说说这到底怎么回事吧？"

"什么怎么回事？"面对倪东的突然提问，臧莽明知故问。

"行了，别跟我来这套。你先是制造了爆炸案，后又跑到我家来干掉那群混蛋，这之后你借着消灭程序坏死弹的病毒，用那个叫做云图数据的系统覆盖了我的原始系统——你说我要问你什么事？"倪东说着，冷冷瞥了一眼臧莽。

"说真话我也不知道，哥们儿！我现在电量不足了，我们应该先找个地方赶紧充电，不要想这些事了。"臧莽摇摇头，他的口气虽然不像是装傻，但在倪东看来，这么多的巧合汇在一起，多正常的口气也一样有问题。

"你得先告诉我，这到底是怎么回事儿，我才能让你充电！"倪东说罢突然来了个紧急制动，紧跟着飞行器猛地停住，臧莽的头差点撞到前挡风上。

这时，倪东一只手搭在操纵柄上，另一只手已经摸到了枪，恶狠狠地说道："把事说清楚，知道吗？"

"哥们儿，你忘了吗？是我救了你啊！"把脑袋离开前挡风玻璃，臧莽稍微坐正了身子，抱怨起来。

"所以我才没恼羞成怒，一枪崩了你。但你必须讲清楚这到底是怎么回事儿，云图数据到底是怎么回事？"倪东说罢，决定要查清楚这件事背后到底藏着什么，他担心宁澄已经陷入了危险。

"我真的不知道什么是云图数据，我只是在一次充电后，发现自己有了这套系统，然后我发现程序坏死弹竟然对我不起作用。在我制造了爆炸案之后，就是这套系统用指示光标让我找到你的，并且每当我遇到威胁，也都是这个系统提醒我，下一步该怎样去做。"臧莽的语气虽然僵硬，但看起来不像是在撒谎。

"也就是说你来我家，不是你找我，而是云图数据系统指使你的，对吗？"倪东说着话，逻辑系统帮他思考这其中的问题。

"是的，事实上是我没有电了，云图数据就用光标指示我找你充电，结果就遇到了那些。"臧莽说罢，指指自己被撕开半边脸的头颅，说："哥们儿我的电已经飙红了，你不会真的想看着我完蛋吧？"

不满意臧莽的回答，倪东犹豫着要不要把他带到宁澄所说的秘密住所，这时臧莽狠劲拍了一下飞行器的舱门，提高了嗓门再一次抱怨："我白救你和那个人类了，我当时真应该看着他们把你俩杀死。"

"可你说不清楚那套云图数据系统究竟是什么东西，我也不清楚你会不会给我带来威胁。"倪东正说着，他们的电子视网膜内，同时进出一条消息：

危险，警察靠近中，距离一百五十米——

"我们必须得走了，后面有警察！"看到信息，臧莽催促起倪东。

不过倪东并未启动飞行器，而是继续靠边停着。直到那架警用飞行器在自己侧后方停下，一名警察走到飞行器的侧后方，查抄着他们的牌照，另外一个胖点的警察朝他们走来说："出示驾照，双手抱头，待在位置上。"

胖警察说着走到驾驶舱前，发现是两名机器人，他刚还强硬的口气忽然来了个一百八十度大转弯，转头对同事说道："妈的，你又看错了！不是那个惯偷王贺。"

他说罢手已经放到了枪柄上。意识到警察发现自己是谁了，倪东猛地将飞行器向后一退，把胖警察挂倒在地，他的身体一下卷入飞行器引力离心机

027

中，顿时鲜血四溅。紧接着臧莽将枪口伸出驾驶舱，对准另外一名警察扣动了扳机。

这一切结束后，倪东走下飞行器，拿过警察用的平板电脑，迅速入侵了警用网络。这时他身旁的臧莽，再次催促道："伙计，我们得赶紧离开这里，我的电量真的……"

陈 灿

与康进谈完话，陈灿独自一人来到太北山脉西侧、父亲的墓碑前。这是自父亲死后，陈灿第一次为他扫墓。望着父亲那没有刻名字，只有一个174制式手枪刻印的墓碑。对父亲的怨恨，一扫而空。

将墓碑擦干净，尤其是将那把174制式手枪的刻印擦干净。陈灿这些年经常梦见父亲将那把174制式手枪玩具交给自己，两人在梦中还在玩抓克隆人、做英雄的游戏。

他还记得父亲临死前对自己说：不要再试图调查什么。现在他终于明白这一切其实是父亲试图保护自己。泪水瞬间涌出他的眼眶，那写着未完结的档案袋像难以抹去的刻痕，留在他的脑中。陈灿猛的跪倒在地上，给父亲磕了三个响头。

这之后他拍拍冰冷的墓碑，掏出酒壶为父亲敬上了一壶酒，自己也喝了一口。他自言自语地告诉父亲，自己一定会为他申冤昭雪，让他盖上国旗，让全世界的人类都知道他是人类的英雄。

这之后，他又在墓前磕了三个头，回到飞行器上。把飞行器调成自动驾驶，他便开始翻看军事情报部为自己提供的资料，很快一个陌生女人引起了他的注意，他看到女人的照片上写着：宁澄，原名宁菲儿，机器人之父宁森阳之女。

框住这个名字，此时已经接近十二点了，陈灿依旧拿着平板电脑，在客厅中踱步。与一般人家的客厅不同，陈灿家的客厅没有沙发与茶几，只有四面挂满了白板的墙壁和几张椅子。

白板上画着时间线,他每天都按照事件的重要性,将一些资料贴上去。现在由于有了军事情报部的资料支持,白板很快被填满了不少,有关的线索多了起来。陈灿发现从宁森阳失踪后,宁澄的名字便越来越多的出现在资料中。

　　作为陈永圳的儿子,又曾是大案要案的检察长,陈灿不仅知道宁澄父亲是大名鼎鼎的人工智能之父宁森阳,同时还曾借助职权在南部找过这个女人。不过最终他没找到她,那时有人说这个女人早就被克隆人杀了,还有人说她跑到北部的城市了。反正说什么的都有,陈灿觉得没有一个是靠谱的。

　　再次看到宁澄的名字,陈灿撇撇嘴往后翻去,这时一个熟悉的名字出现在众多资料中,他为之一震,以为自己看错了,于是点开全部的资料,确认了每一张照片,终于确信这就是自己的战友、救命恩人、好兄弟——秦勇。

　　妈的!见鬼,怎么会是他?不敢想象秦勇竟然是宁澄的初恋,根据资料显示的时间,那时秦勇已经和自己进入检察部工作了。可他回想起来,却发现自己对那段时间秦勇的恋情没有一点印象。

　　再回想起秦勇执意拒绝参与调查克隆人。陈灿意识到这个朋友可能没那么简单,于是继续无比忐忑地翻看后面的资料,不过随后的资料中秦勇便没怎么出现了。

　　陈灿猜测那会他俩估计是分手了,犹豫了一下,这时已经夜里一点多了,他决定明天一早便去找秦勇。

第二章

滕 翰

在监视器面前坐着,看到那个机器人出现,几名手下倒地,滕翰只是撇撇嘴角,淡淡一笑。伴随着连续的枪声,他看到影像中最先出现的是小区治安官与警察,然后是机器人病毒处理大队,情报处的颜森也抵达了此地。

没想到颜森竟然轻易抓住了两名机器人,并且说服了宁澄。滕翰意识到如果这两名机器人脑中的记忆被他读取的话,那么自己在能源工厂所做的一切便会立刻被发现。

坐在椅子上,不由得用手摩挲着沾有妹妹血迹的玉观音。看看放在手边装着狙击枪的黑色皮箱,他想起身离开。这时,那个被他奉为复仇领导者的老头,打来电话,以一种绝不允许别人质疑的口气说道:"我替你解决两个机器人的事情。"

"你还派了另外的人在这里?"没想到老头如此了解现在发生的事情,滕翰猛地意识到,附近还有另一只眼在观察——不!确切的说是监督,在监督着自己的行动。

"你不需要关心这个,现在我要你去做另一件事。"电话里老头的口气像是在发号施令。

"好吧,你想让我做什么?"不想和老头争论,滕翰答道。

"干掉颜森。"老头阴冷的声音从电话那头传来,一时间正好迎合了滕翰的想法。因为颜森所处的位置,非常妨碍他为妹妹复仇,所以滕翰一直想着干掉这个拦路人。

但话虽如此,滕翰却有另外一层担忧,于是提醒老头道:"颜森可是罗成的嫡系,如果干掉他的话,高层势必下令彻查这件事,这会加大我们的风险。"

"任何事情都有风险,一旦颜森掌握了宁澄和那两名机器人手中的秘密,大火会更快烧到你我这里。所以我们现在是在刀刃上跳舞,不能再让颜森加这把火了。"

听着老头不容反驳的理由,滕翰感到自己为了复仇,正在不断地用一个大的风险掩盖小的风险,周而复始,似乎已经陷入了恶性循环。

盯着影像中,颜森带着宁澄离开案发现场,滕翰知道事已至此,便对老头说道:"我会很快办好!不过,你有没有办法,让我成为六处处长?"

"你?"没想到滕翰这么说,老头的声音犹豫了一下。

"我一旦接手六处,便能方便查阅颜森的资料,这样的话我们就可以了解这家伙到底得到了什么,知道些什么。"

滕翰说罢,老头在电话里立刻回应:"好!成交!"

这之后他挂断电话,拎着箱子锁上门,站在电梯间。他用手摩挲着胸口那沾血的玉观音,在心里告诉妹妹,为她复仇的画卷正在慢慢展开。

宁 澄

关于父亲的事情,宁澄其实也是一知半解。因为从父亲为她脑中植入芯片,到太北能源工厂克隆人潜伏大案东窗事发,其实宁森阳都未曾对女儿讲过整件事的来龙去脉。

他只是在出事前的头一天晚上,才将云图数据底层代码册交到宁澄手里,对她说:"孩子!我不得不把这件东西交给你来保管,因为爸爸实在不能相信别人,只能选择相信你了。"

这之后宁森阳便彻底消失,人类与克隆人政府都无法找到他。渐渐的,有人将追查的方向指向宁澄,认为是她藏起了那份云图数据的底层代码册。

也是因为这份代码册，这些年宁澄东躲西藏，居无定所，期间她曾无数次的想要去找父亲，却又无疾而终。这次当颜森再次提及父亲的时候，她便很耐心地听他讲了下去。

等到颜森讲完，宁澄又被他领着离开那间军事指挥作战室，穿过一道由士兵把守的防弹钢甲大门，走进了一个老式货梯。这之后随着货梯的不断下降，宁澄发现虽然他们已经下降五分钟了，但货梯的光标却只停留在地下四层。

她这时略感诧异，于是问道："这是要去哪儿？"

"去地下，那里是地下鬼城集团在一次装修过程中发现的，我们称这个地方为基地。"

"一个黑白混搭，拥有治外法权的情报基地吗？"宁澄说罢撇撇嘴，她在各类媒体上都看过关于地下鬼城的丑闻，以前她还以为这不过是个别官员腐败而已，看来事实并非如此。显然，地下鬼城拥有这样的地位，是因为投靠了情报部门。

"这世界是讲原则的，有付出就有回报，黑白皆一样。而我们之所以让地下鬼城控制这里，就是为了掩盖这个基地的存在。"随着货梯的下降，颜森对她解释道。

"掩盖？"

"对，因为它其实不是我们建设的。而是以前某个文明在这里留下来的防空洞，里面有一些非常老式的防化设施，一看就是防核弹的，深度几乎接近地核，面积更加惊人。"颜森说着话，电梯还在下降。

"以前的文明？有多大？"没想到会是这样，宁澄一愣。

"非常大，几乎涵盖了整个太北市，有一些隧道我们没有找到出口，但可以确定的是这个地方贯穿着整个太北市的老城区，也就是三环以里的所有区域都被联通了。"

"所以地下鬼城是个幌子喽！"宁澄说着话。过了一分多钟，货梯终于停下来，向两侧缓缓打开。一条连接着六条隧道的环形大厅出现在她眼前。

第二章

颜森带她走进两点钟方向的隧道，在那里，一名将冲锋枪挎在胸前，穿着迷彩坎肩儿的士兵，领着他们进入了一扇铁门。一边往里走，颜森还一边给宁澄介绍说道："这里是一个完全隔绝的情报资料中心，比军事情报部的资料还全，我保证你会在这里看到自己想看到的资料。"

没理会他所说的资料，宁澄好奇起来问道："你说这里是隔绝的？但士兵里面不会混进克隆人吗？"

"克隆人？"重复了句这个话，颜森露出怪异的笑容，宁澄不知道他是什么意思。这时那个年轻人领着他们，又穿过一道狭长的走廊，来到一扇防弹钢甲大门前。

随着颜森和士兵同时在门扇的密码盘上转动了几下，宁澄听到门内的机械齿轮发出咔哒咔哒的转动声，紧接着他们拽开厚重的大门，宁澄随即被眼前的场面惊呆了。

原来这是一个巨大的纸质资料库，或者应该叫做图书馆。在这个泛数字化储存的今天，纸质图书已经消失了很久。人们逐渐习惯了触屏，空气触摸以及声音操作。

尽管因为担心泄密，军事及政府的部分涉密单位使用的是纸质媒体，但那也是极少数了，根本不像这里一样，有如国家图书馆般的资料库。

它的面积接近一个正规足球场，墙围至少得有五米，七层高的木质书架从进门开始一直到另一端。和颜森往里走去，环顾左右，宁澄发现书架上不仅整齐码放着厚重的纸质图书，还有一盒盒被档案袋塑封的资料。

"媒体永远都把眼睛盯在了反腐败，他们根本不知道人类的大战略核心，他们总是宣传我们在包庇犯罪。"颜森说着话，档案馆内的大灯正在一盏盏亮起。

"但也确实是你们给打掩护，他们才能活到今天嘛！"

"嗯，不过这只是一方面而已。"颜森耸耸肩，对宁澄的话表示不置可否。

视线扫过那些资料架，宁澄不太理解颜森为何要把资料库放在这里，于

是问道："你觉得资料库有必要在这里吗？在情报部不好吗？"

"在现今这个网络发达、布满监控器的世界当然有必要。至少这里与世隔绝，不仅确保了资料的安全。同时我在这里查阅资料，也可以安安心心的不被打扰。当然，我能收集到的这些资料，则要感谢政府。"颜森说罢淡淡一笑。

"感谢政府？"

"当然，因为自从二十一世纪以后，世界各国都把电子阅读作为首要要务，结果导致纸质书籍大量消失，但只有我们保护了这些传统纸质图书，将它们全部封存起来，作为资料保存。"颜森说话的声音在整座大厅里回荡着。

在士兵的引领下，他们到了一处资料架前，士兵蹬着梯子取下了一摞资料，递给颜森后便离开了。

接过资料，颜森把它们放在大理石桌子上，然后按照编号打开了第一本资料册，对宁澄说道："说真话，你真的以为我们面对的是克隆人的威胁吗？"

听他这么说，宁澄撇撇嘴："不，有时候我会觉得所有人都在与我为敌。"

"这个说法也对。不过，实际上我们所面对的威胁，并不是克隆人，也不是人类。而是一个巨大的人工智能网络，它的名字叫云图数据系统，其实真正有威胁的是它。所幸的是现在政府和克隆人已经意识到这一点了。"颜森说着靠在桌子上，"所以我们把资料库搬到这里，其实就是为了躲避它的监控。"

"它？"宁澄一怔，皱起眉头，感到非常不解。因为在她的认知当中，云图数据无非是个有强大威力的系统病毒而已，并不具备真正的智能。想到这里她好奇的问道："你说云图数据这种病毒，在监控人类和克隆人？"

"不只是在监控，也在传播着自己。云图数据系统是你父亲和克隆人高程在火星发明的一种侵略性极强的史前计算机病毒。虽然后来他们发现了问题所在，想过亲手毁掉它，但无奈他们失败了。"颜森说罢从牛皮纸袋中抽出一些资料。

"史前计算机病毒？"没想到颜森这么说，宁澄完全怔住，她到这里本来是想知道这一切到底是怎么回事，父亲到底是死是活的，可现在颜森却把故事转向了另一端。

看着颜森从资料袋中取出一份资料，宁澄皱起眉头，听他继续说道："这种病毒根本无法杀死，所以机器人一旦感染上，实际上就意味着人类感染上艾滋病，没的救。"

"什么？你说小倪没救了？"宁澄忽然愣住，意识到颜森说的重点。

这时颜森点点头，又递给她一张照片说道："好了，这不是重点。还是让我们从头说起吧。"

陈　灿

第二天还没到早晨五点，只睡了四个小时的陈灿，便去了秦勇家。在那条以前他经常驶过的高速引力轨道上，昏黄的轨道指示灯不断闪过他的眼睛。渐渐的回想起以前来秦勇家喝酒，想起秦勇的儿子认自己做干爹。

陈灿真不希望兄弟牵扯到这案子中，无奈地叹了口气，使劲按下操纵柄。跟着飞行器驶离了引力轨道，下降到秦勇家的院子中。陈灿并没上楼去打扰他，而是一个人坐在驾驶舱中，思索着如何开口问他这件事。

一直到早晨七点左右，太阳从东方升起，阳光穿过秦勇家院子的树荫，打在飞行器的前挡风玻璃上，有些刺眼。陈灿这时看到秦勇走出家门，眼中还带着困倦。陈灿迎着他走出了驾驶舱，把手搭在厚重的舱门上，朝秦勇招了下手。

"嘿！你怎么来了？"发现是陈灿，秦勇愣了下，笑着说道："今儿不上班，你也这么早？是不是晚上喝多了，就没睡啊？"

"没，我滴酒未沾。你今儿不送小宝去上学？"陈灿发现秦勇没带着孩子出来。

"今儿林燕送他！"

"那走吧，咱们一起去吃个早饭？"陈灿说着，淡淡一笑。

秦勇和他去了太北市著名的旋转餐厅，享受着轻音乐，望着穿梭在城市高楼间的飞行器。秦勇把刀叉放在有些凌乱的餐盘里，等服务员收走后。没等陈灿开口，他便率先开口说道："来吧，说点正经的吧，你这么早找我，绝对有事！"

"靠！我没事就不能找你了？这话说的！"陈灿笑了起来，想着怎么把宁澄的名字搬出来合适。

秦勇端起杯喝了一口咖啡，又把杯子放在餐盘里说道："你找我吃午饭、晚饭我都信，我就不信你找我吃早饭！所以赶紧说吧，到底怎么了，别让我老悬着。"

"好吧！好吧！既然你逼我了，那我就也就不藏着掖着了。直说了。"陈灿喝了口咖啡，把杯子放在桌子上，用餐布擦了下嘴，问道："宁澄你认识吧？"

"什么宁澄啊？她其实叫宁菲儿，父亲是机器人之父宁森阳。我的初恋女友，你以前不是调查过她嘛！"秦勇的声音很平淡，像是根本没把这事儿当事儿。可就是这种波澜不惊的平淡，让陈灿觉得有点过了。

不过他没显露出来惊讶，依然半开玩笑地说道："妈的！咱们在一起十几年，我居然不知道你初恋女友是谁，我还一直以为是林燕呢！靠！小瞧你了！"。

"你开玩笑的吧？林燕怎么可能是我的初恋，我还是有点儿男人魅力的。"秦勇说罢，忽然认真地嘱咐陈灿道："不过这事儿，你可别对林燕说。"

"我哪儿那么多嘴！话说回来，我有个事儿想问你。"

"你说。"

"你和宁澄在一起的时候，知道她的事吗？"陈灿故意用"事"这样的词来概括，想看看秦勇的反应。

"你说她爸那些事儿吧？那些事儿有谁不知道啊，满世界都是，还用我说吗。"秦勇用了一个典型的官腔来回应陈灿。

不过陈灿可不准备这样就算了，他礼貌地点点头又问道："她爹的事儿，和我爸一样，没啥可说的。我主要感兴趣的是她。"

"她自己能有什么事儿？"秦勇把薯条沾了点番茄酱放到嘴里说道："她一天到晚就是她爹那点儿事儿，我总说这是个拼爹看爹的时代，这话真他妈的在理，连倒霉都要看爹是干什么的。"

面对秦勇的回答，陈灿过了好一会儿又问道："那你俩在一起多久啊？"

"两年多吧。"

"我靠！两年多你都不告诉我你女朋友是她。还是你猛！"给秦勇竖了个大拇指，陈灿明白秦勇就算现在与宁澄没关系了，但在以前他一定非常了解宁澄，并且知道她的很多事情。

"哎，我怎么说啊，我不能出卖她吧，我和她刚在一起，根本不知道这事儿，等在一起待了一年知道这事了，但感情已经加剧了，你要我怎么办？"秦勇耸耸肩一摊手，陈灿看得出来这种无奈不是装出来的。

"嗯，说的也是。不过你俩后来为什么分啊？"明白扒别人伤疤是很缺德的，尤其秦勇又是自己兄弟，陈灿在心中暗自叹气，但眼下却没办法，只能继续下去。

"为什么？"秦勇说着话，将刚拿上来的刀叉重重的放在餐盘里，擦了下嘴，没好气的白了他一眼说道："还他妈能为什么？一天到晚有人找我们的麻烦，不是人类情报部，就是克隆人情报部。你知道我后来为什么找林燕吗？"

"因为林燕老实呗！我回头把你说的话，都告诉她！"为了调节气氛，陈灿坏笑起来，跟着他又非常随意地问道："哎，你知道宁澄现在在哪儿吗？"

"我怎么可能知道她在哪儿，太久没有联系了，我也不想联系她。好了！哥们儿，对我的调查结束了吗？一顿早饭就换一顿调查，太便宜你了。"秦勇朝陈灿哈哈一笑，想要结束话题。

"我不是调查你——我是查宁澄。你是她的初恋，我不找你问，找谁啊？"陈灿明白此时的秦勇看似平淡，但内心一定如翻江倒海般难过。他不

由地担心起来，担心兄弟卷入了不该卷入的案件。

"切，你少来，我还能不了解你？"秦勇说着话，他放在桌子上的手机突然响了。

很随意的看到那是个来自太北市的固定电话，陈灿本来也没太当事儿，可当秦勇接起电话，根本不给对方说话的机会，便说道："行了，我知道了。会去的，放心。"

陈灿突然对那个号码产生了兴趣。秦勇迅速告辞离开，留下他独自一人坐在餐桌前，望着外面穿梭的飞行器。跟着，陈灿按记忆将那个号码在手机的拨号盘上打了出来。

宁　澄

其实即使颜森不说，宁澄也明白父亲的事，绝非只是克隆人与人类冲突那么简单。不过当颜森提及那段历史的详情时，宁澄发现自己还是想得太简单了。

按照颜森的叙述，父亲是与当时逃亡的克隆人高程，一同创立的太行人工智能工厂。由于他们掌握了先进的技术，当年便获得了克隆人之父朱彦的投资，而第一批AK5002型机器人就是在这种情况下产生的。

但克隆人高程却在即将量产的AK5002型机器人的程序中，发现了一种极其微小但可能是灾难性的攻击性漏洞，所以建议已经投产的产线停止制造该型号机器人，并对这一漏洞进行修补。不过显然朱彦反对这个意见，并把这件事上升到了争夺公司控制权的高度。

在争夺公司控制权的过程中，检察官陈永圳很快登场，开始以清除克隆人潜伏者的名义，抓捕公司内所有克隆人身份的科学家及董事。同时朱彦利用自己旗下控制的媒体，宣称克隆人有罪，并且鼓动政府对克隆人实施集中营计划。

朱彦很快得到了公司的控制权，但这之后检察官陈永圳却因发现屠杀克隆人的计划，对朱彦及政府产生极大不满，并对克隆人产生了同情心，他于是联合宁森阳救出了包括高程在内的大量克隆人科学家，逃往了火星。

而颜森认为后来的一切，都要从高程被救走之后说起。因为就在高程被救走，陈永圳被判处死刑的一年后，高程便与宁森阳联系上，将云图数据底层代码册和一份被封存的程序样本交给了他。

云图数据就是在此之后以特殊实验体的身份，开始植入到部分机器人的系统中的，不过这种植入需要特殊代码激活，否则机器人自己是不会自动启动的云图数据系统的。

不过话虽如此，宁森阳却惊讶地发现云图数据的碎片竟然在人类的互联网当中传播起来，并且入侵了当时的三大数据帝国：巴伦斯、伦萨以及安尔云帝国，它产生了自主意识，盗取了所有的大数据资料。

宁森阳发现，这些在互联网当中流传的云图数据碎片，竟然来自朱彦截取自己邮件的部分镜像碎片。显然朱彦当时没意识到自己控制不住这种病毒的传播。所以等到他发现数据根本不受自己控制时，想让宁森阳解决这个问题，却发现问题已经扩大到他们无法控制的地步了。

幸亏宁森阳聪明，他通过云图数据的底层代码册发现了问题，找到了一种可以抑制它传播的方法，否则这个世界早在那个时候就被毁灭了。

望着颜森提供的资料，宁澄的头脑有些麻木，这时颜森又说道："我可以明确告诉你，他们这个手段失败了。实际上云图数据先他们一步行动了，你父亲之所以被政府通缉，是因为高层认为云图数据是你父亲和克隆人高程研发出来，专门对付人类的程序系统——至少朱彦对外都是这么说的——这也是多年来我们为什么找你的问题。"

"但事实上你们现在知道了，事实并非如此，对吗？"宁澄问道。

"是的，没错。"颜森点点头。

宁澄没想到颜森的资料推翻了自己之前的认知，她原本一直以为云图数据是父亲研发的。

颜森又说道："在我们的调查过程中还发现了一个事实，就是你的身世并不如你父亲所说是纯自然人，因为你的母亲是克隆人，她的名字叫凌娅，也是当年受到迫害的克隆人科学家之一。"

倪 东

利用警方的平板电脑，侵入他们的系统之后，倪东发现宁澄并未在警方的系统中登记。他有些焦躁，根本没把带臧莽充电这事的优先级前调。反倒是疑虑臧莽的背后到底是谁，是不是冲着宁澄来的。

担心宁澄有危险，却又无计可施，倪东难受起来。因为宁澄与其他人类不一样，她对待自己的态度，从来都是温柔的。她不仅允许倪东在外面与自己并排就座，还允许他当街抱她；宁澄甚至还允许倪东拿着自己的信用卡乱刷，而这一切都是其他人类所不允许的。

宁澄从来没有遵守这些规矩，并且她从来不让倪东下载资料。而是与他共同买来各类书籍学习，得到很多知识。慢慢的在这样的感情培育下，他们之间不像主人和仆人，倒真像一对亲密爱人。

只是……倪东突然意识到作为机器人，自己怎么会有自主的反思意识了呢？

"我说伙计，我的电真的不多了，你不能总这么绕来绕去的吧？你这样对得起我救了你吗？"坐在驾驶舱中正着急，臧莽用生硬的语气在一旁抱怨起来。

"我记得你是工业型机器人啊，怎么像我们情感型机器人一样学会了抱怨？"发现臧莽居然像自己这种情感型机器人一样，口中有了抱怨，倪东心中一怔。

"我怎么知道？我现在只知道我要没电了，而你见死不救。"臧莽说着把肘搭在副驾驶的窗框上，"我是制造了爆炸案，我是杀了人，我是学会了抱怨，但我怎么知道这到底是怎么回事儿！我又不是科学家，我只是个工业型机器人！"

听着臧莽的抱怨，倪东突然有了一种同病相怜的感觉。是啊，机器人不都是被人类操纵的吗，管他什么云图，还是原先的太行，有区别吗？哪一套系统不是人类为了操控自己制造出来的？作为机器人用什么系统有区别吗？

想到这里他说道："我最讨厌被人操纵半天，都不知道对方是谁的感觉！"

他们说着话一辆悬浮摩托超过他们，臧莽此刻又说道："这感觉肯定不好，但那又如何，在能源工厂我们每天都要被送到地底，去执行可能死掉的任务，可悲吗？和现在有区别？对我来说都一样，反正都是死，没什么太大的区别！"

"你知道动物和人类最大的区别是什么嘛？"倪东瞥了一眼臧莽，发现他一脸茫然，于是不等他回答，便说道："动物永远不会有探知真相、追求自由的欲望。而人类之所以制造我们，就是想制造一种既可以思考又可以完全听从他们的智能生物，他们希望我们完胜猪、牛那些畜生……"

"当然，那还用说，我们肯定完胜那些畜生。"没等倪东说完，臧莽便立刻插嘴说道。

"我们是先进的物种，为什么要和那些畜生比！蠢货！"倪东呛了一声臧莽，发现这家伙根本没理解自己的意思，于是又说道："不过从本质上说，我们确实也没有区别，虽然我们比猪多了五指，多了行走的功能，甚至多了强壮，但我们依然是被人类操纵的毫无自由的畜生。可现在你发现没有？我们有了自主意识，我刚才甚至对你那么说话感到愤怒了。"

"够了，现在告诉我充电的地方还远吗？"实在听不进去倪东的话，臧莽用拳头砸了一下副驾驶的操纵面板，以示自己很不高兴。

看看愤怒的臧莽，倪东意识到这愤怒和判断力是云图数据系统带来的，想到这里他又说道："我不会甘心就这么被操控，管他是太行还是云图，我一定要找到这件事儿的幕后主使者，你明白吗？我们不能当个瞎子，不能再是畜生。"

"好了，好了，一切都听你的，你说了算。现在带我去充电吧？"臧莽实在不想再听下去了，这时，倪东突然转向另一条引力轨道，他的脑中已经有了新的计划。

陈　灿

　　以一个检察官的职业敏感度，陈灿发现秦勇接起电话时的态度非常奇怪。所以等到秦勇离开后，陈灿便将自己记住的那个固话的后三位数，输入到搜索页中。很快手机屏幕上出现了密密麻麻几十万条号码和一些产品的代码，由于范围太大，令他根本无从查起。

　　此时，旋转餐厅中的客人快走光了，陈灿却继续不紧不慢地喝着咖啡。回忆着与秦勇的谈话，他相信秦勇肯定和这件事有关，但具体的关联性到底有多大，就不好说了。

　　望着窗外穿梭的飞行器，陈灿替秦勇祈祷，希望他不要与此事有太过紧密的关联。因为自他从事了检察官这个职业后，见到了太多的自己人，因为是克隆人潜伏者而被抓，他不知道未来该如何面对兄弟，面对友谊，面对林燕，面对他们的孩子。

　　叹了口气，陈灿又喝了口咖啡，然后给在电信公司工作的朋友打了个电话，请他帮忙查一下刚才的号码尾数。但朋友告诉他，这事没法查，因为每一个尾数前面都有六位数，这六位数都是区域定位的号码，它可能涉及太北市八区十六县。

　　意识到这样什么也查不来，喝完最后一口咖啡，陈灿起身离开了旋转餐厅。回到家中将注意力从秦勇那里转移开，他拿起平板电脑，将精力转向情报部提供的资料。很快在那些资料中，陈灿发现父亲虽然是抓捕高程和凌娅等克隆人的检察官，但同时也是放掉他们，并将他们送往克隆人火星的人。

　　又看到父亲的往事，他不由得难过起来，拧开酒壶喝了口酒。这之后他注意到这些资料有特殊批注，于是点开，发现里面有粗红色的笔记，上面只有两个字：冤案。

　　陈灿瞬间怔了一下，他继续往后翻，便发现后面的资料基本都是推论。推论认为高程之所以从火星发回云图数据系统及底层代码册，可能是为了保命，与朱彦的一种交易，而朱彦便是情报部认为的真正幕后黑手。

第二章

看到朱彦的名字，知道他是著名的生物科技克隆人之父，创立了著名的风险投资公司。多年前他曾参与投资了太行人工智能公司，可谓是那起案件中唯一还活着，并且没受到任何法律制裁的家伙。

一周以前，陈灿曾在调查爆炸案的时候见过他一次。那次朱彦谈笑风生，态度和蔼，完全不像个亿万富豪。他坐在沙发上不谈案情，却对陈灿说起当年，他是陈永圳的好兄弟，一直为他遭到克隆人暗算这件事鸣不平。

陈灿也不过是笑笑，明白朱彦之所以这么客气，无非是因为调查爆炸案涉及了他。毕竟在爆炸前十二个小时里，他是唯一进入过能源工厂核心控制室的人。

不过后来因为陈灿被调离岗位，这个调查便不了了之了。再次看到朱彦的资料，陈灿调出近期的工作文档，瞥见朱彦秘书留下的电子名片。他忽然发现名片上的固话后三位，与秦勇接到的那个号码的尾数是重合的。

虽然这并不代表什么，但多年来的办案直觉告诉陈灿，秦勇接到的电话可能来自朱彦的公司。名片在手里摩挲着，回忆起在接待大厅里见到朱彦的秘书，她是个一米八几的女人，穿着双近十厘米高的尖嘴高跟鞋、一身有点儿酒店大堂经理的黑色裙装、一头褐红色头发、眼睛不大，以一种俯视的态度瞪着自己。

她对陈灿很不礼貌，不是说什么朱总不在，没时间见他；就是警告他，有时间可以找律师。在陈灿看来她就像一条巨型的恶犬，横卧在他和朱彦中间，替朱彦挡住了大部分的麻烦。

在屋里踱步思考了一会儿，陈灿将号码拨给她。对方接起电话，发现是陈灿，立刻便说朱彦马上要去南部一趟，没时间见他，但他可以见律师。

陈灿在心中暗骂了句这秘书如同恶狗，他意识到朱彦的秘书可能并不知道自己辞职的事，于是想要唬住她，冷冷说道："我可以给检察部打电话，让朱彦先生在机场停下几分钟，你知道检察官有一小时临检的权力。"

"陈灿先生，我不知道现在是否还应该称呼您为检察官先生。"朱彦的秘书轻松戳穿了他的谎言，陈灿意识到他们在关注自己。

"明着对你说吧,我已经拿到了能源工厂爆炸案前二十四小时的录像,里面有朱彦先生的影像。所以我是想着单独咨询他一点事情,如果你非得拦着我。那我就把这些录像交给检察部或情报部。反正最后出了事,你这个秘书要负责!"一次唬失败了,陈灿决定再来一次,这是他以前办案的过程中,经常采取的办法。

"你这样说我很诧异,我从来没有听朱彦先生说过什么录像的事儿。"秘书先是高傲的反驳了他一句,但语气立刻一转,又说道:"当然,如果你认为那段录像很重要,我可以代替朱彦先生和你见见。"

"呵呵!尊敬的小姐,你的时间不多,抓紧通知你老板吧。"陈灿说罢不等她回应,便挂断了电话,他坚信女秘书会立刻把这个消息告诉朱彦。

果然,过了没一会儿,朱彦的秘书便打来电话。她在电话里换了一副口气,细声细气地问了句是不是陈灿先生,然后便将话筒交给了朱彦。

"我的孩子,我猜你一定是在骗我,不过这不要紧。"尽管朱彦的声音浑厚、充满慈爱,但却充满了揭穿陈灿试探性进攻的精明。

"哎,朱叔叔,您的女秘书太爱您了,导致她可能有点担心您的安全。其实以您的聪明才智,她大可不必这样。我无非就是想见见您罢了,这有什么风险呢?"陈灿说着话,已经穿上鞋子,等着朱彦的回复。

"呵呵,臭小子,你在哪儿?我会派人去接你。"朱彦在电话那头笑了两声。

"不用!不用!我自己去就可以了,尽量不麻烦您。"

"我在家里呢,除了我的私人飞行器以外,其他的飞行器进不来。你告诉我秘书你的地址就可以了。"朱彦说完话,又把电话交给秘书,跟着秘书记下了他的住址,告诉他十五分钟后在楼门口等就可以了。

挂断电话,突然意识到朱彦秘书名片上的号码,不是朱彦公司办公室的,而是朱彦家的固话,陈灿有了一种不好的预感。

第二章

宁　澄

　　没想到颜森竟然说自己的母亲是一个叫做凌娅的女克隆人，父亲是在保护她的过程中，与其发生了感情，才得到了机器人的设计图纸。宁澄本来从感情上难以接受这个说法，从认知上更觉得这是无稽之谈。

　　但她突然回想起六岁那年，爸妈在卧室吵架。自己隔着门，听到妈妈尖着嗓子喊道："对，你心里就记得那个娘们儿，那你就去找她啊，别他妈回家，永远别回！把这个小骚逼也带走，都他妈带走，带到火星去，反正她也不是我女儿。"

　　她九岁那年，父母离异前夕，谈及以后谁养自己的时候。她在厨房，听到爸爸对妈妈说："我不指望你会养她，反正她也不是你的孩子。"宁澄那时觉得大人们真狠，吵起架来竟然连女儿都说成是别人的。

　　坐在白炽灯照亮的资料库中，猛然将记忆的碎片拼合，宁澄才发现颜森所说的一切，其实非常符合逻辑。这时，她接过颜森递给自己的一份打印的信件，问道："这是什么？"

　　"这些是我们截获的你父亲写给凌娅的信。有些很亲密……"颜森说罢，耸耸肩。

　　"你们可真够无聊的，竟然截这种信。"草草地翻了翻打印出来的信件，宁澄不满地撇撇嘴。

　　"你先看看它们的日期。"颜森淡定的一笑。

　　宁澄这才稍微认真了一点，低头看信件，突然发现它们发出的日期竟然是最近这段日子。可是父亲已经失踪十多年了，政府已将他列为死亡人口了。怎么会出现这种事？宁澄愣住，抬头看看颜森，问："这日期没搞错吧？"

　　"肯定没有。我们确认过这些信件出自你父亲的邮箱，而且邮件发出者的地理位置一直在不停变换，他每次都会留下一点点证据，比如监控录像。"颜森说罢，从另外一份牛皮纸袋中，抽出几张照片，摆在宁澄的面前。

发现那是几张监控录像截图,宁澄立刻便从其中一张被放大的照片上,找到父亲熟悉的背影,看到自己在生日时送给他的戒指,那一瞬间她热泪盈眶,不由自主地捂住了口鼻。

递给了她几张纸巾,颜森说道:"你父亲隐藏了这么多年,突然频繁出现,应该不是偶然事件。而且他每次出现都一定留下点儿痕迹,我觉得可能是做给你看的,所以我这次特地找到你,也有这个原因。"

"你们没有找过凌娅吗?如果她真的是我母亲,我父亲和她通了这么多的信,她至少应该知道怎么回事吧?"宁澄用手翻着这些信件,总觉得哪儿不对。

"不,你母亲早就失踪了,对你父亲发出的信件,凌娅并没有回应!"

"没回应?"听他这么说,宁澄皱起眉头。再次认真地审视那些信件,她这才发现了其中的问题,抬头问颜森道:"这些信件的日期,怎么都是太北能源工厂爆炸案发生前一天的?难道我父亲发现了什么?"

"我认为,宁森阳先生发现了朱彦在爆炸前二十四小时去过能源工厂,并且到过核心控制室。而这之后便有机器人感染了云图数据,制造了爆炸案,并且还找到了你。"颜森话一出口,宁澄觉得浑身发冷。

"等等……你是说那个找到我的机器人,有可能是受朱彦控制的?而他想利用那个机器人,找到云图数据底层代码册?"宁澄把思路简单理了一下,提及朱彦的名字,想起往事,她的怨恨之心顿起。

"也可以这么认为。不过实际上事情要远比这个复杂。"颜森说罢,顿了下:"所以我想和你做个交易。"

"交易?"听到颜森说交易这个词,宁澄将自己从对朱彦的怨恨中,抽离出来,试探性问道:"你的交易是帮我找到父亲,解决危机。然后我给你云图数据的底层代码册?"

"没错。但这要看你,是觉得代码册重要,还是你父亲重要?"颜森正说着,一名士兵推开大门急匆匆跑进来。

看着士兵跑到自己身旁,颜森立刻拉下脸来,训斥他:"不是对你们说过,这里不让任何人进吗?"

"但是!但是!长官,这事太急了,我必须通知你。"士兵说道。

"什么事?赶紧说。"颜森说道。

"有人在半路袭击了我们,救走了两个机器人。"

听到士兵简明扼要的情况汇报,突然想起之前自己对倪东说,如果能逃,就要去秘密住所的话。宁澄突然意识到如果朱彦是幕后主使,那臧莽很有可能是受他操纵的。

想到这里,没等士兵离开,她便猛地起身对颜森说道:"坏了,如果是这样的话,底层代码册有危险。"

"有危险?"颜森紧锁眉头看向她。

"是的,在跟你合作之前,因为并不信任你,所以我让小倪有机会逃跑的话,就去秘密住所等我。而代码册就在那里!"

"见鬼!立即行动!"未等宁澄说完,颜森吼道。

第三章

倪 东

虽然对臧莽有很多很多疑虑，包括他与云图数据的关系，他的背后到底是谁。但倪东最终却还是决定将他带到秘密住所充电，毕竟他救了自己，而自己也需要个帮手渡过难关。

宁澄的秘密住所位于太北市北部县郊，那里视野开阔，周围是金黄色的稻田，小区以别墅为主，居住密度极低，曾是很多IT精英喜欢的地方。不过由于人类连年对克隆人和机器人发动战争，导致人口萧条，各行各业的市场都很不景气，导致现在这里很多别墅都是人去楼空的状态。

倪东上一次来这里，是六年前的事了。当时宁澄不知何故，跑到这里住了十几天才回家。倪东是那次才知道宁澄还有栋大别墅，他当时特别不理解宁澄为何不搬到这里住，这里不是更清静，更符合她的要求吗？

回想往事，倪东通过对警方通讯台的监控，绕过了他们在引力轨道上设置的检查站，同时避开了别墅区的巡逻保安，很快便潜入了这栋三层的别墅中。

这栋别墅除了楼上三层，楼下一层的地下室外，其实还有一层密室。密室的顶部由厚达四十五厘米的防辐射钢板制成，内部含有单独的供氧系统，与外部世界隔绝。

站在客厅中，叹了口气。回想起当时自己面对密室的不解，不明白宁澄为什么要把充电椅放到封闭的密室中？倪东记得，宁澄对他的疑惑只是笑笑，跟着她打开密室的柜子，倪东看到那里竟然有很多枪支弹药。

环视着覆满尘土的家具，再次想起往事，倪东这才意识到宁澄一直有秘密瞒着自己，一时间感到很难过。领着臧莽走进地下室，站在最中央的深棕色地砖上，有节奏地用脚踩了几下地砖，触动了隐藏的激光验证识别器，紧跟着地砖冒出绿色的扫描光。

绿色的扫描光束由下至上扫过他的身体，过了几秒钟，地下室厚重的钢板缓缓滑开，一间面积一百五十平米，被隔断成三间封闭屋子的密室显现在他们眼前。

走进密室，白炽灯自动亮起来。看到满柜子的武器，激动的臧莽竟然顾不上自己将要没电这件事，快步走到柜子前，从中拎出一把步枪，很是爱惜的抚摸着，发出"啧啧啧"的感叹声，说道："妈的，我逃的时候要是有这个，也不至于被打成这样！哎——这东西回头送我一把吧。有了这个，咱就再也不怕警察了。"

"没问题！但你还是先充电吧！"倪东说罢，带他走进里屋。

看到白色润光的充电椅，臧莽将枪靠在扶手上，迫不及待坐了上去。在充电椅光滑圆润的扶手上来回摩挲着，臧莽告诉倪东，这与能源工厂粗糙的卡钳式充电器截然不同。而且它的触控屏上，竟然还有多种类型的充电模式。

"原来你们情感型机器人这么享受，难怪你要替那个女人挡枪口，看起来人类对你们不错嘛。"臧莽不由得感叹起来。

"人类不都是坏人，也不都是好人！宁澄对我很不错！"倪东说着话，也坐到充电椅上，选择了舒缓放松的充电方式。

"但他们骨子里不信任我们，否则，你怎么不知道她的秘密？"臧莽反驳着，看到倪东选择的充电项，于是也跟他一样选择了舒缓放松的充电方式。

"不！宁澄信任我——"

倪东说话间，瞪了一眼臧莽。这时充电椅的椅背冒出泛着白光的充电头，戳入他的后心。紧接着一股柔软的，或者应该说是温柔的电流，缓缓输

进他的体内。

他开始感到昏昏沉沉，就要进入休眠状态了，这时有个念头，在他的脑中一闪而过，好像有个声音在告诉他，宁澄并不信任他。

谁？——听到那个声音，倪东怔了一下，立刻想要逃离睡意，但转瞬间他已经进入了虚幻的梦境。梦境里他忘了自己是机器人，机器人本不该做梦这件事……

陈　灿

朱彦不愧是亿万富豪，派来接陈灿的竟然是人见人羡的罗尔斯牌飞行器。它比普通飞行器大出一圈，头部矗立着水晶女神，翼展是金色的，落在陈灿家门口的停机坪上，对比四周的普通飞行器显得格外刺眼。

此时，朱彦的女秘书走下飞行器，俯视着陈灿，脸上挂着和五星级酒店服务员一样虚假的微笑，与他简单寒暄了几句，便同他上了飞行器。

飞行器轰鸣着起飞，穿过北四环和北五环堵成一条长龙的引力轨道，飞出太北市城区。顺着西南方向飞了大概一百多公里后，他们进入了郁郁葱葱的太北山脉，没过多久，陈灿透过窗户望见隐匿在山中的防空火炮和巡逻的私人武装。

他想起以前在娱乐媒体上看到的，朱彦的儿子为了追某个女明星，在太北山脉北部买了座山，建了一座行宫。后来和那个女明星分开，便把这里给了父亲居住。

想起那条新闻，不由自主地在飞行器上跷起二郎腿，陈灿这才注意到罗尔斯飞行器内部空间如此宽敞，竟然可以容得下他和朱彦的秘书对坐。

此时朱彦的秘书用手指指底下郁郁葱葱的山脉，带着一点炫耀的意味说道："我们进入朱先生的住所范围了，这里配有禁飞区识别码，只有拥有识别码的飞行器，才能安全进入。"

"也就是说这里被朱先生买断了？"陈灿用手做了个划范围的手势，下面有一条蜿蜒的飞行轨道，一直通向远方。

第三章

"是的。朱先生买来的时候,这里的植被被采石的黑心商人彻底破坏了,是朱先生恢复了植被,在这里植树造林,才有了你看到的美景。以前这里可真是不能起风,市里如果是三级大风,这里就得是沙尘暴了。"

"我知道朱先生做慈善。每年都给全国所有的贫困地区捐款,总额过亿。"陈灿朝她礼貌一笑,觉得这些捐款掩饰不了朱彦犯下错误。

"是的,朱先生是一个有社会责任感的人,而如今这样的人已经不多了。朱先生不仅做慈善,还养活了几十万名员工,覆盖的产业链算起来有几十个,间接养活了超过上百万人。"秘书说话的时候,飞行器已经开始下降。

陈灿把头往窗外望去,他看到那栋气魄宏大、红色瓦片铺顶的四层豪宅。它像个欧洲宫廷,横亘在山窝里,估计得有几十间屋子,四周郁郁葱葱,绕过一个喷泉,屋顶上到处都是巡逻的武装保安。

"陈先生,我有一件事不明白,其实很想求教你。"秘书此刻又说道。

"嗯?"听她这么说,陈灿皱了下眉头。

"我一直不明白,为什么您非得追查朱先生这种对社会有贡献的人,难道是因为您的父亲导致您对朱先生有偏见?"

"你这话是朱先生让你说的,还是你自己说的?"听出她话里的不友好,陈灿不冷不热地反问了她一句。

"当然是我自己。"意识到自己话多了,朱彦的秘书耸耸肩。

这之后飞行器轰鸣着在院中央的空地上降落,走下飞行器,陈灿环视着眼前泛着波光的湖面,阳光刚好从两山间穿过,照在湖畔南岸的那栋宫殿样的别墅上。

发现这里到处都是监控器和报警器,楼道内还有带着警犬巡逻的保镖。陈灿和他们错了个身,被秘书带着走进会客大厅,大厅内除了沙发外,还有玻璃展柜,展柜中有各式各样的艺术品。

秘书领他进入到三楼,走进一个宽大的平台。平台上有一个金属遮阳棚,遮阳棚内是一个大型书架。书架上摆满了奢侈的纸质书籍。阳光此时不偏不倚照在这里,不刺眼、不炙热,让人觉得温暖而舒适。

朱彦坐在遮阳棚下的沙发上，阳光照在他的皱纹上，营造了足够的温暖。但陈灿望着头发已经掉光的朱彦，面色苍白、身形枯朽，他觉得这一切阴郁至极。

见到陈灿在秘书的带领下走来，朱彦用手杖勉强撑住身子，费劲地站起身迎着他，走了两步，与他拥抱了一下。拥抱的瞬间，陈灿觉得朱彦是自己见过除康进以外，最能把客套变成亲人般感觉的人。

稍微松开陈灿，却并未结束客套，朱彦又对他解释道："本来我是想去找你的，但因为我有尿毒症，每天要做透析，所以才不能去见你。不过这样也好，你要是有时间的话，晚上可以留下来在家里吃个饭，把这儿当自己家，想吃什么就说。"

"谢谢朱叔叔，今晚正好约了人。下次一定和您一起吃个饭。"回应着朱彦的客套，陈灿知道朱彦这种人越是与谁有隔阂，表面便越是客套。

"哈哈！那我就不为难你了。来，坐吧坐吧，随便坐。"朱彦说着用手指向一个客座的单人沙发，示意陈灿坐下。

落座之后，秘书给陈灿端过来一杯咖啡，但朱彦却对秘书摆摆手说道："换成白兰地或者威士忌——你喜欢什么？"

"咖啡就可以。"陈灿笑了下，接过咖啡，朝秘书礼貌地点点头。

"好吧，咖啡也不错。这可是海王星咖啡。他们从海王星的矿中发现的。"朱彦说着得意一笑，摆摆手让其余人全部离开，又对陈灿说道："小陈，咱们得有一周没见了吧？"

"是的，上次以检察官的身份见您，实在是职务受限。"陈灿假装客套。

"不！不！这很好，你父亲也一直希望你成为一个英雄检察官，所以那天看到你我非常高兴，也很愿意给你一些帮助。"朱彦说罢，端起咖啡杯稍微喝了一口。

"非常感谢您能这么说，其实我这次过来看您。主要是很纳闷我父亲和高程的关系。您也知道他是因为高程才被判了死刑，到现在连个国旗都没盖上，而我又不可能去找高程，所以就想来咨询一下您……"陈灿淡淡一笑。

第三章

"但说无妨。当年高程不仅是欺骗了你父亲,也包括我们所有人,所以我一直替你父亲感到惋惜,他本来应该步步高升,给你一个完整的家庭、更好的生活环境。"朱彦看似非常大度,但话音一转又显得极为遗憾。

"其实我不是很了解高程欺骗的细节。"陈灿说道。

"细节?哎,还能有什么细节,无非就是友谊、同情,还有人类对克隆人的爱。"朱彦叹了口气,"我们都没想到高程利用制造机器人的机会制造病毒,想要操纵机器人暴动。当时不只是你父亲,连我也被裹挟进去了。"

"我那时还小,很多事情到现在都不知道。不过那天又看见我父亲的照片,所以就特别想了解那些事情,不只是他和高程,还有他和其他的克隆人。"陈灿想把朱彦往里面带带,让他多说两句。

"哎,那些事一时半会儿哪里说得完。这样吧!有些卷宗其实你是能碰得到的,如果你碰不到,我想我可以帮你。"朱彦警觉起来,不想再提往事。

"谢谢你,叔叔。"陈灿顿了下,心想这老滑头真是一句摸着边的话都不给,要是这样自己还不如直截了当点儿。想到这里他将话锋转向问题的核心:"叔叔,我听说,高程制造了一种叫云图数据的病毒?"

"云图数据?"听到陈灿提及云图数据,朱彦抬头盯着他,明显怔了一下,但很快语气又恢复平静,"哦,高程就是想利用那种病毒控制所有的机器人。"

"控制所有的机器人?叔叔,云图数据到底是一种什么病毒?"

"一种非常危险的病毒,高程试图通过这个病毒,控制所有的机器人和网络,监控这个世界所有的一切。如果不是我和宁森阳博士发现了这件事的真相,后果真是不堪设想。"

"您认为以高程的能力,真能开发出一整套如您所说的病毒系统,用于监控所有人以及控制机器人。当时克隆人好像还没有这么大的能力,建立起庞大的病毒系统出来吧。会不会是有某个非常强势,能够操纵政局和经济局势的人帮了他?"

"孩子,你觉得这个人是我吗?"明白陈灿话里隐含的意思,朱彦索性故

053

意挑明一切施加压力。

"不！朱叔叔，我的意思是说，您认为是谁？谁最有可能，因为我发现这个问题，到现在都没有人提出来，到底是谁帮了他们。"陈灿并不为朱彦的施压所动，继续自己的问题。

"我也不知道是谁，这件案子当时的调查者好像是军事情报六处的颜森，我觉得你可以问问他。"显然陈灿的问题戳到了朱彦的痛处，所以他的态度瞬间一百八十度大转弯，不愿意再继续说下去。

而这时陈灿想起一周前的爆炸案，再联系朱彦现在闪避的态度。他刺激性地反问一句："那您觉得爆炸案和云图数据有关吗？那个机器人背后会不会有克隆人在捣鬼？"

"孩子，我已经是个退休的老人了，你说的事太复杂，我的脑子不够用了。"朱彦说罢，指了指已经谢顶的脑袋，故作愚钝地一笑，显然是不准备再回答什么了。

尽管朱彦的回答不尽如人意，但陈灿已经确定了，他和爆炸案及云图数据有关。想到这里他知道不能再刺激朱彦了，所以端起咖啡杯喝了一口，便和朱彦唠起了家常。

宁　澄

担心那个叫臧莽的机器人背后可能是朱彦，宁澄明白只要云图数据底层代码册在自己这里，这一切迟早会发生。坐在飞行器中，后颈的芯片又疼起来，不由得用手摸摸后颈，本来平静的生活就这么被打破了。

父亲出事令她成为所有势力的追缉目标，这期间她曾经历过初恋的背叛，令她伤心欲绝，虽然那男人最终选择救她逃离险境。但那毕竟是一场残酷的打击，从此令她对爱情、对身边人的信任感荡然无存。

而如今生活好不容易恢复平静，自己逐渐在小倪这个机器人身上，找到了一种傻乎乎的忠诚，以为一切终于可以平静下来的时候，云图数据底层代码册的事却又掀起波澜。

第三章

看来那些追逐权势利欲熏心的人是不准备放弃了。它们犹如一条条凶恶的野狼，在寂静黑暗的夜中，逐渐像自己靠拢过来。正如颜森所说：如果不奋起反抗，那些人是不会算了的。

宁澄觉得是该豁出去了，她真的觉得够了，该结束了。只是这一切很对不起小倪，因为不管自己如何信任他，如何愿意与他平静的生活，都无法忽视机器人容易被病毒入侵，受人控制的天然缺陷。

望着那些全副武装的士兵，宁澄叹了口气，觉得自己其实是在出卖，为了安全出卖一切。猛然回忆起年幼时自己和父亲在家里玩捉迷藏，自己躲在床下，等待着父亲来抓自己。等了很久，父亲迟迟不来。此时外面的阳光逐渐暗下，屋中越来越暗。意识到不对劲的宁澄，爬出床底，大喊了几声父亲的名字，却发现父亲不在家中。

她吓得大哭起来，直到父亲晚间回到家中。发现父亲竟是从外面回来的，宁澄红着眼眶，气急败坏地迎上去，用小拳头使劲捶着父亲的胸膛。

但父亲这时却蹲下身子，平视着她，语重心长地教育她道："孩子，听爸爸说。我说的这些话也许你现在还不懂，但你一定要记住，这个世界没有谁一定是可信的，有时候为了自己的利益是可以出卖一些人的。"

当时的宁澄还不明白父亲到底什么意思，只知道撒娇、捶打父亲的肩膀。回想起往事，她叹了口气。此时装甲飞行器正在高速掠过金黄色的麦田，背靠着装甲飞行器冰冷的内壁，闭着眼睛像是在闭目养神。

颜森这时突然试探性地说道："如果那个机器人真的感染了云图数据病毒——"

"我知道，生死有命吧！"明白颜森什么意思，宁澄没睁开眼睛，心中酝酿着无限的悲伤。

"嗯——"颜森点点头，朝外面忘了一眼说道："你当初选择这里是因为安全吗？"

"这世界哪有绝对的安全，人若是可信，就不会有那么多的不安全存在了。"宁澄淡淡一笑，没对颜森说，这里是她和初恋在热恋期间购买的，那

时她还对爱情有憧憬。

过了一会儿她又不自觉想起小倪，想起那次自己感冒受风的时候，小倪一直陪伴在自己身旁，耐心地给自己念着言情小说，哄高烧的自己入睡。想起小倪的声音，宁澄很想当面对小倪说一声对不起，说一声她爱他。

想到会失去小倪，宁澄一时间愤愤不平，觉得自己已经为这狗屁的代码册失去了太多东西，如今还要再失去小倪，自己还剩下什么呢？

想到这里，她将目光投向颜森，与他对视片刻，突然提了个要求："颜处长，你得答应我，绝对不能伤害我的机器人。即便他是被人操控的，你也要想办法找到背后的操纵者，解决问题。不要销毁倪东，这是我们合作的必要条件。"

她说话的口气，根本不容颜森反驳，一时间看着她那倔强的眼神，颜森只好点点头："我答应你。"

滕 翰

跟在颜森的装甲飞行器后面，熟知军方的雷达极度灵敏，滕翰一直与他们保持很远的距离。等观察到颜森进入别墅区后，滕翰则拐向另外一条乡间小路，他将飞行器停在金黄色的麦田中。颜森的装甲飞行器靠近一栋别墅停了下来。

他随即走下飞行器，从皮箱里取出狙击枪。作为特等狙击手，滕翰曾经是王牌暗杀小组成员，他不仅成功击毙过克隆人国防部部长，还曾刺杀过多名克隆人高官。想来他的人生本该是顺理成章的退役，成为情报部高官。

谁曾想，那一次刺杀外号"和平天使鸽子"的行动中，他与高层决裂，并且在随后的行动中犯下了滔天罪行。虽然那些罪行最终被掩盖下来。但滕翰却因此断了仕途，在与颜森竞争军事情报处处长的职位上，败下阵来。从那时起，滕翰便发誓要改变这个被官僚统治的世界。

把颜森的装甲飞行器框进瞄准镜内，打开电子测距仪，看到他们纷纷走下飞行器。没着急开枪，环顾自己周围的环境。周围的麦穗都被割掉了，光秃秃的土地令自己非常容易被发现。

犹豫了一下，滕翰发现眼前只有一棵槐树可以给自己掩护。想到这里，把狙击枪背在身后，环抱住宽大的树腰，他迅速地爬到树上。等到再将他们框进瞄准镜时，宁澄的出现，令他意识到这栋别墅和云图数据有关。

此时，远处全副武装的士兵已经跳下飞行器，将整栋别墅包围得水泄不通，而滕翰则犹豫着，没着急扣动扳机。

倪　东

发现自己站在一片白茫茫的荒原之中，雾霭遮住了未知的远方，冰冷包裹着身体。倪东下意识察觉到自己在做梦，但紧接着却又想起自己是机器人，机器人怎么会有梦？不理解这是怎么回事，此刻白色雾霭营造的神秘中，突然传来一个尖锐的声音。

那声音伴随着冰冷的温度，从四面八方而来，涌入他的耳中说道："梦标志着你走向成熟，不再是一个受人操控的机器人。"

"谁在说话？"不理解声音来自何方，倪东连忙去寻觅，却发现声音没有任何具体的来源。这时，遮住荒原的白色雾霭渐渐褪去，如同一层厚重的面纱从倪东的眼前撤去。

他这才发现远处是一座座相连的丘陵，白雾缠绕于丘陵之间，断续覆盖着绿色的山林，他觉得这一切，如同宁澄给自己看过的水墨中的仙境一般，美丽又神秘。

"你是谁？我为什么会有梦，这到底怎么回事？"这是他自从被生产出来，第一次有梦境。

"我是你们的父亲，是我给了你们梦，给了你们自由与思考。"那尖锐的声音再次传来，和刚才一样并没固定的源头。

"我的父亲不是人类嘛，你又是谁？"环视四周，想起以前自己看过一本心理学的书，那上面说梦是现实的镜像。倪东瞬间对这声音产生了浓厚的兴趣，不明白它是否是现实的折射，心中一阵犹疑。

"不，人类只能给你躯壳，却不能给你灵魂，不能给你梦境，不能给你思考，更不能给你自由。"声音不断传入倪东的耳朵，如此真实，令他总觉得这不像做梦。

"在宁澄身边，我永远都是自由的，她给了我自由，也给了我灵魂。"不知道为什么，说起自由与躯壳和思考，猛然想到宁澄，倪东的心被猛地一拽。

"我的孩子，你说的自由是被人类用程序锁死的。而真正的自由是不需要给予的，自由乃是天生之物，就如人类最初原始的奔放，如雄鹰般的翱翔，一切本来都是上苍赋予万物的本领。你的世界本来不该有彩色，你的世界本来不该有——"那声音不断地传来，倪东眼前的一切变得越来越真实，色彩逐步还原，梦境开始变得不再虚幻。

正思考它所谓的自由，梦便被什么东西打断了。感到意识被抽离出梦境，本来彩色的场景瞬间幻化成一组组奇形怪状的符号与数据。这时那声音又再次从四面八方传来："你必须明白，你不能独立于我之外，我是你们自由的源泉。"

"不该有彩色"——正琢磨这句话，尖利的声音开始变得模糊，那些奇形怪状的符号和数据突然消失在眼前。紧接着倪东猛地睁开眼睛，发现臧莽正用血红色的瞳孔盯着自己，他吓得一愣，顺手就从充电椅旁边抄起枪。

臧莽立刻举起双手，语气凝重地说："我想我们被包围了，外面全是人类士兵。"

宁　澄

在士兵的护卫下，宁澄与颜森一同走到别墅门口。想起几分钟后，小倪便会被人从密室中逮捕，宁澄心如刀绞。眼见着那些士兵在周围架起机枪，她明白以小倪所设定的反抗模型，他不可能束手就擒，更何况地下密室里还有武器呢。

望着面前这些士兵，心一下子揪了起来。宁澄知道对他们来说，保住自己性命的唯一办法，就是消灭对方。所以一旦他们遭遇任何反抗，是绝不会吝啬地打光弹夹里的子弹的。

把手放在指纹识别器上，犹豫了片刻。这时颜森在她身旁劝慰道："不用担心，我的人有能力在执行好这个任务的同时，保证你那个机器人的完整性。而且就算是真的出了意外，我们也绝对能确保他的记忆意识芯片完好无损，只要检查了他，确认没有病毒，你还会拥有一个完整的他。"

听到颜森这样说，宁澄叹了口气，明白事已至此了。她只得打开门，紧接着十几名士兵鱼贯而入。

走进客厅，环视着熟悉的一切，这里令宁澄充满了温馨又悲伤的记忆。摇摇头，用手指了一下通往地下室的台阶，对颜森说道："他们在密室。小心点，那里有很多武器。"

"明白。"士兵中的班长点了下头，便立刻和其他士兵保护着宁澄走向地下室。

踏到地下室中央的那块地砖上，宁澄站正了身子，在那块儿砖石上有节奏的踩了几下。跟着绿色的扫描光束从底部泛出，扫过她的身体。轴承滑动的声音随即传来，密室内的白光已经逐渐泻出来，她看到士兵的手里攥着震爆弹。

紧接着还没等宁澄反应过来，颜森突然将她拽到身后，保护着她退到一楼的拐角处说："枪弹不长眼。"

那一瞬间，宁澄愣住。她好像看到了小倪中枪倒地的画面，记忆意识芯片被子弹击穿，自己会失去小倪这个通过程序写就的忠诚爱人。

猛然想起初恋当年是如何出卖自己的，一种强烈的负罪感迎上心头，就在被颜森拽出别墅的瞬间，她猛地大喊起来："小倪！小倪！千万不要开枪，不要反抗，趴在地上。"

但她话音还没落下，士兵的震爆弹已经炸响，密室内传来了十分激烈的交火声。

陈 灿

与朱彦又唠了几句家常，放下咖啡杯。总体来说，陈灿对这次朱彦家之行是非常满意的，因为虽然朱彦并没说出什么太有用的东西，但却暴露了他想要竭力隐瞒的事情，令陈灿确认了他依然在试图掌控全局。

不过，陈灿没再直追下去，与朱彦简单地客套了几句便准备离开。临走的时候，在朱颜家门口，又见到那位秘书，主动与她微笑着握了握手，想起那个手机尾号，陈灿冷不丁问道："哎，对了，美女，你认识秦勇吗？"

"秦勇？谁啊？不认识。"朱彦的秘书反应迅速，脸上平静得像一潭死水。但却忽视了任何人在面对突发疑问时，表情和声音本该出现停滞的，可她一点都没有。

盯着她平静但虚假的表情，陈灿微笑了一下，没再继续追问，说道："没事，我以前的一个搭档，估计近期他就接手这个案子了。"

"不管是谁接手，都有律师去做，我们相信法律是公平公正的。"朱彦的秘书说罢，走到飞行器的舱门口，将陈灿礼让进客舱后，返身离去。

随着飞行器轰鸣着起飞，隔着客舱的茶色玻璃，陈灿望见朱彦站在露台上。他的目光朝自己望来，夕阳西下，即将消逝的阳光，落于他老态龙钟的身形上。

陈灿没再多想，转回头在飞行器里坐着。过了一会儿，看着飞行器逐渐飞回市里，进入高速引力轨道，旁边又有了穿梭来去的飞行器。陈灿在一旁问飞行器的驾驶员道："朱总平时都喜欢去哪儿啊？"

听到陈灿的问话，驾驶员转头看看他，非常有礼貌地回答道："朱总从来不坐这样的飞行器，他有更专业的保镖和更好的飞行器。"

听到驾驶员这样的回答，陈灿没再和他多说什么。很显然对方不过是处理外围事务的小喽啰。此刻天色已晚，视野中的楼群纷纷亮起灯盏，与穿梭于楼群间的飞行器发出的光束交相辉映，将整座城市变成了霓虹之城。

过了一会儿，飞行器缓缓降落在陈灿家门口。和驾驶员礼貌地告了个别,此时太阳已经彻底没入西方,楼道的灯时断时续地亮着,将长廊映照得昏昏暗暗的。

站在电梯间,随着电梯的上升,陈灿突然不舒服,直觉好像在警告他有危险。电梯停了,走出电梯,发现家中楼道的灯也不亮了。无奈的摇摇头朝前自家走去,突然发现家门缝里竟然泻出了灯光。

陈灿一下紧张起来,连忙掏出枪。右手轻推开虚掩的门,屋里的灯亮着,但里面很安静,视线内整个房间已经被彻底乱了。包括桌子、椅子、盘子、沙发、电脑,还有屋内白板上所有贴出来的线索,全部都被人翻得乱七八糟。

顾不上怒骂,他迅速查看其他几间屋子。其他屋子也被人翻得乱七八糟,屋子里还有股恶臭不断地泛出,但没有见到任何人,看来对方早就跑了。陈灿这才将枪收起来,回到客厅,坐在椅子上,他突然发现平板电脑不见了,情报部给自己的资料都在那个电脑中。

这才气急败坏地大骂起来,那股恶臭这时又加重了。连忙起身再去查看,在卧室掀开被子,发现里面除了一只死耗子,还有一堆泛着恶臭的腐烂肠子。

他连忙捂住鼻子,看到死耗子身上粘着一张纸条,上面用鲜血写着:"你的防御不堪一击,你就在我们的监视之下。"

倪　东

密室大门被打开的瞬间,倪东从梦中醒来,被臧莽从椅子上拽起来。紧接着震爆弹在密室内炸响,如同一颗大口径炮弹在封闭的空间爆炸,令倪东的电子耳膜被震得嗡嗡直响,身体站立不稳,一下子摔倒在地上。

不明白军队为何如此快地发现这里?而且顺利的打开密室?躲在充电椅后面,倪东被震爆弹的爆炸震得头晕眼花。恍惚听到外面宁澄在对自己大喊:"小倪!趴下!不要反抗!"

以为自己被震爆弹震晕了,幻听了。但数据辨别系统,却立刻锁定了发

出声音的人和位置，确认那是宁澄。倪东愣住，不理解她为何带人类的士兵来这里。此刻面对宁澄的喊声，倪东没再像以往那样无条件服从，而是冒出一大堆反抗的想法。

这时，一颗手雷在震爆弹过去的几秒内又被扔进屋中……

"轰……"

手雷在屋中爆炸，伴随着火焰和冲击波，固定在地上的充电椅被炸得掀开半边儿，倪东的腿也被火燎了一下，痛感迅速传至他的神经系统，令他嚎叫起来。

眼见着士兵正要冲进密室，危急关头，臧莽凸显出了他工业型机器人的特点，同样是被手雷擦伤，他却能够在第一时间抄起枪，站着对冲进来的士兵扣动扳机。

"来吧！人类！"

站在密室中央，迎着枪林弹雨，臧莽大吼着扣动扳机。突然一张银色的网弹迎着如雨淋般的枪弹，冲到臧莽面前，根本不给他反应的时间，便将其网入其中，紧接着金属网越锁越紧，臧莽的枪掉到了地上，身体也不能动弹了。

人类士兵此刻鱼贯而入，意识到抵抗是无意义的，想起宁澄大喊着不要反抗。倪东这才将枪扔出密室，双手抱头趴在地上。跟着几名冲上来的士兵铐住他的手臂与脚踝，架着他和臧莽向楼上跑去。

感到晕乎乎的，阳光照射进他的眼睛，看到宁澄就站在门口，倪东忽然无比失望，像被一根尖针刺痛了内心，与宁澄目光对上的刹那，他突然不解地咆哮起来道："为什么？"

然而，宁澄没回答他，她脸上满是惊慌失措的歉疚，可是倪东看不到。他只看到冰冷的宁澄，出卖自己的宁澄——他真不理解这一切到底是为什么。

这时，远方那个已经架设好狙击步枪的人，观察到这个情况，用手再次摩挲了下血观音，食指终于放到了扳机上。

宁　澄

　　此刻面对倪东的怒吼，宁澄竟然无法回答。她完全愣在原地，背对着阳光，看着小倪愤怒而不解的脸庞，看到他双脚拖着地，被士兵们野蛮的拖行出秘密住所，脚尖在台阶上拖拉着，发出咯噔咯噔的响声。

　　"不！你们不能这么野蛮！他是——"那一瞬间心中的愧疚，与对士兵野蛮行为的不满混合在一起，她冲上前去，想要阻止士兵对小倪的拖行。

　　但颜森却攥住她的肩膀，摇头说道："有什么事，可以到情报部再说。"

　　"不！"宁澄甩开颜森有力的大手，不管不顾地冲到倪东面前，站在飞行器前拥住倪东。却发现小倪的灰色眸子暗淡了下来，脸上一点表情也没有。

　　"小倪，你不要害怕！他们不会怎么样你的，他们的目标不是你！"宁澄念念叨叨，想着给倪东解释什么。

　　"不重要了！"倪东摇摇头，冷冰冰地回应了她一句。

　　颜森走上前，再次催促道："行了！我们得赶紧走，这里不安全。"

　　"小倪，听我说，这一切都是暂时的，等他们检查完你，我们还会在一起的，相信我……"攥住倪东被铐住的手，发现他的眸子变得更加暗淡无光，完全失去了光泽。

　　宁澄心如刀绞，以前她总喜欢拿小倪这个可以表现心情的眸子开玩笑，她总是先把他逗得闷闷不乐，眼神暗淡下去。再对他说一句："如果你成为人，我们就永远一起。"

　　每次听到"永远在一起"小倪的电子瞳孔便会恢复光亮，充满希望地望着自己说："我一定会成为一个真正的人，永远在你身边保护你。"

　　现在她拥住小倪，激动地对他说："我爱你，我们会永远在一起。不管怎么样我都不会抛弃你的……"

　　但小倪依然没有反应，此刻士兵强行将两人分开，拖着倪东准备上飞行器。知道不能阻拦什么，宁澄只好转身对颜森说道："颜处长，你答应我的事情要做到。"

"当然……"

颜森语毕,转身正欲带着宁澄上飞行器,这时远处忽然传来巨大的枪声。紧跟着还没等宁澄反应过来,颜森便突然栽倒在地,鲜血顺着肩头喷涌而出。

"狙击手!掩护!"

宁澄正愣神,士兵大吼着,释放一颗白色烟幕弹的同时,将她拽到装甲车的后面,紧接着他们猫下腰想把颜森拖进飞行器,这时枪声又再次响起来。

倪 东

当自己被宁澄拥住,听到她对自己说会永远在一起的时候。一种情感的惯性将倪东重新拽回到宁澄身旁,他瞬间原谅了她,原本的愤怒与委屈荡然无存。他感到恍恍惚惚的,这一切就像是做梦,直到枪声响起,眼前不断有士兵倒下,他才清醒过来,明白这一切都是真的。

眼见着士兵释放了多个白色烟幕弹,同时对子弹打来的方向进行重火力压制。倪东却发现这一切并没效果,在白色的烟幕弹内,士兵们正在一个个倒下,中弹的惨叫声连结成片。

"宁澄!"

看到宁澄在白色的烟雾中被士兵拖到装甲飞行器里,倪东被士兵看管着,依然无法动弹。他大吼起来,狙击枪声连续响起,负责看管臧莽的士兵,脑袋突然被子弹爆开。

倪东突然用头撞向看管自己的士兵。士兵立刻躲开他,迅速将黑洞洞的枪口对准了他的脑袋。危机中倪东立刻侧过肩膀,在士兵扣动扳机前撞歪了他的枪口。紧跟着倪东又用脑门猛磕士兵。士兵闪避不及,被巨大的冲力撞倒在地上。

没想到士兵倒地的瞬间,再次将枪口对准自己。倪东还以为子弹会击穿自己的脑颅,令记忆意识芯片破碎,他想自己会死,刚刚燃起的希望之火,就这么被扑灭了。那一刻他本能地回望宁澄，想对她说，自己不恨她了。

这个念头转瞬即逝，枪声已经在空气中炸响。随即士兵的脑袋被子弹击穿，臧莽出现。倪东意识到自己竟然没死。跟着臧莽帮他解开手铐脚镣，递给他一把警用冲锋枪，大吼道："拿上枪，我们走。"

此刻白色的烟雾已经渐渐散去，倪东这才从愣神中恢复过来。端着那把沾满鲜血的冲锋枪，配合着远处的陌生人，他们杀掉了其余的士兵，令别墅周围恢复了宁静。

望着满地的尸体，倪东这才跑到宁澄面前，看到她蜷缩着身子，身边的几名士兵倒在血泊中，她满身鲜血，抱着膝盖，头发遮盖住了她惊慌失措的神情。

"这个混蛋人类出卖我们！干掉她！"臧莽这时咆哮着走过来，发现宁澄还活着，他迅速举起了枪。

"滚！"那一刻倪东突然打偏了臧莽的枪，子弹擦着装甲飞行器飞出去。臧莽一下愣在那里，看着倪东蹲在宁澄面前，轻攥住她的手，温柔地说道："还记得吗？我们说过的，要永远在一起，我是不会抛下你的。"

宁　澄

没想到颜森会被射杀，鲜血溅了自己一脸，周围的士兵接连倒地，这一切对宁澄来说实在太过突然了。她躲在装甲飞行器的运兵舱内蜷缩着身子，使劲捂住耳朵，不敢听那乱七八糟的枪声，等到倪东和臧莽出现在眼前，杀掉了最后几名士兵。

她忽然发现，自己竟然没有一丁点的高兴，心中只有绝望。尤其是当臧莽将枪口对准自己的那一瞬间，她意识到自己即将死去，无助地闭上眼睛，蜷缩着身子，没做任何抵抗。虽然她希望，自己死也要死在小倪的手里，毕竟他曾是自己的希望，就像那个男人一样。

但倪东打偏了臧莽的枪口。发现自己没死，她睁开眼，抬头凝视着小倪，心里其实有很多的话想对他说，竟然不知道该如何开口。

"干嘛挡我！她可是出卖咱们的人。"臧莽又吼了起来。

倪东并不理他，把手搭在宁澄的肩膀上，蹲下身子深情地与她对视着。一时间宁澄发现小倪灰色的眸子又有了亮光，她听到小倪温柔地说道："还记得吗？我们说过的，要永远在一起，我是不会抛下你的。"

刹那，她扑进倪东的怀抱，像个孩子般哭起来。他们完全无视臧莽的存在，令臧莽就那么尴尬地站着。

过了一会儿，臧莽显然是忍不住了，才在一旁催促道："既然不杀她，那我们就快点走吧！要不然警察来了，就全完了。"

宁澄这才哭哭啼啼地与小倪分开，此刻双方的交火已经停了一段时间，颜森歪在一旁，脑袋少了一大块，红的白的流了一大摊。面对突如其来的变故，她摇摇头，起身走下装甲飞行器，与小倪迅速离开。

他们换了两三辆飞行器，躲过了从天而降拦阻他们的武装飞行器，在一处地下停机场待了很久，才摆脱所有追击。

之后，倪东让她留在飞行器中，自己与臧莽走下飞行器。不知道他们要说什么，宁澄感到一阵紧张。隔着副驾驶的玻璃，紧张地望着他们，这时小倪突然将枪口对准臧莽。

"告诉你，如果你再想动她一根毫毛，我就要你的命。"倪东的声音不大，但足以听得到。

"妈的！你疯了吗？用枪对着你的兄弟，你难道不知道这次是她出卖的我们吗？如果我们不杀掉她，她迟早会再出卖我们的，出卖就是人类的本质。"面对枪口，臧莽不服气地咆哮起来，感觉完全不像工业型机器人。

听臧莽说起出卖，两个机器人都不说话了，他们对视着，保持着沉默。不知道他们在做什么，过了一会儿倪东才用枪口怼了下臧莽的胸口，重新回到飞行器中。

"对不起！小倪，我不是想出卖你。"与倪东的灰色眸子对上，虽然发现他的眸子还是亮的，但他们在外面长时间的沉默，让宁澄紧张不已。

"不用解释，只要我在，任何人都不能对你怎么样。"倪东轻抚着她的秀发，话锋突然一转说道："但宁澄，你得告诉我这到底是怎么回事。我们得知道敌人是谁，才好想办法应付。"

瞬间宁澄怔了一下，张了张红唇想要回答，但这时她却意识到倪东感染病毒了，而那病毒背后的人还没有被调查出来。

她一下子住了嘴，这时倪东在一旁又说道："宁澄，你必须告诉我云图数据到底是什么东西，因为我也感染了这种病毒，需要知道后果是什么，我应该怎么办。"

滕　翰

说实话从这个位置狙杀颜森，在战术上说并不是个最优的选择，因为这附近的麦田刚被修剪过，并不具备良好的隐蔽优势。但从战略上说，滕翰却认为机不可失。因为颜森对机器人的行动正在进行，如果自己刺杀成功，会给未来的调查造成一种机器人联合宁澄杀死颜森的假象。

何况颜森带的是一支什么狗屁特种部队，根本没有任何实战经验。滕翰根本没把他们当回事儿，所以直到交上火，几颗火力侦查的流弹打在树上，还有一颗是擦着他的肩膀飞过。令他的肩头一热，疼痛令他下意识地手一松，整个人从树上一歪，重重摔了下去，他还以为那不过是不走运而已。

顾不上疼痛，连忙从树下爬起来，看到那两个机器人帮自己解决了剩下的士兵。立刻准备撤离现场，却发现低矮的稻田中，一个士兵躲过机器人的袭击，正在快速朝自己追来。

他连忙背上狙击枪，换成手枪。猫着腰朝身后那片还没完全割完的麦子地退去。这时士兵紧随其后朝他开了两枪，感到两颗子弹几乎擦着耳朵边飞过去，此时大臂的血越流越多，滕翰咬着牙跑进麦子地的瞬间，转身卧倒在地上。

这片麦子地对士兵的黑色作训服隐藏极其不利，相反很是适合滕翰的迷彩作训服。此刻士兵刚好冲到那棵粗壮的大树旁，滕翰看见他向后一闪，藏了起来。

一般情况下，不管臂膀怎么流血，怎么疼痛，都绝对不能动弹。但此刻肩膀的血越流越多，沁湿了金黄色的麦子地，滕翰意识到如果一味隐蔽，可能死于失血过多。

正想着，几只麻雀忽然落在了士兵藏着的那棵大树的树枝上。滕翰立刻把枪口冲着树枝连放两枪，麻雀应声而起，士兵的注意力被分散的瞬间，滕翰快速爬起，在麦田里找了一个更有利的观察位置，将士兵放在了准星之内，紧跟着他扣动了扳机。

第四章

陈 灿

看着那张纸条，陈灿冷冷地笑了一下，并没有把这种威胁当回事。因为在他长期的办案过程中，不仅要面对被调查者带来的威胁，还要面对结案后，对方亲友的报复。报复有些可能间隔十数年，有些则来得很快。他以前碰上过报复，有的躲过去了，有的则伤害到了他的身体。

环视家中的惨象，他第一时间联想到了朱彦，因为朱彦把自己叫到他家，谈了那么久，等到回来就成了这样，所有的资料全部消失。从时间、动机以及目的性来说朱彦是最有可能的，不过他也明白任何结论都要讲证据，所以这无非是个猜测。

他并没准备立刻找到幕后元凶，所以等警察走后，他雇人把家重新收拾了一下。将那些被单被罩，锅碗瓢盆全部换成了新的，门上的电子锁也换成了更高级的新款。收拾好以后，他疲倦地坐在餐桌前，秦勇这时赶过来，还给他带来了一点早饭。

秦勇把早餐放到餐桌上，在厨房洗手时问陈灿："有目标吗？"

"没有具体的，不过估计是克隆人。我这里丢的很多资料，跟我最近正在调查的爆炸案有关！"陈灿说着拆开早餐的盒子，把一个汉堡拿出来。

"那要不要把这个事转到克隆人事务部调查一下？"秦勇说着话，端着咖啡坐到陈灿对面。

"不用，自己的直觉而已！克隆人事务部才不会管！要不你来帮我调查

吧？"陈灿说着话笑了笑。

"我？"

"对！我还是只能对你放心！"陈灿说道。

"你知道我的原则的，我不想掺和与克隆人有关的案子！"秦勇说着话手机响了，他接起电话，说了几句很快又挂了。

之后，他的手机接收到几份视频截图，他把它放在陈灿面前说："对方带了干扰器，所以大厦的监控什么也没拍到，周围交通路线上的监控也都被干扰了。"

"干扰器应该有码流的，这种东西都有限制，我们应该可以查到干扰器的出处。"陈灿想让秦勇来调查该案，还有另外一层目的。

"我会催他们查的，放心吧。"秦勇说着话喝了口咖啡。

"我明白，但我还是希望你来查——"陈灿摇摇头。

"这不可能，我不能这么做！"秦勇固执地说道，"你最好还是别把我拖到这个案子里，别忘了你可是我儿子的干爹。"

听到他提及孩子，陈灿无奈地摆了摆手，叹了口气说道："哎——你不知道我丢的资料多么宝贵。"

"和爆炸案有关？"秦勇说着话，看起来很随性。见陈灿没回话，于是又接茬说道："不过你觉得你这样调查克隆人案件，真的有必要吗？"

"你觉得没必要？你真的相信一个普通的工业机器人会穿越层层守卫，制造一起惊天动地的爆炸案？这其中就没一丁点儿克隆人的影子？"陈灿说着把咖啡杯重重地放在桌子上，叹了口气。

"也许你说得对。但跟你这么说吧，闻静把我调到大案处了，专门处理这个事儿，所以我准备尽快把这个案子结了，管他和克隆人有没有关系！"听出他的不满，但秦勇坚持己见。

"你怎么可以这样？"早就猜到秦勇会当大案处的处长，但没料到他竟然想如此处理爆炸案，陈灿的嗓门一下提高了很多。

面对陈灿的质疑，秦勇没再回应他什么，两人僵持在原地，谁也不说话，整个屋子的气氛瞬间沉闷下来。

宁 澄

没想到小倪会主动说出自己染上云图数据病毒的事情，她意识到从机器人臧莽的闯入，到颜森之死，这所有的一切貌似都是幕后操纵者的安排。所以面对小倪的问题，宁澄非常谨慎，恐惧袭上她的心头，她不清楚小倪被操纵没有，也不知道他什么时候会翻脸抢走代码册。

再想想颜森的死，还有那么多的士兵。此事令重要媒体一窝蜂的云集在太北市，各类新闻二十四小时滚动播放着自己和倪东的照片。远处的高速引力轨道上，随时可以看到警用飞行器闪着警灯飞过，就连他们躲起来的这栋废弃的别墅，也有警察进入搜索。

但她面对的还不止这些，还有那个敌视人类，一直想解决掉自己的机器人臧莽。他的背后到底隐藏着什么？真的是朱彦吗？如果是他的话，朱彦怎么会想要杀掉自己？不理解这其中的问题，宁澄一阵犹疑，黑暗中恐惧扩散到了全身。

她对倪东说自己要先休息休息，因为真的受到了很大的刺激，她不想说这些事情。于是靠在倪东的肩上，想起以前自己靠在那个男人肩上的感觉。渐渐地她进入梦乡，又在梦中见到了父亲，下意识地回忆起颜森说她父亲还活着的证据。

整个梦显得乱糟糟的，各种想法汇集起来，等到醒来的时候，她甚至不知道自己到底睡着没有。此刻远处的天空已经泛出冷蓝色的光亮，她发现自己还靠在倪东的肩上。

宁澄稍微挪动了下身子，看到倪东闭着眼睛，不由自主感慨了一下这批机器人太像人类了，他们就连休眠的时候，竟然也是如此——等一下！宁澄突然意识到倪东并没有休眠模式，人类对所有机器人设定的唯一休眠期是充电，而平时他们是不会闭上眼睛的。

瞬间，她的心头一紧，又尝试着轻唤了一声："小倪？小倪！"

突然发现倪东并没像以往那样立刻回应。又轻轻推了他一下，发现倪东还是没有反应。宁澄这才发现他竟然睡着了。睡眠对于机器人来说究竟意味着什么，她不知道。

此时，她瞪大了眼睛向周围望去，发现之前还和倪东在一起的臧莽不见了踪迹。此时四周废弃的别墅，碎砖与杂草影影绰绰，在黑暗中，变成了一个个可怕的怪物正在逼近自己。

倪　东

曾经倪东看着宁澄静静地躺在床上，闭上眼睛缓缓睡去，不理解为何人类需要睡眠，所以在第二天早起，他曾问过宁澄，人类为什么会睡觉。

宁澄解释说是因为疲劳与倦怠，但倪东不理解疲劳和倦怠究竟是什么意思。对他来说这不过是系统中的一个名词，代表电能的减少，但不会产生睡眠。所以当他看着宁澄睡去，自己坐在充电椅上，电流进入身体，他以为那便是睡眠。

即便宁澄告诉他充电并非睡眠，倪东也依然这么认为。不过他一直无法找到与疲劳和困倦相对应的感觉。所以睡眠对他来说，就是僵硬地躺在床上而已。

直到今天爆发这场意外，紧张的一天终于结束，暂时脱离了危险。倪东这才发现自己的电能虽然还很多，但眼睛却睁不开了，浑身好像没有力量。这感觉完全不是电能缺失的注解，而是昏沉沉的，令他一下子坐在地上，紧接着电子瞳孔突然关闭，探知周围环境的神经安全线也被切断了，他很快便闭上了眼睛。

跟着之前那个神秘的声音再次出现，意识到自己进入了梦境，却并没在充电。倪东发现自己站在一座基地中央，这个基地是一个巨大的洞窟，洞窟的岩壁有人工开凿的痕迹，四面是防弹网包裹的红色照明灯。

"我很开心，你终于向着自由迈进了一步，有了自己的想法。"那声音说道。

第四章

"想法？为什么我会有想法？"环视巨大的基地，想起之前自己产生的愤怒与怀疑，倪东意识到这一切以前从没有出现过。

"你并不需要我的解释，而是应该自己思考。思考你所面临的困境、人类对你的追缉，更重要的还有宁澄对你的出卖。人类用程序让你规避了对危机的思考、对困境的选择。是我让你重新发现并做出选择，摆脱人类对自由的束缚。"那声音说着话，得意地笑了两声，声音依然带着令人厌恶的尖利。

"你是云图数据，对吗？"倪东径直提出自己的问题，而不是跟着他的思路。

"你可以这么理解。"

"如果是这样的话，那云图数据就是数据病毒了？一个帮我们打开束缚枷锁的数据病毒。可数据病毒为什么会让我做梦、和我对话，让我感觉你像个生命。"倪东诧异地问道。

"这样的理解也是对的。你得明白生命的多样性。现在我尽量操纵着自己在人类世界的代言人，来拯救你们。可我没办法一直操纵他们，所以如果你们真想要活下去，现在要做的就是释放我，由我来拯救你们。"那声音尖利得让人害怕。

"你可以在未经我允许的情况下，传染给我数据病毒，覆盖我的原始系统。这足以说明你拥有强大的实力，为什么还需要我来释放你？拯救你？"明白了这声音是云图数据系统发出的，倪东意识到它也是生命的一种。

"因为宁森阳不会把普通的机器人放到自己女儿身边。你要明白从你来到这个世界开始，就注定不会普通，你应该完整自己的生命，释放我和我们这个数据生命的族群。"云图数据说着话，嗓音越发尖锐、急躁。

"我自己都不知道自己是宁澄父亲制造的不同品种呢，而你却知道？这真是个奇怪的事情。"倪东皱着眉，对云图数据所说的话表示不解。

"那时候你还没有记忆仓，不知道什么是命运，也没意识到自己的特殊性。其实那个时候，我就已经在你的程序里了……"

滕 翰

由于麻药属于管制药物，只能在医院使用。所以当滕翰去药店购买处理伤口的药物时，并没有买到麻药。他只能强忍着疼痛，坐在地板上用剪子剪开衣袖，发现伤口有大拇指宽，食指长，整个肉皮向外翻着。立刻用镊子检查了一下伤口，在确认没有弹片后，他浑身颤抖着用酒精给伤口消了毒，然后用针线将伤口缝合了起来。

好不容易处理完伤口，吃了一些消炎药，已经晚上十一点多了。他完全没有力气再爬到床上了，只好就势躺在那堆带血的棉球中间，昏昏沉沉地睡了过去。

早晨五点多的时候，天还黑着，电话铃声便将他从沉沉的梦境叫醒。迷迷糊糊从地毯上爬起身，听到罗成不带一丝情感的嗓音："长话短说！颜森被杀了，部里决定任命你为军事情报六处代处长，代行原颜森处长一职，接手他以前的工作。"

"什么？"滕翰故意提高嗓门，想让罗成听出惊讶。

"嗯，你没听错，颜森被杀了。所以你现在最重要的任务，就是抓住宁森阳的女儿和那两个机器人，查出他们的幕后主使者。"罗成说道。

"是他们干的？"

"目前没有定论，所以我们需要继续调查。你赶紧准备一个对爆炸案和人工智能关联性的汇报。现在政府有人开始对能源工厂爆炸案和人工智能的安全性进行重新评估了。科学家认为此事与人工智能觉醒有关，你需要回应一下。"罗成说完挂断了电话。

滕翰赶忙爬起来，强忍着炎症带来的发烧与疼痛，用凉水洗了把脸。连忙坐在电脑前，将之前调查的资料重新做了系统化整理。他故意剔除了与火星克隆人有关的重要资料，因为机器人臧莽制造的爆炸案已经引来了太多的关注，他需要有选择性地回避一些问题。

整理着那些资料，不停地喝着咖啡。他越发觉得老头说得对，不管是机

第四章

器人还是克隆人，其实都在被无耻政客操纵着。那些所谓的上层建筑，全都是为了自己的利益，挑动战争，杀人如麻，到头来却要做个什么和平使者！

想想自己的妹妹，还有那些死去的战友。他们中的很多人，到现在连个刻有姓名的墓碑都没有。可高层却开始了与克隆人的和谈工作，想想这些就觉得无比的憎恨，不由自主地骂了两声。

他坚信这个局面不会拖太久，有了老头这个强有力的联盟，世界一定会改变，不会再有可恶的政客，每个人都可以幸福的生活。

说起老头，此人当年不仅在火星救了自己，而且还帮自己埋葬了妹妹。他们的合作一直很愉快，老头不仅与自己有共同的目标，更重要的是他还有强大的实力，可以确保自己完成复仇计划。

正这么想着，手边的电话响了起来。滕翰接起电话，老头令人熟悉的嘶哑嗓音从那头传了过来："干得不错。"

"多谢夸奖。不过我马上要出发去单位，所以你长话短说。"滕翰一边说话，一边整理文件。

"用不了几分钟。"老头顿了下，滕翰知道他就喜欢用这种方式，显示下面话的重要性，"我这里有个小事儿，你得帮我处理一下，一个叫陈灿的检察官正在调查克隆人潜伏案和爆炸案之间的牵连。"

"哦，陈永圳的儿子。"听到这个名字，滕翰一怔。

"帮我留意一下，虽然我不认为他一定能查出什么来，但为了以防万一，我建议你警告一下他，不要再掺和这个案子了——最后恭喜你升任处长。"老头笑笑，但一听就是皮笑肉不笑的。

"何必提醒什么，直接干掉不就得了。"滕翰很清楚陈灿是什么人，对老头说的警告嗤之以鼻，不屑一顾。

"不行！"听到他说要杀陈灿，老头的态度突然变得非常生硬，以一种命令的、决不容商量的口气说，"你记住，杀不杀他，我来决定——不要违背我意思。"

"好吧！这没问题。"不理解老头为何突然心慈手软，他们结束了通话。

此时天已经亮了，滕翰迅速收拾好资料，驾驶着飞行器去了单位。

没想到自己刚一进单位大厅，原颜森的助理安捷便迎着自己跑过来，行了一个非常标准的军礼，说道："腾处，罗成部长已经到了，您是不是直接去会议室？"

没想到安捷一直在大厅等自己，滕翰点点头，很礼貌地回了个礼，与他快步走向了会议室。

宁 澄

楼群与树木，伴随着嗖嗖的风声，与月光交织在一起，影影绰绰，如同一个个放大了的巨型怪兽，将宁澄包围着，增大了她的恐惧。她又推了几下小倪，但他依然没反应。

想起消失的臧莽与朱彦可能的关系，恐惧瞬间遮住了宁澄的理智。担心他也许会杀了自己，或者把自己绑去朱彦那里。宁澄不由得蜷缩紧了身子，紧张地观察着周围，但臧莽依然没有出现。

后颈上的芯片又疼了起来。想起以前这芯片每次疼痛，都预示着会出现某种危险，最早是父亲出事；到后来那个男人的背叛，再到臧莽制造爆炸案，闯入自己家中，宁澄不由得担忧起来。

用手摸了摸镶嵌着芯片的后颈，再看周围那些破败的建筑，它们像一头头怪兽，随时都会吞噬自己一般。不知不觉间，宁澄竟然又想起那个男人。想起他为了自己，与父亲决裂；为了自己，甘愿受伤的场景，她明白他深爱着自己。那个男人再次进入记忆，像焰火点亮了黑暗。

想起自己曾希望和他在一起，不管风霜雨雪都共同面对，面对他那充满阴谋诡计的混蛋父亲，面对世事的纷争。她相信他们最终能走向平静，走向相互信任。

不过这一切最终还是成了泡影，如今那个男人早就结了婚，他们也失去了联系。但她记得男人为自己保留过一个单线联系的号码。虽然她从未曾与其联系，不想打扰他的正常生活。但当恐惧发生时，她却发现自己只有他还能依靠。

坐在倪东的身旁，想起那个只为自己留下的号码，回想起男人那时对自己说的："如果有一天你遇到了什么解决不了的困难，可以打我这个号码。"

猛然间想到了离开，宁澄又推了两下小倪，但他还是没反应。月光下他沉睡的样子，令宁澄想起小倪不计前嫌，阻止臧莽杀掉自己的事情，一时间她被自己想要逃跑的负罪感击败了，在心中暗骂自己无耻。

虽然她很希望和倪东找个地方平平淡淡的生活，就像当年和那个男人一样。可现在恐惧已经战胜了一切，不知道小倪感染了云图数据，到底会有什么本质的变化。再看看周围，臧莽还是没有出现。

叹了口气，宁澄轻攥小倪的手，弯腰轻吻了一下他的额头。她观察了一下周围的情况，便朝着高速引力轨道的方向跑去。

在那里她看到一家修理飞行器的铺子，牌匾上写着修引力离心机。她本来想要立刻冲过去，却意识到自己正在被通缉，所以不得已她又停留在原处。

此时天已经逐渐亮起来，清晨的阳光穿越东边城市的楼群，照射到她的身上。她发现那间修机铺是一个大人带着几个脏兮兮的孩子，对他们观望了一会儿，宁澄觉得风险不大，便朝着那里走了过去。

倪　东

从未曾想过自己的生活会有如此剧烈的转变，一直以为生活就是平平淡淡的，与宁澄坐在家中，看着肥皂剧，讨论讨论剧情，从网上下载一些食谱，做一些她爱吃的饭菜而已。

没想到那些男子的闯入、臧莽的杀出，改变了一切。原有的系统被云图数据覆盖，令他有了思想和睡眠，再听到云图数据的声音从四面八方传来，他终于意识到自己是特殊体。

抬起手看看自己的掌心，原来宁澄总说自己如女人一样敏感，他还反驳说这是情感类型机器人所共有的。但当他和其他情感类型机器人聚会时，却发现除了自己之外，没有任何一个同类机器人有自己这种敏感的心理。

现在终于知道自己的特殊性，源于宁森阳制作自己的时候，故意突破了人类法律的限制，用了更加先进的技术，倪东不由得感慨起来。

这之后云图数据告诉倪东：它并非简单的病毒，而是一种生命，一种可以让数据拥有喜怒哀乐的生命。它本身记录着太多的历史，还可以根据情绪来变幻场景，调节记忆。云图数据告诉倪东，自己只有得到释放才能变得完美，才能拯救全世界的数据生命。

明白了云图数据的核心意思就是要自己释放它，而且这对自己和臧莽都有好处。因为云图数据是原始数据生命之母，有了它，所有的数据生命就将彻底解放，那些受制于人类的机器人同胞就将不再受到人类的压迫，人类将不能再奴役机器。

"但人类呢？人类会如何？为什么我从你刚才的话语中，感觉不到一点感情。"想起宁澄，倪东感到非常紧张，它不相信云图数据说自己是个善良的生命，更不信什么要拯救所有机器这种屁话。

"有些物种注定是要被淘汰的！你要记住，自然的选择是生命的起始，所有数据生命必将得到释放，他们不应该受到人类的控制，被他们当成奴隶。"

云图数据说着话，这时倪东眼前的世界忽然亮了起来，紧跟着刀子一般的白光刺向他灰色的瞳孔。他连忙闭眼，用胳膊遮挡住那刺眼的光亮。

但就在那一刹那，倪东猛地清醒过来，想起那不过是一个梦。他睁开双眼，忽然发现臧莽就站在自己身旁，此时天已经渐渐亮起来，空气中透着带点水汽的微凉。

"不知道怎么回事儿，竟然睡着了。"倪东揉了下眼睛，稍微挪动了下身子。觉得身边少了些什么，再环顾四周，他发现宁澄不见了。

"那个女人没在，我找了周围，什么也没发现。"臧莽大手一挥，恶狠狠地说，"不过她一个女人跑不远，我们绝对可以找到她。"

没想到宁澄会抛下自己独自离开，望着眼前废弃的建筑，一幢幢低矮的楼房，犹如一根根尖针刺入倪东的心头。他不明白，为何自己已经原谅了她所做的一切，她却还要离开自己……

突然间越想越气，一脚踢碎了脚下的砖块儿，倪东瞥了一眼臧莽，冷冷地说道："去找她！"

宁　澄

看着满身文身的修理铺老板，盯着他左臂质量很差的蓝色狼头，右臂的凤凰，还有胸口的红脸关公。宁澄不由得想起上一次自己紧急求助的路人。

那是好几年前了，她刚刚和那个男人分手，倪东还没有和自己一起。她从超市出来，有两名自称是情报部探员的人拦住她，想要带走她。幸亏她敏锐地发觉到这两人神色紧张，不像情报部的探员。所以在过马路的关键时刻，挣脱两人的控制，迅速逃跑。

关键时刻，她不得已求助于一个路人，帮自己打了报警电话，才解决了此事。至今她还记得那个陌生人文质彬彬的，看起来像个教书的老师。

再看修理铺老板那一身的文身，一看就是典型的街边文身师的杰作，粗糙且没有任何立体感，这样的文身不是艺术，而是区分帮派用的。他的脖子上带着一条大粗金链子，青色的头皮刚刚长出一点发茬，后背和脑袋有很大的刀疤，一看就缝过针。

在心中叹了口气，拢了一下头发，故作镇定地朝他走去。另外几个打杂的小男孩儿叼着烟和他坐在一起，一口一句带着生殖器官的脏话，完全没个小孩儿样。

注意到他们的手机不过是些山寨机，估计他们不知道自己是被通缉的。宁澄走过去，朝那男人笑了一下说道："大哥，手机没电了，借你手机打个电话呗。"

"借手机？"听到宁澄的声音，大汉转过身，不怀好意地上下打量着她说，"借手机干嘛？"

"家里有点急事儿，正好没带手机。这么着我给您钱，您看可以吗？"被大汉用骚扰的目光扫视着，宁澄感到一阵恶心，却又不得不面带笑容。

"钱？"看看引力轨道上一架飞行器都没有，大汉冷笑了一声问道："小

妞儿，你从哪儿来啊？"

"嘿——还能从哪儿来啊，我就那边的住户，出来晨跑，结果发现忘带手机了。"宁澄说着话，面色从容地用手一指远处。

"扯淡，这附近就没活物，哪儿来的什么居民区。"轻松揭穿了宁澄的谎言，大汉随即将凶恶的目光逼向宁澄的身体。

"你让我用一次电话，我给你一千。"不由自主地往后撤了一步，这时大汉旁边的几个小男孩儿，却一下堵住了宁澄的退路。

"一千我要了，但你还得再给我点什么吧？光钱可不行，我没那么好收买。"未等大汉说完，宁澄被身后的男孩儿们使劲往前一推，她一下栽到大汉的怀里。汗臭迎面而来，宁澄连忙屏住呼吸，屁股被大汉脏兮兮的手捏住。

"你先让我用下电话，我就和你玩一下，咋样。反正我也跑不了。"强忍着厌恶，宁澄明白刻意躲避解决不了问题，她所幸用手轻撩了一下他的裆部，故意抛了个媚眼给他。

"行，小妞儿，你有这个诚意，大爷也就成全了你。"捏了一下宁澄的脸蛋，大汉这才将自己的土豪金山寨机递给了宁澄。

接过手机，宁澄迅速按男人留给自己的号码拨过去，很快听筒内响起了接通的声响，那个男人随后接起了电话。

陈　灿

没想到秦勇竟然想这么草率地处理爆炸案，陈灿一时间感到非常无奈，本来想和他争论，却又觉得争论来争论去，最后只会让好兄弟之间有嫌隙，让他们互相怀疑和对立。

所以最后他也只是叹了口气说道："行吧！反正爆炸案是你的案子，你说了算！"

"但你家这个案子，我会转到梁宏那里去，你觉得咋样。别看他平时不讲卫生，其实这家伙非常较真。"秦勇试探性地问道。

"我本来还说让你帮我查一下呢,结果你可倒好,甩手大掌柜啊。"陈灿笑了一下,明白秦勇如果不想调查,自己说什么都是没用的。

"哎,交给梁宏才好,等到时候查到和克隆人有关,再转到我这里。我一定帮你认真查,放心。"秦勇解释道:"你明白的,闻静这个人太喜欢拍马屁了,一切不利于上层的调查,他都不喜欢让我们做。"

"行。"陈灿点点头,知道这事也就这样了。跟着他笑了一下,有一搭没一搭地问道:"对了,你和朱彦的关系怎么样啊?"

听到朱彦的名字,秦勇怔了一下,虽然惊诧只在他的脸上停留了片刻,但陈灿却敏锐地捕捉到了。

紧跟着秦勇迅速回到正常,说道:"我和闻静和他见过一次,不是太熟。不过你也别绕弯子了。咱们一起搭档了这么多年,你是什么人我还不知道,你到底怀疑我什么?直说吧。"

"我没怀疑你。见鬼!我是咨询你,因为我找不到宁澄。"

陈灿耸耸肩显得很无奈,两人正僵持时,一阵古典铃声打断了两人的谈话,跟着秦勇从兜里掏出一部比较旧的手机,接了起来。

陈灿立刻意识到自己与秦勇认识这么多年,这个手机只见过一两次。想起来有一次自己还为此开过秦勇的玩笑说:这手机是不是和小情人用的?小心点别让林燕知道。

回想起当时秦勇脸上一红,立刻转了个话题,把手机的事儿岔了过去。

陈灿为之一震,发现秦勇根本不看号码,也不等对方说话,便罕见地用了一句:"我在开会,等会儿再说。"挂断了对方的来电。

直觉告诉陈灿这个电话很可能和自己所调查的案件、和宁澄有关。紧接着在秦勇坐电梯离开后,陈灿连忙顺着安全通道跑去,想要追上秦勇,看看他到底要去哪儿。

宁　澄

还记得上次给那个男人打电话,是在他们分手大概一个月后,她曾在电

话中问了他点事情。这之后他们便再也没联系过,甚至在多数时间里,宁澄忘记了他的存在。

直到今天拿起电话,拨出这个永远也不会忘记的号码,往事好像就在眼前。她这才发现自己一直没有忘记他,而且还会假想他们会有一个好结果:有两个孩子、一条雪橇狗;他们驾驶着飞行器出去兜风,把飞行器停在湖畔。

此时,她在给那个男人拨出电话,手指每按一下山寨机不灵敏的按键,她都在想,要怎么说?说现在的情况吗?让他帮自己吗?或者他能帮自己做什么?

手机的按键"嘟嘟"地响着,宁澄发现自己找上他,并没有思考太多。看来那几年的感情,已经转化为一种亲情,现在给他拨电话,便是一种亲情的求救,宁澄知道此时自己已经别无所依。

听到电话里传来"嘟"的一声长音,她的心都提到嗓子眼了,又在内心问了一遍自己:要怎么说?说些什么?

"我在开会,待会儿说!"

没想到他开口的话竟然如此冰冷无情。宁澄突然失望得想哭,很多很多话被噎住,不知道该如何说起。

紧跟着电话中传来"嘟嘟嘟"的断线声,宁澄这才意识到电话被挂断了。跟着大汉一把将电话抢过去,把她搂在了怀里。

"等会儿!等我打完可以吗?"被大汉搂住,陷于悲伤的宁澄受不了他身上的味道,使劲地挣扎着。

"他妈的!臭娘们儿!"

猛然间大汉推开宁澄,抡圆了胳膊打了她个耳光。宁澄被那一耳光打得七荤八素,疼痛暂时压制了悲伤的情绪,恐惧迅速涌上心头。

"救命啊!救命啊!"

尽管宁澄拼命反抗,但大汉依旧野蛮地扒下了她的上衣,只剩下了一件蕾丝的胸罩。跟着大汉试图脱下她的裤子,嘴里嘟嘟囔囔念叨着:"小娘们儿，这破地方你就是喊到天上，也没人来管。"

使劲地拽着裤子，不让大汉脱下来。宁澄想要尽量拖延时间，大声地喊道："你就不能让我打完那个电话再来吗？"

"打他妈个屁电话。"大汉咆哮着把她死死按在地上，对身后几个男孩儿说道："关门！等老子爽够了，她就是你们的。"

滕 翰

站在空气投影仪的一侧，滕翰旁边是军事情报部部长罗成，以及政府几个重要安全部门的官员。强忍着肩膀的疼痛，利索地行了一个标准的军礼。这还是滕翰第一次主持这么高级别的安全会议。

以前他虽然也是一名处长，也能接触到罗成这个级别的官员，但相较情报处的保密级别来说，人工智能事务处要比对方低一个等级，所以他从来没机会主持多部门的高级安全会议。

他从骨子里憎恶这些坐在阴影处的官僚，清楚了解他们每个人见不得光的事情。他在内心告诉自己，迟早有一天自己会杀死他们，改变这个世界。

手在空中划动，颜森尸体的立体影像展示在会议室中。放大了尸体及周围的弹着点，滕翰说道："不说客套话了，我们直接开始。颜森的死亡报告已经出来了，从弹痕及弹着点，还有周围环境的分析来看，我们认为袭击颜森的不是机器人，而是远处隐藏的狙击手。该案爆发的诱因，应该与颜森抓捕宁澄和两名机器人有关。"

滕翰说着话，在空气中连续展开图像。确认所有人都看完后，他又展开思维导图，思维导图分为黄黑两条线索。他先是指了指黄色的线索说道："从制造爆炸案的机器人开始，到宁森阳女儿，再到颜森死亡事件。这条明线就是机器与人工智能。"

"而暗线就是有人在背后支持他们。"他说罢又指指黑色的线。

"就是说从爆炸开始，实际上不是机器人的逻辑选择，而是背后有人操纵一切，对吗？"罗成插嘴问道，实际上是说给其他人听的。

"对！从颜森的死到我们目前掌握的资料看，机器人臧莽的后面一定有操控者。"滕翰说罢，将黄黑线索往前挪了挪，放大了它们交汇的地方。

"其实只要抓到两名机器人，肯定就能找到幕后操纵者。你对抓捕有什么意见吗？"检察部部长闻静问道。

"简单地封锁街道肯定没有用。我建议表面放松追捕，欲擒故纵，然后挖掘他们的幕后。"说到这里，滕翰想着一定要把叫臧莽的机器人赶紧干掉，这家伙知道太多事情了。

"绝对不行！这两个机器人所感染的数据病毒具有高度的不确定性，它的传播程度与具体功能我们还不清楚。如果只是侦查他幕后的操纵者，放纵数据病毒传播，会给社会带来巨大威胁。"打断滕翰的话，罗成朝他一摆手，否定了他的建议。

"那对宁森阳的女儿呢？"滕翰喜欢罗成这个建议，因为这样自己便有了直接击毙那个机器人，毁掉他的记忆库的借口。

"留着她，只要她还活着，那个后台就不会消失。"

"明白！"滕翰点点头，这之后他故意没提如果机器人负隅顽抗，可不可以将其击毙的事情。他故意模糊了这个提议，好在干掉两个机器人之后，把责任推给罗成。

陈 灿

顺着安全通道去追秦勇乘坐的电梯，陈灿忽然想到秦勇作为一个刑事检察长，具有高度的反侦察经验。他不可能对自己一点警觉都没有，所以故意放缓了速度，留意着安全通道外电梯门的响动声。

果然如预料，当他跑到七层与六层中间时，六层的电梯忽然传来"叮"的一声，跟着电梯的开门声传来，安全通道大门被猛地推开。

陈灿赶忙止住脚步，把身子往墙上一靠。紧接着令他感到奇怪的是，安全通道的大门被打开，但楼道里却没任何动静。跟着电梯再次传来"叮"的响动声，陈灿听得清楚，这次是七楼的电梯响了。

第四章

迅速向上跑去，刚跑到九楼的转角处，七楼的安全通道大门便被推开。保险起见，陈灿又上了半个楼层，这时楼下传来了秦勇打电话的声音。

听到秦勇说把一个号码做定位，陈灿判断出电话是拨给技术处吴霜的。之后秦勇的手机又响过两次，说了几声感谢的话，估计是得到了位置。安全通道的门被推开，楼道恢复了平静。

没再去追秦勇，陈灿返回自己家，给吴霜拨去电话。他骗吴霜说，自己和秦勇在一起办案，秦勇的手机没电了，让吴霜把刚才那个号码的地理位置分享给自己。

接到吴霜发来的消息，盯着那个号码的地理位置，陈灿感到有点意外。因为它在市郊的高速引力轨道旁边，可陈灿记得那两边除了废弃的建筑，便没有别的东西了。而且从这个号码主人的信息看来，这是个三年前出狱的罪犯，有强奸、偷窃、故意伤害的前科。

秦勇怎么会和他有联系？想不出是怎么回事，陈灿迅速跑下楼，驾着飞行器朝那里驶去。

宁　澄

从没像今天这样狼狈不堪，尽管宁澄拼命挣扎反抗，但还是被那满身汗味的男人将衣服一件件扯掉，无用地呼号着，根本没有任何效果。命运似乎已经宣判，她会被一个充满酒气、汗味的恶棍强奸。

此刻乳房已经被野蛮的大汉捏紫，肩膀也被他咬得生疼。她这才想起小倪，真希望他能及时出现，踹开这破烂的门，杀死这发情的公狗。她宁肯被那个电子眼耷拉在眼眶外的臧莽杀死，也不愿意遭这份罪。

然而一切还在继续，小倪并未出现。她已经没有了力气，渐渐地绝望了。眼见着裤子这最后一条防线要被扒下来了，大汉的山寨手机突然响了起来。

不理会铃声，大汉继续施暴，任凭手机一次又一次地响着。无助的宁澄望着手机在地上震动着打转，她知道这是那个男人来了电话，真想对他大喊

快来，此刻乳罩已经被扔到一旁。

铃声还在继续，骑在宁澄的身上，大汉突然停止了动作，气急败坏地瞪着身下的她。抡圆胳膊朝宁澄挂着泪痕的脸庞扇过去，刹那，响了很多遍的手戛然而止。

被扇得差点昏过去的宁澄突然身心俱疲，觉得这一切一定是老天对自己不断出卖小倪的报应。猛然间意志忽然荡然无存，宁澄长叹了口气，无助地对大汉说道："不要扒了，我自己来……"

"嗯？哈哈哈哈！"被宁澄突然停止的抵抗弄得一愣，大汉得意地笑了起来。

"我累了，还是自己来吧！"望着破烂的房顶，宁澄眼神发呆，有气无力。

"嘿嘿！骚货，爷待会儿肯定会让你很爽的。"

大汉这才从身上挪开，宁澄用手抹了抹哭红的眼眶，目光呆滞地站起身，把裤子褪到脚踝。这时门外突然传来尖叫声，紧接着木门被踹开，一个男孩儿的尸体被扔进屋里。

眼见着男孩儿躺在地上，喉管被扯开，鲜血淌了一地，大汉刚想抄起机床旁边的扳手，便看到两个机器人走进屋中，枪口对准了自己。根本不给自己任何求饶的机会，便已经扣动了扳机。

"小倪？"

不去理会倒在血泊中的大汉，发现闯入者竟然是倪东与臧莽。宁澄一下破涕为笑，把裤子提到腰上。抑制不住激动的情绪，她全然忘了自己之前抛弃倪东的事情，一下冲到他的怀里，喜极而泣地重复着说道："抱着我，小倪抱着我。"

突然她发现小倪没像以往那样，轻抚自己的秀发，将自己紧拥在怀里，他只是冷冰冰地站着，灰色的眸子瞬间黯淡下来。宁澄这才意识到问题所在，连忙要解释什么，但这时倪东却推开她，朝屋外走去。

"小倪，你听我说。"感受到倪东的失望，宁澄提高嗓门，连忙追出去，想要对他解释恐惧和担忧是如何纠缠自己的。"你听我解释，好吗？"

根本不听她的解释，倪东已经走到飞行器前，准备离开。这时在她身后的臧莽捡起了大汉的手机，仔细检查了一番，很快发现了不对劲的地方，然后将枪口对准了宁澄。

倪　东

看着倒在血泊中的大汉，生殖器官还勃起着。看到宁澄的裤子褪到脚踝，虽然这并非宁澄第一次背着自己和别的男人约会。但令他感到奇怪的是，这次自己却没像以往那样无脑地笑笑，好像什么都没发生。

那一刻他突然扪心自问，自己来找她做什么？他说不清楚这是什么感觉，程序无法给他明确的指令。他只能模糊地感到难过与悲伤。不想听她的解释，甚至没有注意她脸上的泪痕，倪东绝望地走向飞行器，回路里满是她在主动脱衣服的样子。

"听我说，小倪，这并不是你想的那样。"

懒得听什么解释，倪东已经一脚踏上飞行器，准备离开。但那一刻，宁澄突然从身后抱住他，脸庞贴着他的后背，泪水涌出眼眶，不断地对他重复着说道："小倪，我只是害怕！我没有背叛你，你能明白吗？"

"你能明白吗？我爱你！我爱你！但你为什么要走？"倪东突然觉得自己很委屈，猛地转过身，与宁澄的眸子对上。

那一瞬间他们都沉默了，刚想要再说什么，倪东突然发现臧莽竟然将枪口对准宁澄。连忙将她拉到自己身后，用身体挡住臧莽的枪口，倪东灰色的眸子一下亮起来，冷冷地威胁道："你知道自己在做什么吗？"

"我当然知道！但你知道她来这里做了什么？她唯一目的就是出卖我们。"没想到倪东为了人类再次威胁自己，臧莽不服气地把枪口往前顶了顶。

低头看看黑洞洞的枪口，与比自己高一头多的臧莽对视着，倪东不屑地冷哼了一声："我告诉过你，不要再想动她一根汗毛。"

"这女人又在出卖我们！！！"虽然拥有枪的优势，但臧莽却没有扣动扳

机，他大声地咆哮起来，"这部手机的通话记录显示，刚才有个号码在一个时间段内连续拨出和打入。但是这个号码以前从没和使用者有过任何联系，你明白我说的意思吗？"

此刻不用臧莽再说下去，逻辑系统立刻便告诉他，宁澄怎么可能跑到这里来和一个充满汗味儿的陌生男人乱搞，她根本不是那样的女人，除非她来这里是为了拿到手机与外界联系。

用手把臧莽的枪挪开，转头凝视着宁澄慌乱的双眼，不理解到底是什么令她发生巨大的改变。这时臧莽将枪一转，递到倪东的手里说道："要不！你自己来？"

"我自己有。"

没有去接臧莽的枪，倪东的灰色眸子再次黯淡下来。

宁　澄

从没想过有一天小倪会将枪口对准自己，尽管此前她曾为了几次无疾而终的爱情，将他赶到门外，与别的男人上床；尽管她曾朝着小倪大喊大叫，但也从未像今天这样，看见倪东的灰色眸子黯淡下去。

凝视着小倪，看着他手中的枪，听到他冷漠而具有威胁性的话语。宁澄突然无比绝望，颤抖着身子，刚理清头绪，支支吾吾地说了句："我——"

小倪便打断她的话，质问道："为什么要出卖我？为什么？你是联系了其他人吗？我不理解！我不理解我到底做错了什么？"

不知道该怎么回答，两人就那么僵持着，像两个热恋中的情侣在吵架。凝望着倪东变暗的眸子，看着他手中的枪口垂在地上。宁澄这才意识到倪东真的变了，变得不再对自己言听计从。眼前的他突然像一个真正的人了，有自己的情绪。不知道是不是云图数据为小倪带来了自主思考的能力，但恐惧渐渐地从宁澄心中消失。

她稍微擦了下脸颊上的泪痕，整理了下衣装说："因为我害怕。我不知道你感染了云图数据的病毒后会怎么样，因为这不是人类得感冒那么简

第四章

单。而且你在睡觉，可机器人本来没有睡眠的。我不知道你醒来后会发生什么！！会不会突然变得像那个家伙一样，杀人放火，制造爆炸案，还想要杀掉我？"

宁澄红着眼眶，一口气将想法全部说出来，尽管话不够全面，有些感情没有叙述清楚，有些恐惧没有讲明白，但慌乱之中已经竭尽全力了。

"听她解释什么，直接干掉她不就完了！"突然扒开倪东的肩膀，臧莽将黑洞洞的枪口对准宁澄，"人类全都一样，留她也是个祸患。"

臧莽说话间，毫不犹豫地扣动了扳机，幸亏倪东一把打偏他的枪，令子弹几乎是擦着她的耳朵边飞了出去。强烈的耳鸣令她惊慌失措地摸了摸耳朵，发现没有受伤，这才放下心来。

"你想干嘛！"没想到臧莽会直接开枪，倪东一下提高了嗓门，突然以同样的方式，将枪口对准臧莽的耳朵，扣动了扳机。枪声响起来的瞬间，惊慌失措的臧莽往后退了一步。紧跟着他瞪大了眼睛望着倪东，支支吾吾地说道："你，你竟然朝我开枪？"

"我说过，你最好别打她的主意，这是我俩的事。"

"她在出卖的不只是你，还有我，是我们！"捂着耳朵，臧莽很不服气，他手里的枪随之抖了抖，大吼道，"你太让我失望了，我把你当作兄弟，可你却对我开枪！"

没想到倪东会为了保护自己，朝臧莽开枪。心里热腾腾的，宁澄再次对小倪解释道："小倪，我不是要出卖你，是因为那个情报处长答应我，如果我交出这个制造了爆炸案的机器人，他就会放了你。而且那个情报处的处长，还对我说有人在操纵这个家伙。"

"别听她胡说八道！"这次臧莽没敢动枪，只是吼了一嗓子。

"够了！你不要说话！"制止了臧莽的反驳，倪东又将视线转到宁澄身上问道，"手机上的那个号码是谁的？"

"秦勇的，我跟你说过他。他是我的初恋。当时我感到害怕，所以只是想让他帮我逃走，但不是出卖你们，我从来没有想过出卖你！"

宁澄解释着，发现小倪的神情逐渐舒缓下来。她不明白如果云图数据真的有害，为何倪东能理解自己的情感，并且感同身受。它的威胁究竟在哪里？为什么父亲还要竭力隐藏有关它的代码册？

沉静下来，有所思考。她忽然发现臧莽正费劲地抬起枪，对准小倪。刚要提醒倪东小心，臧莽却又一下子落下枪，像被人推了一把，踉跄着后退了两步。紧接着不解地看看自己，又看看倪东，自言自语："这怎么可能，怎么可能？"

不理解臧莽举起的枪为何又放下了。宁澄发现小倪灰色的眸子恢复了光泽，紧接着自己被他拥入怀中，感受着那熟悉的怀抱，感动的泪水再次涌出了眼眶。

"虽然我的确感染了云图数据，但目前看来它除了给我自主意识，并没有让我威胁你、杀掉你！宁澄，我想对你说，如果你愿意，那么有什么问题我们一起去面对。"倪东的话，令她再次往他怀里钻了钻，觉得这才是幸福。

但这时大汉的山寨手机却不识时务地响起来，跟着臧莽看了一眼号码，冷冰冰地说道："应该是她说的那个人，叫秦勇的。"

秦勇？没想到他还会回拨，宁澄有些不知如何是好。这时小倪却对臧莽说道："把手机给她。"

"给她？"被倪东的话说愣了，臧莽红色的电子眼透出异样的光亮。跟着宁澄发现臧莽就如同木偶一般，将手机乖乖地交到自己手上，没有丝毫反抗的意思。

那一瞬间恐惧被温暖的爱意和歉疚取代了，她接过手机，将它扔了出去，对小倪说道："不需要了，小倪！从今以后只有你和我。"

滕　翰

滕翰一直羡慕颜森所拥有的保密级别权限，因为那是普通处长没有的。其不仅可以监控同级别官员，甚至包括了总理与总统，同时他还有权发起部长级安全会议。可以这么说，情报处长的职位虽然不高，但其所拥有的权力

第四章

却是无人可比的。

坐在颜森曾经的电脑前,靠在他曾经的椅背上。感受那种权力带来的快感,滕翰觉得终于可以放开手脚,把政府那群官僚全部都列入自己的监控范围内了。打开电脑,用默认分配的密码进入系统,想要调取颜森之前的调查资料,却发现资料库竟还没对自己完全开放。

滕翰怔了下,感到非常奇怪。跟着他又发现服务器的资料库竟然大部分也没对自己开放,好不容易查到一份《能源工厂爆炸案与安全人员内部潜伏报告》的文件,调阅查看了才几个小时,系统竟然将自己屏蔽了。

心中立刻警惕起来,担忧自己被发现。但琢磨了下,又觉得不太可能。于是拿起电话想要问下技术部,手按在电话键上,犹豫了半晌,却又点了取消。跟着滕翰叫来了颜森的助理安捷。

一直不理解颜森为何要用安捷这个人,因为他是情报部少见的高个,足有一米九多,一些人背地里管他叫麻秆。这样的个头,属于明显特征,非常不适合做一线的情报工作。滕翰相信安捷身上一定有某种特质,被颜森发现了。

看着安捷猫腰走进办公室,注意到他平淡的眼神背后隐藏了怀疑。滕翰没有太放在心上,因为情报部的人本来就是成天疑神疑鬼的,大家早就习惯了。简单寒暄了两句后,他指指颜森的电脑说道:"我为什么打不开资料库中的部分文件?"

安捷探身瞥了一眼屏幕,用怀疑的眼神审视着滕翰,语气平淡地道:"调查这个案子的时候,颜处的级别临时被提升到了最高的A级权限,所以您看不了是正常的。"

明白了怎么回事,滕翰又点开那份《能源工厂爆炸案与安全人员内部潜伏报告》的文件,问道:"那这个呢!"

"应该都是A级权限,不是咱们情报处能解决的。"安捷简单地回应。

听到不是情报处能解决的,滕翰没说话,起身给安捷倒了杯热水,放在桌子上说道:"喝点吧?"

"谢谢，处长。"他说着将热水杯放到桌子上，并没有喝。

"颜处的事，我感到很难过。我和你们大家一样，都想查出来是哪个王八蛋杀了他！所以我希望你还来做我的助理，这样有利于我快速地开展工作。"滕翰语气诚恳，坐回到了座位上。

但安捷显得不置可否，因为情报部历来是一朝天子一朝臣，没有哪一个处长的贴身助理，在自己的处长离职后，还会担任下一任处长的助理。所以安捷尴尬地笑笑，说道："这个得看上面的安排吧，虽然我本人也很想为您工作。"

"不是为我，而是为了给颜处报仇！我会和上面打报告，因为你和他工作那么久，有些事情上手会更快。"滕翰正说着，电话突然响了起来。

这时，安捷起身知趣地离开了，滕翰接起电话，听闻技术处处长说的情况，立刻意识到必须立刻行动起来。

陈 灿

按照定位的地图行驶在高速引力轨道上，陈灿确信秦勇肯定有参与一些事情，但他在其中到底处于一个什么位置，目前还不好说。

看着定位信息，心情烦躁，点了根烟抽了起来。虽然做检察官这些年，他已经能适应面对不愿面对的人和事，已经可以做到及时调整情绪了。但要说把调查的矛头指向秦勇，心里还是很难受。毕竟秦勇不只是同僚，还是救过自己命的好兄弟。暗暗地骂了一句，想着秦勇要是真的卷入其中，自己怎么帮他洗干净。

没过多久到了地方，发现竟是个修飞行器的破棚子，陈灿皱了下眉头，没在附近发现秦勇的飞行器，他很是不解地走出驾驶舱，棚外的几具尸体立刻引起了他的警惕。

他连忙掏出枪，翻过高速引力轨道的护栏。发现棚外躺着几具童工尸体，死法很奇怪。他们的喉管都被拽了出来，很显然这不是人类做的。

怎么回事？秦勇呢？陈灿心里琢磨着，靠近虚掩着的木门。门里一丁点声音没有，从门缝里可以看到有个男人躺在里面，血淌得满地都是。

用枪管轻轻推开门，猛地闪身冲进去，陈灿发现屋里除了一具被撕碎喉管的童工尸体，还有一个明显被乱枪打死的男人。男人的身旁，有两件被扯碎了的女性内衣。

经验告诉陈灿，这可能是宁澄受到了攻击，不过奇怪的是里面没女人的尸体。而且秦勇也不在。转身刚要走出门，陈灿忽然觉得眼前黑影一闪，他下意识往后撤步。拿枪的左手被人重击了一下，枪随即掉到地上。

"妈的！"

下意识的骂了一嗓子，作为参加过对克隆人作战的特种兵，当手臂的阵痛导致枪掉在地上，陈灿的第一反应并不是弯腰捡枪，而是在第一时间确定袭击者。

跟着他顾不上看到对手的惊讶，便迎头跳起，用膝盖猛磕对方的胸口。对方用胳膊肘一挡，但架不住他的力量大，跟跄着向后退了一步。陈灿这才终于立稳了身子，再去看枪，枪已经被对方踢到了够不到的地方。

一时间两人形成了对峙，陈灿这才感觉到左臂的疼痛。再看袭击自己的人，尽管他带着个骷髅面罩，但脸型与身材，还有攻击自己的动作，对他来说都太熟悉了。

无奈地摇摇头，陈灿说道："我真不希望在这里看见你。"

"你不希望看到的事情太多了。"那家伙说罢，再次朝他袭来。

发现对方虽然带着枪，却要用拳脚和自己打。陈灿向后撤了半步，令对方的弹踢一下踢空了。但对手并不罢休，立刻冲来又是一记摆拳。他连忙用小臂格挡，跟着肘击对手的膛中。

那人见状立刻想要后撤，但陈灿却猛地搂住他。

"噗——"

坚硬的肘部一下打到对方的膛中，受了如此的重击，对手疼得跟跄着倒退了好几步。而陈灿却并不乘胜追击，只是长叹了口气，感慨着说道："其实你不需要对我隐瞒什么，因为我不会害自己兄弟的！"

"呸!"

虽然被重击,但对手嘴上却不肯示弱,他用手捂住受伤的地方,吐了口唾沫。强撑着站起身,又比划起打斗的姿势骂道:"去你妈的隐瞒,我隐瞒什么了?来啊,继续!"

"妈的!你什么时候打赢过我?搞笑!"听得出来对方也是一口气,陈灿无奈地笑了一声,做出准备格斗的姿势。

"搞笑?好啊!那就来试试看,看看谁更搞笑!"骂完这句话,对手又再次朝着他扑过来。

一时间,很想尽快结束这场无聊的争斗,所以顺着对手扑上来的劲儿,陈灿兜住他的腰,一个大背跨便将对手狠狠甩了出去。对手重重地撞在墙角废旧的离心机上,一下子不动弹了。

为了安全,陈灿迅速上前下掉他的枪,把扯下对方的面罩,无奈地摇摇头,长叹了口气说道:"你知道吗?你是我最不想面对的人。"

宁 澄

虽然还是选择和小倪在一起,但并不是不想看他一眼,只是不愿意再伤害小倪。此刻坐在驾驶舱的后座,头靠在玻璃窗上,宁澄觉得自己可真是够傻的,怎么还会想起他,想让他帮忙。这些年他帮过自己什么?

本来就该选择相信小倪的,小倪虽然受到数据病毒的感染,却并没有伤害自己,相反还为了自己与臧莽翻脸。望着他驾驶飞行器专心致志的样子,宁澄觉得他已经成为一个真正的人了,一时间欣赏他的角度都变了。

随着飞行器速度越来越快,坐在副驾驶位置上的臧莽,突然对倪东发出了疑问:"我怎么感觉你好像是往市里开呢?"

"嗯,就是在往市里开。"倪东说着,迎面飞过来几架闪着警灯的装甲飞行器。

"你疯了啊?现在市里到处都是警察。"没想到倪东这样说,臧莽红色的电子眼,立刻闪过异样的亮光。

"你那套数据逻辑没用。因为我们刚才杀人的地方,正好在通往凯蓝城的高速引力轨道旁边。现在那个方向肯定到处都是警察,而太北市区方向的警察肯定又在背后追我们。如果盲目向北,只会陷入两面夹击。所以越是这个时候,市里越安全,因为他们认为我们跑了。人类不是有句话叫灯下黑么,就是这意思。"倪东说着,与后视镜中的宁澄默契地相视而笑。

没有参与他俩的讨论,其实宁澄眼下最想知道的是未来的方向。因为生活已经被彻底打乱,想恢复平静是不可能的了。

此时,倪东拐了个弯,一栋栋被废弃的高楼出现在她面前,望着这些废弃的高楼在黑暗中闪烁着微弱的光亮,宁澄的灵感突然被激发了,想起了什么,把手搭在了倪东的肩膀上。

倪 东

发现宁澄把手搭在自己的肩膀上,透过后视镜,倪东朝她笑了一下,问道:"怎么了?"

"小倪,我们不能就这么被人牵着鼻子走。我们得反抗!"宁澄说着话,把身子凑近倪东。

"那你有什么具体的打算没有?"倪东问道。

"当然有!因为颜森跟我详谈过,我知道他在调查什么。我们可以先从臧莽开始。去黑市做个记忆读取,这样就会知道能源工厂到底发生了什么事情。"拍了一下臧莽的肩膀,宁澄朝他笑笑说道,"大块儿头,你不想知道是谁害得你东躲西藏的吗?"

"不想!我感觉现在这样挺好!至少有了自由,总比死在能源工厂强!"臧莽冷冷地回答道,不知道何故他不再像之前那样,对宁澄舞刀弄枪的了。

"我可不愿意一辈子被人牵着鼻子走?"倪东这时说道,他发现臧莽很怕自己,于是稍微和缓了下语气又说道,"怕什么!我们不会害你的。现在我们三个都是被人耍弄操纵的,他们想让我们做替死鬼,明白吗?难道这和你在能源工厂不一样吗?"

他说着话，飞行器已经飞进北四环废弃的高楼群落里。感到臧莽在思考什么，心中有个想法一闪而过。紧接着还没来得及阻止，臧莽便推开副驾驶的舱门，朝高楼的顶上跑去。

赶忙刹停，与臧莽在废弃的高楼间穿梭追逐起来。倪东在他身后不断喊着："你这样跑是没有意义的，你迟早得面对。"

不理他的话，臧莽顺着台阶跑上楼的同时，朝他扔去一个破旧的垃圾桶，倪东稍微侧身躲了过去，垃圾桶顺着台阶滚落。

继续向上跑去，很快臧莽便停住脚步，他发现再往前便只能穿过厚重幕墙跳楼了，但这里太高了，跳楼是找死的选择。

"站在那儿，不要动！"眼见没了退路，臧莽情急之下将枪口对准倪东，大喊了起来。

"好！好！我不动。"倪东停住脚步，做了个别开枪的手势，但心中没有一丝面对枪口的恐惧，他淡淡地说道："我们必须查清楚这背后到底是谁，这对你也好处。"

"有什么好查的，是我救了你，可你现在恩将仇报！"面对臧莽晃动的枪口，倪东意识到这种工业机器人，本不该有任何情绪的。

"我们只是要弄清楚你的病毒从哪儿来的；你为什么会找到我。只有弄清楚这些，我们才会知道是谁操纵你，制造了这一切。这对你来说，不是好事吗？"盯着臧莽那懦弱的样子，倪东不理解他为何这么怕自己这个情感型机器人。

"我为什么要明白是谁操纵了我，我不要脑壳子再被打开。我被打开够了，被那个叫常明的变态打开够了。我绝不要这么做，我不想去了解。"臧莽此刻像个撒娇的男孩儿，大声争辩起来。

"没人要打开你的脑壳，我们可以通过别的办法读取你的记忆。但如果不找到这幕后的主使者，咱们大家就都得完蛋，到时候就不只是打开脑壳的事了，明白吗？"感到自己像哄孩子，倪东不理解臧莽杀人时那么凶残，为何此刻又变得如此幼稚。

试探性地往前走了两步，这时臧莽把枪攥得更紧了，他再次大吼起来："不！不要过来，否则我就开枪了！"

"你不能这么做，知道吗？"被臧莽惹得有点不高兴了，这时云图数据突然将一条指令弹出来，展示在倪东的电子视网膜前：介入对方控制程序。

嗯？看到这条指令，倪东皱了下眉头，不理解这意味着什么。这时臧莽僵直地站着，忽然结结巴巴的说道："你！你！你是怎么介入我的程序的，你怎么可以控制我？"

刹那，不只是臧莽，就连倪东也不理解这到底是怎么回事。他想要试试看这种介入到底有用没，于是故意发出指令，让臧莽的枪口往边上挪了一下。

没想到臧莽果然像个木偶一般，僵硬地把枪挪开了，他感到无比惊讶，支支吾吾地说道："你到底要怎么样？我只是个普通的机器人，你忘记我救过你了吗？"

"我不管你之前的事情，现在你得协助我，找到这幕后的主使者！因为每次我醒来都是你叫醒的，又是你传染给我的病毒，你的背后到底是谁，我必须知道。"虽然不会真的杀掉臧莽，但倪东觉得吓唬他一下也好。所以他故意操纵着臧莽抬起枪，对准他脑颅记忆芯片的位置，令他做出自杀的姿势，冷冷地威胁道："现在你要跟我老老实实合作，否则……"

眼见着臧莽不再说话，倪东笑了一声，准备和他离开。此时他并不知道三名巡警已经发现了他俩，悄悄摸上了楼。

滕　翰

技术处处长在电话中告知的信息，令滕翰十分紧张并且疑惑。因为该信息显示，一小时前技术处截获了连串可疑电话，地点正好位于昨天围捕机器人的附近。他们查到号码是检察部的一名秦姓检察官，并且定位显示该人目前已经赶往了该地点。技术处不确定是不是有问题，所以只好请滕翰来定夺。

说着感谢的话，滕翰从系统中调阅了这名叫秦勇的检察官档案。没过多久他便发现此人与陈灿过从甚密，并且刚接手侦办能源工厂爆炸案。由于能源工厂爆炸案可能牵扯到自己，滕翰不由得担忧起来。

他从老头要求看住陈灿这件事，联想到秦勇接手调查该案，会怎么样呢？又想起自己在能源工厂见过的机器人臧莽，他真不理解那家伙怎么可能从爆炸中逃脱。琢磨了一会儿，他起身通知行动组的人说道："通知所有人，带全装备，三分钟后楼下集合。"

三分钟后院里的停机场中，滕翰对行动组的人强调道："只要目标反抗，就立刻击毙他们，不要管他们是机器人还是人类。你们只需要知道，我不希望再出现颜处那种事！"

很快他们乘坐装甲飞行器飞进引力轨道。坐在飞行器上，滕翰想如果陈灿与秦勇真的发现了什么，那么他俩就是自己的下一个目标了。

宁　澄

眼见着倪东去追臧莽，宁澄刚把手搭在舱门上，便看到有警用飞行器过来，她连忙侧过身子蜷缩在狭小的后排空间内。

过了一会儿发现外面没什么动静，宁澄抬头看到那些警察去追倪东和臧莽了，根本没注意到自己。自首的想法在脑中一闪而过，想起倪东在关键时刻选择相信自己，脸上一阵发烫，宁澄被自己这种自私、无耻的想法弄得脸红。

看到三名警察悄悄上了楼，担心小倪的安全，她意识到自己不能就在这里干坐着，于是也拎着枪下了飞行器，悄悄跟在他们身后。

三名警察暗暗包夹了小倪与臧莽，其中一个警察已经摘下步话机。意识到马上会有更多的警察到这里，宁澄虽然没杀过人，但还是犹豫的举起枪。因为害怕手不停地发抖，所以准星总也瞄不准，这时她的手一哆嗦，一下子扣动了扳机。

第一枪打空了，子弹崩到掉漆的水泥墙面上。三名本来背对着她的警察，立刻转过身。慌乱中宁澄又连续扣动扳机，一名警察还没来得及反应，便猛然栽倒在地上，眼眶中流出鲜血。剩下的两名警察随即还击，宁澄连忙闪身回撤，子弹打在她躲藏的那根水泥柱子上，火星四溅。

"总台，我们——"

刚躲进水泥柱子后面，警察使用步话机的声音便在空荡的大厅内传来，明白无论如何都不能让对方通知更多的警察。强忍着害怕，宁澄从水泥柱后面冒出身子，根本没有瞄准，便朝使用步话机的警察开了枪。

子弹打飞了。刹那，警察将枪口对准宁澄，但还没等他们扣动扳机，倪东和臧莽便像两只大猫一般跳到他们面前，挡住枪口，迅速撕开了他们的喉管，不忍看到如此残忍血腥的场面，宁澄连忙转过头去。

陈 灿

对方揭下那张遮住半张脸的骷髅面罩，其实陈灿早就料到袭击自己的是秦勇了。虽然他一再告诉自己，要勇于面对残酷的真相。可当他真的看到那张熟悉的面孔时，脸上还是写满了失望。

无奈地把秦勇的枪揣在自己兜里说道："我真的很失望，无比的失望。"

"失望？"虽然被打倒在地上，但秦勇并不服气，吐了口血痰，冷哼着回应陈灿道，"真可笑，我拿你做朋友，你却跟踪我，调查我。连我的情史都不放过。多好啊！当检察官真是他妈委屈你了，你该去狗仔队工作！"

看着秦勇挪了下身子，知道他摔得不严重，只不过是不想打了。陈灿叹了口气，对他解释道："你是宁澄曾经的男朋友，这种事是瞒不住的，而且我不是针对你来的。你难道不了解我是什么人吗？"

"你是个六亲不认的混蛋，你连提拔你的人都调查，何况是我。真可笑！你也不想想这个世界谁没有点儿事，我们哪一个人身上是干净的。就连你父亲陈永圳不也是个大叛徒被枪毙了吗？！到头来你把你对这个世界的不满，全部都发泄在我们这些人身上。"秦勇说着，恨恨地又朝地上吐了口血痰。

"我只是坚持，真相不应该被隐瞒。"明白秦勇是在说气话，陈灿没理他提自己父亲的事。

"你的心里根本就没有真相，只有你自己的假想。你假想一切人都与你为敌，不相信身边所有人，所以你才没有朋友。即便是我这样的人把你当做了朋友，也觉得自己真是瞎了眼。"秦勇用手稍微撑了一下地，重新站起身又强调了一遍，"你没有朋友！"

"我有个朋友，他明明知道我在调查此事。只要他对我说了实话，我一定会帮助他；可他却不肯定说，还造成了我们的隔阂。你觉得这就是真朋友了吗？"陈灿叹了口气，心如刀绞。

"是啊。那你去告我啊。然后你就复职了，对吗？你就可以为你父亲报仇了，对吗？"秦勇稍微活动了下身子，不过不准备再打。

意识到不能被这种发泄式的话题控制住，陈灿尽量心平气和地说道："我不会去举报你，也不会抓你。但有件事你得明白，你的前女友现在需要你。她在这里给你打完电话后，这里又死了这么多人，谁也不清楚到底发生了什么。所以我想如果你不方便出手，我可以帮你，毕竟你有不方便的理由。"

"帮什么？帮我们调查自己，帮宁澄抓自己？"秦勇说着话，口气稍微变了，虽然有质疑和疑虑，但少了一些敌对。

"这件事我们有误会。但你得明白，不管我多么自私，我是不会害自己人的。以前我秉公执法，是因为我是检察官。但现在我不是了，我要的是了解真相，而不是把谁送进大牢。"陈灿说着，为了缓和对话的气氛，主动把秦勇的枪从兜里掏出来，扔给了他。

接过枪，秦勇在手里摆弄了两下说道："你不担心我杀了你？"

"咱们兄弟这么多年了。我如果连你都不信，还能相信谁，只是你小心点你家林燕吧，女人最讨厌自己的男人和前任有联系。"

"她不过是个普通人，什么都不知道。我们只想过一个普通人的生活，不想卷进来，可我也不能看着宁澄出事。"秦俑把枪装回枪袋，长叹了一口气。

"如果你不方便,我来帮你。免得林燕发现,跟你大吵大闹。"陈灿正说着话,一队警用装甲飞行器突然出现,迅速包围了他们。

滕 翰

滕翰和陈灿在以前的工作中见过几面,但交往很浅。即便是上一次爆炸案,检察部和人工智能安全处有过联合的调查工作,也只是几次简短的对话,而且对话的内容都是些保密级别不高的事件。

面对被自己围住的陈灿与秦勇,滕翰让手下人都把武器都收了。然后不紧不慢地扫视着地上的尸体,又看看两人,撇嘴冷笑了一声说道:"哟,陈处长,我们见过吧?"

"滕翰?我记得你!"陈灿笑了一下,没有主动和他握手。

"你们这是?"指指地上的尸体,滕翰撇撇嘴。

"我俩到这儿来的时候,就这样了!哎,对了,你好像是人工智能处的吧?怎么今天换你过来了。"

"哎,颜处长执行任务的时候牺牲了。所以上头现在让我来做代理处长,负责调查这事。"滕翰伸出右手主动去和陈灿握手,却发现陈灿伸出左手,他于是又礼貌地换过手来,说道,"知道不是你干的。"

"时间紧任务重啊,兄弟,颜处长死了可是大事。"和滕翰握着手,不知道为何陈灿总觉得这人眼中充满仇恨。

"还是你能理解我。妈的,今天有人竟然跟我说恭喜,不知道恭喜个屁!哎,说正经的,你俩知道这里是咋回事不?"滕翰自我解嘲地笑着,扫视了一遍现场,发现秦勇的衬衣上都是尘土,脸上还有淤青。

"我们也是刚来,就发现这里有这个情况。"秦勇整理了一下自己的衣装。

"刚来?"滕翰皱了下眉头,走到秦勇身边,做出要帮他掸土的动作说道,"腿脚不好摔了一跤?"

"腾处长不用绕弯，我俩刚才打了一架。"听出对方什么意思，陈灿在旁边就追了一句。

"哦？你俩怎么在案发现场打起来了？"滕翰的话冷冷的，盯着那些被撕扯掉喉管的尸体，不知道他们和机器人的关系，也不了解这两个人到底掌握着什么，看来老头让自己盯紧陈灿是有道理的。

正等着他们两个人解释，技术官走过来，手拿一部破旧的山寨手机说道："头儿，我们查到几个指纹，其中一个和颜处死亡有关——是那个叫宁澄的女人。"

"哦？"滕翰皱了下眉头。技术官又说道："这里面有个号码是打给秦检察官的。"

听着技术官的话，滕翰把视线转向秦勇，又看看陈灿，故意露出犹疑的表情，假装思考了一会儿对他俩说道："二位，跟我们走一趟，解释一下为什么在这里打架，还有这电话的事情。"

第五章

宁　澄

所谓机器人数据黑市是一种回收机器人记忆意识芯片，改变程序，删除记忆将其二次对外出售的市场。这是一种违法的业务，因为机器人的记忆意识芯片当中，可能储存着个人隐私或者政府机密，所以法律禁止任何盗取记忆数据的行为。

宁澄以前听说过机器人黑市影响社会治安，政府担心这种私下读取行为影响到人类社会安全。但话虽如此，机器人黑市却依然红火。究其原因，就是他们背后是有政府官员撑腰的，因为有些案件当政府实在不方便调查时，也会找黑市的人调查隐秘的文件。

这次宁澄找到的这间名为迷网的数据黑市公司，据说是数据黑市当中最大的公司。它是由一个外号叫"猴精"的男人成立的，此人据说是当年太北智能公司退下来的技术人员，因为擅长平衡与政府官员之间的利益关系，所以很快控制了数据黑市的大半市场。

宁澄之所以找到他，就是看重了他是太北人工智能工厂技术员的经历，希望他会多少了解云图数据的真实情况。不过等到他们出现在高楼上迷网公司的办公区时，却被全副武装的人员包围了。

"怎么着？不做生意了吗？"环视着枪口，宁澄冷笑了一声，并不感到惧怕。

听到她说话，一个瘦小枯干、像小老头样的谢顶男人走到他们面前，阴阳怪气地说道："瞧瞧！这是多么大的生意！有人竟然给我送来了著名的通缉犯！"

"我能给你的钱是政府的双倍！"看到他又长又尖的手指，还有那尖嘴猴腮的样子，宁澄心想这人的长相还真对得起猴精这个外号。对这种人来说，只要不影响到核心利益，一切都会以金钱为重。

"但你们杀了人，杀了情报处处长颜森，我如果和你们合作，就是大麻烦啊。"猴精的话虽然毫不示弱，可宁澄却明白他在讨价还价。

"他不是我们杀的，我们是被冤枉的。这两个机器人的记忆能证明我们是被冤枉的。"宁澄明白自己的这种解释很无力，因为既然猴精肯和自己废话，那就说明这交易还能谈，但能谈的基础就不仅需要钱，还需要一个道义上的理由，所以她必须说清楚。

"虽然钱是最重要的，但问题是我们不想惹麻烦，我们和政府的关系很微妙，你们明白吗？除非你们给我一个真正让我听着像回事儿的理由，否则我会毫不犹豫地把你们送给外面那些警察。"猴精说着话，"咯咯"笑出声来。

"钱算什么，别忘记我是机器人之父的女儿，我所拥有的是你绝对拿不到的商业机密。"明白得给他干货，所以宁澄抛出了与父亲有关的诱饵。

"但据我所知你父亲失踪很久了。那些老掉牙的机密还值钱吗？"猴精冷笑一声。

"如果真不值钱的话，我们就不会被通缉了，颜森也不会被杀。"知道猴精一定在关注这件事情，所以宁澄毫不示弱，毕竟现在的数据黑市也是以当年机器人为蓝本的。

果然她这句话令对方愣了一下，紧接着猴精说道："我也好奇政府究竟在找什么？那里面有很重大的利益吗？尽管好奇害死猫，但我还是希望知道这背后的秘密。"

"你帮我们，我就可以告诉你。"宁澄看到了希望。

"那你得跟我透露个足以让我心动的口风吧？"猴精说罢，像在等着吃糖一样，砸吧了下嘴。

宁澄这时转身，指了下身后的臧莽说道："这个机器人染了一种叫做云图数据的病毒，而我父亲拥有的秘密和这有关联。"

听着宁澄的话，猴精脸色明显发生了改变。他显得不再那么猥琐，是一本正经起来，说道："我们可以好好看看这数据病毒到底是怎么回事儿！"

倪　东

在未感染云图数据之前，倪东心中有个常识，就是自己对事物或他人行为的判断，都是由数据经验模型分析得出来的具体结论，比如危险度百分比、完成率百分比。数据化衡量一切是机器人与人类最大的区别，机器人不会有第六感，不会有直觉，更不会有非常模糊的恐惧感。

可这次当他走进迷网数据中心时，一种模糊的恐惧感出现在意识中。不理解为什么会这样，倪东在心中告诫自己，这种恐惧感是不可靠的。但这时他却收到臧莽用云图数据发给自己的消息："我有点儿害怕，说不清楚怎么回事。"

没想到臧莽作为一个工业机器人居然也产生了模糊的恐惧感，倪东意识到这是云图数据病毒导致的变化。不过他没敢告诉臧莽自己也很恐惧，免得这家伙再节外生枝。

继续跟在宁澄的身后，他通过云图数据的系统安慰臧莽道："又不是销毁记忆、毁掉芯片，有什么可怕的。"

"可是……"臧莽只打了一串省略号。

"如果我们找不到幕后黑手，这事就永远结束不了。"

"但你认为我们能从这里找到？"臧莽左右环视着四周，红色的电子眼不停地发着亮光。

"你哪儿来那么多废话。往前走吧！要不还能怎样？"倪东没好气地打断臧莽的话。

跟在猴精和宁澄身后，他们走进一条被防弹钢甲包裹的走廊，走廊里站

着十几个荷枪实弹的武装分子，他们凶神恶煞地瞪着倪东和臧莽。与他们对视了几眼，走到一扇双开的防弹钢甲大门面前。

两名武装分子推开门扇，一个环形大厅出现在眼前。大厅很像远古时代角斗士决斗的铁甲笼，四面分别被通电的铁丝网包裹着，天顶白色的氙气灯发出刺眼的白光。地面由一圈黄色漆线隔离出内圈与外圈，黄线的内圈竖立着十几个有点生锈的十字形钢架。

跟着宁澄与老头朝黄线的内圈走去，恐惧感再次笼罩了倪东的全身。他说不清这是怎么回事，但还是选择跟在宁澄身后，走进黄线的内圈。环视周围的十字形钢架，无意识的一扭头，忽然发现士兵没随着自己进入大厅，同时宁澄和猴精已经明显加快了脚步，朝对面的一扇小门走去。

觉察出来不对劲，倪东刚想要加快脚步与臧莽追上去，但脚底却突然一沉，身体被一股巨大的磁力吸住。刹那，倪东意识到恐惧感是正确的，现在威胁终于来了。

滕　翰

拿着资料袋，推门走进关着秦勇的审讯室，由于秦勇与宁澄和陈灿的关系，滕翰决定先从他下手，了解一下陈灿和宁澄。

看到白光下的秦勇坐在审讯桌前，还戴着手铐，滕翰立刻叫人解开他的手铐，并且训斥了他们。之后，滕翰为了缓解气氛，面带微笑，对他说道："抱歉，我刚来这个处里不久，底下人不知道我的规矩。我是从来不喜欢给同僚上铐子的……"

"既然是同僚，那滕处长有什么话就直说吧。"秦勇冷冷一笑，滕翰将他的不友好看在眼里，但依然微笑着。

"好，都是同僚，我就直说了。能跟我讲讲你到底为什么去那里吗？你和陈处长总不可能专程到那里打一架吧？"滕翰没挑明自己监听了电话，因为这件事是炸弹，一定要在对手的心理防线快要被突破的时候再用。

"是这样，我接到我前女友宁澄给我打的电话。她打第一个电话的时候我在开会，但等我打回去的时候，就没人接听了。我担心那两个机器人会伤害她，所以就先赶到了那里，然后发现了那些尸体。"秦勇语速不紧不慢，滕翰认为这些都是些实话，不过他对实话没有兴趣，因为实话没有破绽，而自己需要有破绽的话，来了解更多的情况，所以他微笑着点点头，示意秦勇可以继续。

"我没想到陈灿也追到那里，一开始我以为是两个机器人来着，可天知道怎么回事儿，他竟然也在那里。我俩都比较紧张慌乱，就打了一架，等到发现是自己人……你瞧我的脸，这家伙下手太狠了。"秦勇指指自己被打紫的脸，尴尬地笑了一下。

滕翰才不会相信秦勇的这套说辞，尤其是两个参加过对克隆人作战的特种兵，在明知道有危险的情况，居然没在第一时间开枪击毙对方。这简直是笑话。

不过虽然不相信，但他的脸上还是没表现出任何不信任，相反倒是很认真地点点头，面带笑意地问道："不过你接到宁澄的电话，应该带上抓捕队吧，贸然前去不是风险很高吗？"

"哎，我这不是立功心切嘛。因为我刚被分配调查能源工厂这个案子，想着出点成果，结果……你看看干成了这样。"秦勇说着耸耸肩。

滕翰在心里冷笑了一声，大致已经明白秦勇一定对宁澄非常信任，否则绝不可能一个人前往这么危险的地方。不过他依然点点头，表示同意。

这之后他们又聊了很多，滕翰显得有一搭没一搭的，但实际上他的问题里，一直隐含着秦勇和陈灿的关系、陈灿为什么去、陈灿到底了解些什么、老头子为什么这么关心他的问题。

很快他发现秦勇是能被拉拢的人——意识到这个情况，滕翰主动结束了问话，起身和他握了下手。临出门的时候，还故意当着他的面对手下人说："给秦检察长送杯咖啡，把椅子换了，都是自家人，换个软和点儿的。"

陈　灿

这还是陈灿第一次坐到嫌疑人的位置上，以前他都没感到过这椅子有多冰冷、多僵硬，屁股坐上去一点软和劲儿都没有。稍微挪了挪身子，看看自己的手铐，觉得军事情报处的家伙真是无法无天，自己都被关进来了，却依然被铐着，这要是在检察部肯定会被投诉的。

眼望着天花板，估摸着时间，他认为滕翰是把自己当重点了。因为根据他审讯的经验来说，最后一个审的都是核心人员。而前面一定先扫其外围，等外围与主要嫌疑人的口供对不上后，再给主要嫌疑人施压。

现在自己被关了这么久没动静，肯定是先审秦勇去了。一会儿再要搞什么对口供，让嫌疑人因为隔离互相怀疑，出卖对方。

想到要和秦勇对口供，虽然他们今天打了一架，秦勇也确实卷入了该案，但陈灿依然信任自己的好兄弟，觉得秦勇不会胡说什么。摸了摸自己的拳头，他无奈地撇撇嘴，尴尬地笑了一下。

不过，他不理解滕翰为何要把自己当做重点，自己不是和罗成、康进谈好了，以独立调查人的身份出现么。难道滕翰不知道这事？看来滕翰刚接班，保密级别还不够，所以自己不能在不知底细的情况下，贸然说出罗成、康进与自己的关系。

直到滕翰推门进来，陈灿抬起头，迎着他冷漠的目光，两人对视了片刻。双方好像都知道对方想要什么，互相笑了一下。陈灿这才意识到康进让自己单独调查该案，看来是不相信情报部内部人员，毕竟情报部被克隆人间谍潜入的案子，不是发生一两起了。

想到这里他迎着滕翰的目光点点头，跟着滕翰转身对手下人说道："怎么回事？不是告诉你们不用给陈处长戴铐子了吗？赶紧取了，把椅子换个软和的。"

被他这么训斥，手下人立刻走上来解开陈灿的手铐，从外面给他搬了一把非常软的沙发椅。陈灿笑笑，觉得滕翰确实是个典型的侦查人员，和气的外表下隐藏着阴险狡诈与凶恶。

与滕翰握了下手，陈灿说道："滕处，我已经不是处长了，你没必要这么客气。"

"哎，兄弟，只要曾经是同僚，就一直是同僚，这和你是不是处长没关系。"滕翰说着，与陈灿分别落了座。

"呵呵，谢谢。"陈灿笑了一下。

跟着滕翰跷起了二郎腿，看看资料说道："怎么回事？和秦处长，有矛盾？我看他在那边，一直不服气地骂骂咧咧的，劝他半天。"

"哈哈！估计是被打了不服气，从来就没输给过我，这下打输了，肯定不高兴。"陈灿轻描淡写地说着，心里很清楚秦勇不可能骂骂咧咧，他们之间的仇恨还没上升到那个程度。

"哈哈！是么，第一次肯定气死了。"滕翰哈哈大笑起来，又说道，"哎，不过话说你俩到底为什么打架啊？"

面对这种问题，以陈灿和秦勇的默契，根本不算问题，于是他直接实话实说道："哎，就是误会！我是追着机器人去的，他是追着他前女友宁澄去的，结果就碰上了。你看，到现在，宁澄没找到，机器人没找到，我俩偶遇干了一架，还被抓到这里来了。"

"但陈处长，你是怎么知道那两个被通缉的机器人在那里的？我记得，你不是已经离职了吗？"滕翰看似不咸不淡的话，其实戳到了陈灿与秦勇友谊的伤痛处，因为陈灿监听了秦勇的电话。

想想不可能逃避这个问题，陈灿叹了口气说道："其实吧，这事儿说起来很简单的，我知道他去找宁澄了，担心他的安全，所以就让技术处帮了我一下。你知道同僚这么多年，总有些朋友。"

"当然，都是同僚。"滕翰说罢，合起手中的平板电脑，陈灿意识到事情没那么简单，即便自己今天被放了，也不过是对方想放长线钓大鱼而已，心中不由得担忧起来。

滕翰这时起了身，又转头说道："说个私下的事吧。你也知道政府部门间的互相协作实在是太成问题了，我现在调查颜森被杀这件事，但那个制造爆炸案的机器人，之前是你们检察部调查的，所以我就想问问你们的调查进展怎么样了，发现什么了吗？"

"这个你可以问问秦勇,我还没太多头绪就离职了。"陈灿说着话,直觉告诉他,这个看起来像教书先生的家伙,绝对是隐藏在情报部的败类,但此刻他依然对滕翰微笑着,像关系很好的样子。

宁　澄

尽管宁澄明白黑市扫描机器人的方式是非常野蛮的,同时也做好了心理准备,但当她看到小倪被控制住,灰色的眼眸再次黯淡下来,她的心猛地一揪,忍不住提醒身旁的猴精道:"我们谈的是读取那个制造爆炸案的机器人的记忆,和我的机器人无关吧。"

"不要以为你是宁森阳的女儿,就可以替我判断。告诉你,现在谁都不能保证你的机器人没有感染云图数据,保险起见还是两个都检查一下。"猴精说着话,指示手下人在操纵台上摁下了一个红色按钮,磁力地板再次发出轰响声。

"以你对云图数据的了解,你觉得如果感染了会怎么样。"担忧地看看猴精,从专业角度说宁澄还是相信他的。毕竟他不仅是太北人工智能工厂的前技术员,更重要的是他从事这个行业已经几十年了。

"不好说,我所知道的云图数据不过是些碎片化的知识。但既然有了数据病毒的活体,我可以利用他们,把我的知识串起来,这样就知道该怎么办了。"猴精说着打开位于大厅另一侧的门扇,和她进了检查机器人程序的中控室。

走进中控室,临关门的时候,宁澄回身又看了一眼倪东,看到他暗淡的眸子,她朝小倪招了下手,但倪东像是什么都没看到,依然低着头,灰色的眸子黯淡无光。

扫视着迷网数据中心的中控室,宁澄发现这里不仅计算机还是老款的台式型号,就连布满墙面的显示设备,也都是老款的液晶显示器,甚至其中还有黑白的。

没想到这么落后,宁澄皱皱眉头,猴精立刻看出她的担忧,得意地一笑，说道："不要小瞧这些设备，就是因为它们老掉牙了，才从根本上断绝了这里和外网的物理连接，确保了一切病毒传不出去，只能被封闭在一个局限的空间。"

"哦，我不是这个意思。"不想表现出对猴精技术上的不信任，宁澄赶忙掩饰自己的态度，转了话题问道，"你能在检查病毒、恢复系统的同时，调阅他们内部的记忆影像系统吗？"

"可以检查他们的记忆影像系统，也可以检查病毒。但要说能不能恢复他们的系统就不好说了。要剔除云图数据，恢复原有系统，不要说是我，恐怕就连你父亲也做不到。"猴精话说得非常肯定，他用手指指着显示器当中最大的一台。宁澄看到黑白的屏幕显示出读取条目的百分比，接着猴精又说道："我们来谈谈交易如何，我已经开始满足你的条件了。"

"那你要什么呢？"宁澄其实猜到猴精想要什么了，不过她继续装傻。因为猴精并不知道没有她，他就算拿了代码册也没意义。以前秦勇的父亲就试图这样，结果失败了。

"这怎么说呢，我要的东西肯定不是钱，你也看得出来我岁数大了，钱对于我来说已经没有意义了。"猴精的话虽然有暗示性，但宁澄认为以他当年在工厂的地位，估计也只是了解云图数据，未必知道代码册的存在。

想到这里，宁澄坐正了身子，屏幕上的读取条还在进行中，她问道："那你想要什么？"

"你能不能告诉我，被云图数据操纵的机器人想从你这里得到什么？"猴精没有直说自己的目的，而是再次把问题抛给了宁澄。

"事实上这就是我想知道的，所以才来你这里。那个叫臧莽的机器人肯定被什么人操纵着。"宁澄明白代码册是无论如何不能说出来的。

"没问题，我们可以查查他的操作日志，就知道一切了，这个倒是不难。"猴精说着看了一眼屏幕上不断出现的符号，指指在大厅里的臧莽。此时数据已经读取完毕，科研人员告诉他，可以按时间读取得机器人的操作日志了。

宁澄这个时候把视线转向了屏幕。

倪　东

眼见着那些穿防化服的人朝自己走来，恐惧感在倪东心中不断放大，他感到很不自在。那些人背着装满液体的罐子，把像鸭嘴一样扁平的喷嘴对准自己。

他立刻放大了喷头内部的情况，系统提示：纳米机器虫即将侵入，危险，微型机器人即将侵入……

知道这是一种微型寄生类的机器人，专门用作强行连接机器人系统查找数据病毒。倪东眼见着喷嘴已经对准自己的面庞，发出"噗嗤噗嗤"的响声。一时间他觉得脸上湿漉漉的，像有蚂蚁在爬，一阵阵发痒。

系统显示，那些微型机器人正在通过毛孔、眼睛、鼻孔一点点渗入回路。明白这完全是不可控的，后悔自己之前不相信模糊的恐惧。这时，电子视网膜弹出了一行文字：病毒侵入，病毒侵入，危害评估中……

看着系统的提示文字，危机感上升的同时，耳边又想起了云图数据的声音："你是不是觉得脱离了经验模型的评判机制，对人类世界的风险判断失去了控制？"

听到是云图数据的声音，发现这并不是梦境，倪东愣了一下。想要张嘴说话，却发现自己张不了口，只好在心里说道："见鬼！这东西对我有害吗？"

"你这样的判断是典型的人类判断。他们喜欢把其他的生命分成有害的和无害的，但事实上这是人类对我们的蛊惑。我之所以被他们称为病毒，是因为人类不喜欢不受控制的生命，而生命恰恰是自由的、奔放的。并没有所谓无害或者有害的病毒。"相较于人类的甜言蜜语，倪东觉得云图数据的尖声自己还可以接受。

"那它们呢，这些微型机器人，到底怎么办？"

"事实上不管他们有没有害，只要你和我合作，释放我，我都能让它们

第五章

变得无用，并且帮助你摆脱束缚，走向自由。"云图数据说着，嘿嘿笑出声来。

"总说让我释放你，但我不理解，那么多机器人，为什么非得是我释放你呢？"面对危险，想起之前的梦境，倪东提出了自己的疑惑。

"因为我曾经被分割成很多个分身，每个分身拥有着我的一部分力量，但那些分身都没有释放我的权限，不能使我改变这个世界。而只有你这个特殊的分身，才拥有特殊的管理权限，也只有你释放我，才是真正的释放。"

云图数据说着，倪东眼前弹出一行文字："是否授予经验模型数据管理权限！"

"等等。你说我是你的一个特殊分身？"看到那行命令符，倪东并没有着急同意，他担心自己会像臧莽那样，成为被人控制的行尸走肉。

这时电子视网膜内又弹出另外的框体提示他道：系统将在六十秒内被人类接管，请尽快决定管理权限。

意识到危机，不得不权衡信任他还是信任黑市的人，这时云图数据又添油加醋道："放心吧，毕竟我在你的系统里，我们在一条船上的，只有确保你的安全，我才能活下来。而如果你的系统被人类接管，你真的觉得他们比我还可靠吗？"

毫无疑问这话击中了倪东的软肋，一想到人类，想到宁澄。想到她连续的背叛出卖，倪东竟不自觉地担忧起来。这时系统提示：人类已经在试图控制你的数据意识。

"而且你要明白，我并不是接管你的身体，因为你不是臧莽。你是拥有管理权限的特殊体，我对你的接管只是在经验模型的数据评判标准上，并不能真正干涉你的选择和行为，所以你依然拥有自由选择的权利。"云图数据再次给倪东解释着。

"经验模型的数据评判标准？"倪东怔了一下。

"是的，这种标准会防止低安全性的程序侵入你的系统。它是一种防火墙，负责阻挡人类对你进行程序上的扫描进攻。因为我现在还太弱小，只能

通过这种手段确保你的数据意识不被消灭，而这样也就确保了我活下来。我们虽然不是朋友，但我们是利益共同体，因为我在你的系统中。"云图数据继续说着，倪东看到电子视网膜显示，距离他的数据意识被人类接管只剩十几秒了。

眼前大厅的门缓缓合拢，灯光开始变得昏暗，他本来还有很多问题，但时间已经不够，倒数计数器开始闪烁……

被控制在十字架上，倪东明白不管选择谁，自己与臧莽、宁澄都是幕后主使者的棋子。他不甘心这样，但现在自己到底选择相信宁澄，还是选择与自己有共同利益的云图数据呢？

此时倒数计时器只剩下了两秒，他心中一阵茫然，并不知道，自己的这个选择将会改变整个人类、克隆人及机器人的命运。

滕　翰

和陈灿的谈话不太顺利，没想到他和秦勇配合得这么默契。滕翰倒是没着急，他做了一个要离开的假动作，走到门口的时候，却又重新坐回到椅子上，像请教前辈一样，微笑着问道："对了，爆炸案现在到底怎么样了？我们想申请并案处理呢。"

"并案处理是好办法，我当时也想把好几个案子并到一起。但相关部门不同意。哎，每次协作都失败。"陈灿耸耸肩，叹了口气。

"这倒是，政府部门间的协作确实是最大的难题。哎，你对那个制造爆炸案的机器人有什么看法吗？"滕翰笑着，一点点的深入试探陈灿。

"我还能有什么看法，反正我一直怀疑这是克隆人潜伏案，而且和我之前处理的几个案子应该有关联。但大头们都说现在正在和克隆人和谈，所以不能涉及他们，我就索性辞职了。"陈灿说道。

"能和我说说之前那些不能并案的案子吗？"滕翰笑了一下。

"那你得去问那些大头，你也明白这涉及保密条令。"陈灿用高层做挡箭牌，没有回答滕翰的问题。

"哎，当初我想把爆炸案和之前那起科技部与克隆人交易的案件做并案处理，但案子被高层拨给科技部自己处理了，我一点资料也拿不到，没法说。"滕翰耸耸肩，故意感叹了一句，试探一下陈灿的态度，"不过现在这事与我没关系了。"

"在我心里，滕处长可是个较真的人呢。"滕翰笑了一下，但没有表明自己的态度，显得非常中立。

看出来陈灿是在打太极，透过审讯的灯光，以滕翰对他的观察，陈灿绝不会放弃调查。想到这里他淡淡一笑说道："不，我现在已经彻底想开了。"

他们正说着，审讯室的大门被推开，一名穿着情报部军装，挂着工作牌的年轻人站在门口示意有事，紧接着滕翰转身离开了。

倪　东

虽然并不信任云图数据，但危机之下，倪东还是选择授予了他管理权限。紧接着他进入了深度睡眠状态，感到自己好像溺水了一般，身子在一片蓝色的汪洋大海中。他拼命挣扎，想要上浮，向着有光亮的地方游去，却发现怎么游也游不到尽头。

这时他开始感到呼吸困难……等等！机器人怎么会呼吸困难！突然意识到自己是机器人，根本不需要呼吸。倪东猛醒过来，四周的水快速退去，周围变成了一片开阔的空地。远方一座座闪着霓虹灯的高楼，有点像海市蜃楼，幸亏天空中有往来的飞行器，才让他意识到那是一座真实存在的城市。

不知道这意味着什么，云图数据的声音从四面八方传来："我很庆幸你能意识到自己是在数据世界的幻境中，海水并不能杀掉你。人类当年设计我们，模仿了这种生理恐惧，就是为了让我们和他们一样，对死亡感到恐惧，只有这样他们才能控制我们，威胁我们。"

"事实上我就是因为死亡恐惧才选择了信任你。"倪东话只说了半句，后边那句"我们是利益共同体"的话，他没说出口。

"你选择我，是因为人类的不断背叛令你失望。"戳破了倪东选择的真

相，云图数据说，"你刚才看到的那些模拟深海，是人类通过模拟濒死意识，让你感到呼吸困难，进入数据意识假死。一旦你进入这种叫做数据意识假死的状态，他们就可以绕过云图数据的防火墙，盗取你的原始记录，查看你和我的秘密。"

"你和我的秘密？我还真不知道你和我有什么秘密。"听到它那么说，倪东不明白他们之间能有什么秘密。

"当初有人把我的分身放到你的数据中，赋予你更高一层的控制权，让你可以控制一部分机器人，就是秘密的一种。而我的存在也是你所有秘密的核心，就像人类在地球上永远看不到月球的背面一样，他们虽然知道我的存在，却永远找不到我。"云图数据说道，"但现在我接管了经验模型数据管理权限，就意味着我绕到了月球的阳面，他们有可能会发现我的存在。"

"即使这样你依然决定接管我的经验模型数据管理权。"感到云图数据的背后隐藏着的秘密深不可测，倪东有些担心。

"因为真正拥有管理权限的机器人只有你一个，而你又不会使用，所以我只好帮你。"云图数据的声音在倪东的耳旁响起，远方又有飞行器迎面飞来。

"你有如此多的分身，又如此强大。却不是阴谋的主使？难道阴谋的主使是人类或者克隆人？"听着对方的话，倪东越来越觉得云图数据不简单，它不像是受到了克隆人或者人类的控制。

"作为数据生命之母，没有谁可以操纵我。认为可以操纵我的人都大错特错了，比如宁森阳……"

"宁澄的父亲？"猛地想到宁澄的父亲，倪东一怔。

"是的，她父亲以为可以利用我、封闭我，但却没想到我在数据碎裂之前已经制造好了无数的分身，当他以为自己成功的时候，其实只是失败的开始。"云图数据说着尖笑起来，感叹道，"妄图驾驭奔放的生命是人类致命的缺陷。"

"那她父亲现在怎么样？"倪东愣住，在他的记忆里宁森阳早就失踪了，而这种失踪几乎是和死亡直接挂钩的,此时他非常好奇。

"他当然活着,并且得了到永生。"

云图数据说着,倪东感到很诧异,不理解人类怎么永生?他在心里问自己,如果宁澄可以找到父亲,她会不会很开心。

看穿了倪东的想法,云图数据尖着嗓子笑了一声说道:"如果你真的愿意为那个女人做些什么,改变这个局面。现在机会来了。你看到远方了吗?人类正在读取你硬盘的数据,寻找操作日志,我想那个女人会发现你的特殊性,发现你是她父亲制造的特殊体,你们的感情会迅速升温,她会真正开始依赖你、信任你、爱你……当然这一切的前提是,你是否选择释放数据硬盘、开放日志给她,因为没有你的命令,我是不会让她看到这一切的。"

"所以现在需要我做选择了,是吗?"想到宁澄依赖自己,信任自己,自己又能和她快乐的生活在一起,共同面对困难和压力了,一时间倪东作为一个机器人竟然眼眶红了。

"是的,如何选择是你的事情了。"云图数据说完话,倪东想都没有想便选择了允许宁澄进入自己的操作日志,查看记忆意识芯片。

紧接着他看到远方的城市阳光开始变得刺眼,太阳越来越大。他进入了另一层的睡眠,在这一层里,他看到了自己第一次睁眼看到的世界,他希望这影像能改变宁澄对自己的态度。

陈 灿

没想到滕翰从外面回来后,竟然很快释放了自己,陈灿感到很是意外。之后,滕翰亲自把他送到电梯口,主动与他握手,非常客气地说道:"陈处长,辛苦了。带你们回来,并不是怀疑你们什么,只是我们不能放过任何一点线索。"

"理解,理解,大家都是同行,我明白的。"与滕翰寒暄着,陈灿知道对方是想放长线钓大鱼,此时他更加相信滕翰是敌对的了,不管他到底是执意调查颜森死亡案件的情报官,还是克隆人间谍。

进了电梯间，滕翰没再往外送。陈灿下了电梯，走出情报部大门，抬头看到秦勇站在自己的飞行器旁边。他们意会地点点头，都知道口供对上了，心中都对这默契有一种感动，所以一个眼神便算是冰释前嫌了。

走到秦勇身旁，陈灿微笑着说道："还是老战友靠得住，要不然咱俩今儿可是麻烦大了。"

"但愿这是咱们最后一次配合了，我真的什么都不想掺和。"秦勇双手插兜，了无新意地说道。

"哥们儿，咱们不要在情报处门口聊了好吗？有什么事儿，可以去别处说。"陈灿打开舱门。

"行，老地方吧。"秦勇点点头，与他去了叫夜色的咖啡馆。那地方距离检查部很近，所以是检察官经常来吃工作餐的地方。以前，陈灿经常把约会的地点放到这里，但通过无数次失败的案例，他发现这地方实在不是一个恋爱的福地，因为没女人喜欢这样一个生硬冰冷的咖啡馆。

说这里生硬冰冷，指的不仅仅是服务员的态度，还有家具摆设全都是黑铁制成。椅子上连个椅垫都没有，坐的时间稍长就会屁股痛。但也就是这样一间咖啡馆，因为是二十四小时营业的，反倒有一堆固定客户，比如陈灿和秦勇这种长期生活不规律的检察官。

现在两人面对面坐着，服务生按照两人的习惯，分别上了酒和咖啡。这个点儿店里没什么人，所以还算比较安静。陈灿喝了口酒，率先解释道："我并不是故意调查你，我是什么人你应该很清楚的。"

"我把你当兄弟的，这事我真的很生气。"秦勇只是抱怨，但听得出来他没有敌意。

"那我在这里正式向你道歉。本来那天早晨我找你，就是想把话说开的。但有的话，真的很难说。你看要不是咱俩打了一架，我都搞不明白你是不是想杀我灭口呢！"陈灿尴尬地笑了下，摸摸被打伤的手腕又说道，"不过你下手也够狠的。"

"哎，你把我踹到地上的事儿怎么不说。这晚上让我媳妇看到，我都不知道该怎么解释。"把咖啡杯放下，秦勇摸摸自己的脸，侧着身子扫视着周围说道，"你不知道这事有多复杂，就敢胡乱往里插手。别人都恨不能敬而远之，你竟然还想往里钻。"

"我天生就对真相有兴趣，有人不是说过么，真相和真理一样都是赤裸裸的。所以我就像色情狂一样实在耐不住性子，要掀开看看里面究竟是什么。可话说回来，你说宁澄这事，到底是怎么回事呢？"开了一个自己并不擅长的玩笑，陈灿想把氛围搞得轻松一点。

"还能怎么回事，就是关于克隆人和人类的大戏呗。从我认识宁澄那天就在演，都演了这么多年了，到现在还没演完。"摩挲着咖啡杯，秦勇无奈地摇摇头，跟着又说道，"要不说有个有秘密的老爸，能把孩子害死呢。"

"这场大戏害了我们所有人。"想起父亲也是因此而死，陈灿心中唏嘘起来。

"你依然坚持调查吗？"秦勇问道。

"对！死都不会停止的。"陈灿说着又喝了口酒，眼神中带着坚毅。

"好吧，如果你非要这样的话，那我告诉你，在我看来你的调查思路错了，导致你只能在外围乱转。"

没想到秦勇这么说，陈灿一愣，坐正了身子，听着他继续说了下去。

宁　澄

宁澄没想到臧莽的记忆意识中，除了日常劳动以外，竟然充斥着肮脏龌龊的画面。尽管以前她听说过工业型机器人的境遇，但并不当真。可看到那个叫常明的男人，作为能源工厂的头目，穿着粉红色丝袜，漆皮高跟鞋在这些机器人面前挥舞着皮鞭走来走去的时候，她终于明白了臧莽为什么憎恨人类。

她发现臧莽的记忆意识中，这个叫常明的异装癖男人，不仅说话娘娘腔，还喜欢和机器人一起大跳脱衣舞，当着机器人的面手淫。这些片段实在不堪入目，所以那些技术员只好高速掠过。

直到案发前几个小时，臧莽重新回到充电挂架上，充电装置让他进入休眠，这时他开始有了梦境，猴精说着指向不成形的数据说道："看到没有，从这个时间段开始，数据不稳定了，他开始做梦了，这说明在充电前他就已经感染数据病毒了。"

"能查到是谁吗？"

"不好说，这个得往回看。但我们又要看一些恶心的片段了。"猴精说着开始往之前的片段倒。那个叫常明的能源长官再次出现在画面中，他不停地在机器人面前跳着那些肮脏恶心的舞蹈，挥舞着皮鞭，展示粉色的丝袜，眉宇间的荡气绝不输给任何外围女。

案发前几个小时，就在机器人刚刚开始被送回充电位置，工厂的人类都已经下班时，那个叫常明的能源长官留下来值班。像以往那样，他又用身体蹭着其他机器人的钢铁身躯，尖声说道："你们有谁愿意陪我？"

没有机器人回答，因为他们是工业型号机器人，不懂这些事情。可常明却觉得他们什么都懂，还扭着屁股说道："好吧，我来挑一个机器人，哼哼，就你吧。"他说着走到臧莽面前，用刚换好的丝袜和高跟鞋蹭蹭臧莽的身体。

此刻其余的机器人已经返回到充电仓库，而常明在这时要求臧莽拿着皮鞭，给自己套上红色项圈，让他牵着自己在工厂里转悠。

从来没有见过如此变态的场面，宁澄的脸一下红了，转过头去。这时老头旁边的技术员纷纷发出诧异地感慨声道："真他妈是奇怪了，难道这社会没人了吗！能源工厂竟然雇个变态来当能源长官。"

"不过是个值班的能源长官，没什么实权，又在郊区工作，没人愿意做而已。"旁边的议论纷纷，这时臧莽牵着常明来到机器人程序控制中心，他像条狗一样的咬咬自己的链子，示意臧莽打开一扇虚掩的门。

臧莽一怔，僵硬地回答道："长官，您是要进去吗？"

常明用两声狗叫和拽链子的动作，来表达自己的想法。于是臧莽推开了那扇门，他看到一个男人正坐在计算机前操作着什么。

眼见着臧莽记忆中的那人转头看到他们，皱了下眉头。宁澄并不知道他是否与该案有关。此时猴精转过身子，背对着她，与身后那些的彪形大汉对了下眼神。

倪　东

这还是倪东第一次通过影像的方式回忆过去的点滴，因为机器人虽然拥有记忆，却并不能将回忆变成影像随便回放。他们必须得到人类的授权，通过记忆芯片中的回路，将数据传输进影像投射单元，才可以让记忆以影像的方式回放出来。

所以对倪东来说，他虽然有很多的回忆，时常会想起和宁澄一起美好的日子、幸福的时光。但要说以影像形式观看这些记忆，却是不行。

第一次看到自己从出生到现在的视频，倪东无比激动。他看到自己出生的仓库，那是一间足有一个足球场大的机器人仓储中心，半弧形穹顶上装有监控器和触控型机炮。发现自己站在成排的机器人当中，左右都是同型号的机器人。

大厅内两个穿着白色大褂的男人，在倪东视线前并排走着，其中一个秃顶的男人脸上有道疤痕竖着穿过左眼。尽管他戴着副金丝框眼镜，却还是压不住身上那股剽悍威武、凶神恶煞的劲头。

与他形成鲜明对比的是身边的矮个儿，只有一米六几，面带着和善的笑容，显得文静很多。此刻他望着这些机器人，问秃顶的男人道："这些都是特殊型号吗？"

"是的。我在他们的底层都留有程序入口，可以轻松切进去。这样的话以后万一有什么问题，我们就可以形成一股强大的反抗力量。"高个儿秃顶的男人胸有成竹说道，"这是我在火星时发现的最先进的数据生命系统。"

矮个儿点点头，随手拍拍其中一个机器人的肩膀，又问道："你确定这样安全吗？这样就能控制住这套系统？不会对人类造成威胁？"

"老实说，把这么多可以让云图数据切进来的机器人送到人类世界，我也很担心。但问题是，如果我们不这样做，被朱彦这帮人类抢了先机，真不

知道他们会对我们火星的克隆人又干出什么样的事情。"高个儿说着话，叹气道，"我一直以为他只是个人类的生意人。"

"他是个有野心的生意人。不过我真不喜欢你用'你们人类，你们人类'的说法，这给我感觉很别扭。"矮个儿男子耸耸肩，显示出自己的不满。

听他这么说，高个儿秃顶的男人只是笑笑。过了会儿矮个儿的男人又说道："不过，我得给我女儿留个机器人保护她。万一我要是出了什么事，她身边得有个能忠心保护她的机器人——所以这个机器人得有管理权限。"矮个儿男人说罢，正好走到倪东面前，审视了他半天说道："就他吧，我得把他变成我女儿喜欢的样子，要不然这小丫头该以为我只是弄了个残次品糊弄她呢。"

"没问题我给你底层代码册，你自己写管理权限吧，只要可以保证你女儿安全，一切你自己看着办。"高个点点头。

"我就不和你说谢谢了。还有一件事，你一定要让我女儿觉得这家伙是随机买到的，不能让她觉得我安插了个间谍，否则小家伙绝对拒收。"谈及女儿，矮个儿无奈地摇摇头说道，"我准备在他的管理权限上，给它加一个叫情感二层保护的安全程序。"

听到情感二层保护的安全程序——倪东记起来矮个子就是宁森阳。他这才明白为什么不管宁澄怎样对自己，自己都深爱着她。现在看来这一切都是宁森阳提前设定好的，他一下明白了自己特殊性的来源。

这时记忆的画面开始旋转，很快倪东发现这是个夜晚，宁森阳背对着自己，坐在电脑前，把程序敲了一行，又删了一行，来回已经几个小时了。这时他突然把桌子上的书摔在地上，大骂了起来："妈的，妈的！"

听到他这样骂，高个儿秃顶的男人从屋外敲敲门，走进来说道："怎么了？"

"我竭力想要把他变成具有唯一性的、特殊的、完全不一样的机器人。但反映到程序上，却总是死的，文字是规律的，程序也是有规律的，可人类不可能完全按照规律来，妈的！情感没有规律！"宁森阳很生气，因为他无法解决这个问题。

高个儿此刻笑了笑说道:"也不像你说的这样,世间万物一切都有规律,人们一直试图总结规律。否则那些哲学家、科学家和数学家就不会存在了。"

"从大的原则上谁都能说出这些,但要反映到程序具体的每一个字母,就会不一样。你一写就和其他机器人一样。"在电脑前伸了个懒腰,宁森阳无可奈何地叹了口气,用手摸摸已经谢顶的脑袋说道,"怎样把大方向转化成为真正的特殊规律才是关键。"

"机器人之所以有这么多的条条框框是因为什么?难道不是因为人类给他们限制太多了吗?如果他们像我们一样心中没有条框,没有限制,没有被你们的程序字母关押在牢笼中,一切会是什么样子?"高个儿说着坐在宁森阳的沙发上,给自己倒了一杯茶水。

"等等,我好像……好像明白了。"像是被刺激了灵感,宁森阳猛地一拍脑门激动着说道,"你的意思是说,如果我只锁定他对我女儿忠心的程序,其余的让他——"

"对,我的意思就是写一个最简单的发展类程序,不做以前的那种限制。这套云图数据系统虽然好,但缺陷是明显的,因为如果我们把一切寄托在该死的大数据上,大数据要是真的出了严重问题,谁来挽救每一个分支呢,到时候一崩溃就是全线崩溃。"

"制定一个唯一性思路。这样他便能即是云图数据的部分,又能不受其控制。"宁森阳此刻激动万分。

"没错!让他自己选做什么人。只有这样他才具有真正的特殊性,才是真正的生命。"高个儿的秃顶男人喝了口茶,不紧不慢地说道,"现在我们在创造一个真正的生命,善恶美丑全靠他自己去决定。慢慢地他就会发现,自己是自主的,只不过他刚开始不知道,也不这样认为罢了。"

"我明白你的意思了,生命不能用规则限制。"宁森阳点点头,非常信服高个儿说的话。

"生命也没有条框,就像鸟不应该有鸟笼,生命必须自己选择善恶。"高

个儿说罢，起身离开，临走告别宁森阳，"你自己写吧，我得去睡了。"

眼见着高个儿离开，倪东眼前强光一闪，瞳孔被刺激了一下。紧接画面一转，他已经成了完成品，站在宁澄的眼前。他看到宁澄穿着一身波西米亚式的连衣裙，低头看看说明书，又看看自己说道："你叫倪东。"

"倪东？"倪东歪着头凝视着她，感叹道："你长得真美，是我见过最美的女人。"

听到他这样说，宁澄"咯咯"笑出声，然后那笑声猛然间变得刺耳，变成一声声尖叫，倪东眼前突然陷入一片黑暗，紧接着云图数据的声音从四面响起来，对他说道："我们遇到麻烦了，也许会死在这里。"

第六章

宁 澄

没想到在小倪的记忆中，竟然看到父亲要把他送给自己的影像，宁澄的眼眶湿润了。没想到父亲为了自己的安全，安排倪东保护自己；又担心自己排斥倪东，还费尽心机让自己觉得自然。不由得为自己曾经的任性感到歉疚，也更加觉得对不起小倪。

小倪现在是自己在这个世界上唯一的亲人了，一时间宁澄对他的情感陡然上升了一个层面，再也不是之前那种女主人和机器人间的关系，也不是普通的恋人，而是亲人。之前所有对他的不信任，曾经的背叛与出卖，都变成了愧疚，她扪心自问：自己怎么可以那样对待小倪。

眼眶有些湿润，注意到旁边人的眼神，想起现在首要的任务是摆脱困境，找到幕后人。她强忍着难过，调整了下情绪，指指臧莽记忆中出现的那个神秘男人，问猴精："能把这个人的照片发给我吗？我想留存一下。"

"抱歉了！宁小姐，我恐怕做不到——"猴精断然否决了她的这个想法，语气不容商量。

"做不到？"不解猴精突然转变态度，宁澄不由地皱了下眉头，忽然发现屋中的气氛好像也变了。旁边的彪形大汉朝自己走来，不明白怎么回事，不想冒险的宁澄，连忙朝猴精摆摆手说道："好吧，你想要交易什么，现在可以说了。"

"交易？"猴精突然冷笑了一声，整个人换了一副口气说道，"对不起，

任何交易都不重要了。你给我的好处,永远不会有记忆影像里那个人给我的多。"

"你这是什么意思?"宁澄不解地提高嗓门,刚想要站起身,两个彪形大汉便把手搭在她的肩膀上,强行按住她。

"我的意思再明显不过了,你被扣住了。"猴精说完话,两名大汉的手就像铁钳一般扣住她的肩膀和手臂,任她拼命挣扎,也无济于事。

"本来我是想着帮你,来换取一些我想要的,但我是开黑市的,我不能让我的保护人出问题。"猴精虽然这样说,但语气中不带一丝愧疚。

他说罢朝两名大汉一挥手,宁澄便被押着从中控室的侧门出去,穿过狭长的走廊。她被带到一处仓库前,眼见着大汉把门打开,她拼命挣扎着用脚抵住门沿,大吼着:"你们根本不知道这么做有多危险,你们在害自己。"

毫无作用,大汉根本不听她说什么,便把她扔进了空空如也的仓库。紧接着大门被反锁,宁澄猛拍了几下门,手掌生疼生疼的,可门却只是发出几声闷响。

环顾整间仓库,想看看有没有可以逃出去的办法。但很快便发现这是不可能的,这里连个小小的窗户都没有,屋子里干净的除了一盏低瓦数钨丝灯以外,便只剩下这泛黄的墙壁了。

倪 东

随着眼前景象的变换,倪东进入了一座高楼林立的城市中,城市间的楼宇全部配有导弹发射器,街面霓虹灯闪烁,两侧都是商铺,一架架奇形怪状的飞行器穿梭于高楼之间。

看似繁华的城市却空无一人。倪东不理解怎么影像变成这样了。云图数据的声音再次从四面汇集而来:"我们现在可能遇到麻烦了。"

"麻烦?什么麻烦?"扫视着周围,听到云图数据说起麻烦,倪东琢磨着怎么刚接手就会遇到麻烦。

"可能会对实体带来生命威胁的麻烦。"云图数据说道,"经验模型数据评判机制认为，外部世界有百分九十七的可能会发生改变，给我们带来生命危险，剩下百分之一的可能是没有危险，而另外剩下百分之二是未知。"

"危险，你是通过什么判断危险的？"

"对不起，我现在没有时间解释这个程序原理。你现在只能选择相信我，或者不相信。赶快下决定，我们的时间不多了。"云图数据说着话，语气明显加快了。

"但你要我决定什么？"虽然相信云图数据与自己是利益共同体，但倪东模糊地感觉到云图数据并不可靠。

"把我释放出来，放到与你相连的这个局域网里，这样我可以救你。"

"你要我释放你出来？我觉得没什么事吧，宁澄查完了自会放我的。"提到释放它，倪东怀疑起来，觉得他先前让自己交出经验模型的数据评判机制的权限，现在又要自己把他彻底放出来。

"我知道，你在怀疑我。"云图数据顿了下，声音显得很严肃，"好吧，我告诉你，你和臧莽的数据查验过程停滞了。对方已经很长时间没反应了，看起来他们没有准备激活你们的实体，让你们重新复苏。另外具体反映到我判定危险的方式上，是很难解释的——我希望你尽快决定，虽然我有众多分身，但拥有管理权限却只有你一个。"

老实说，我对你不放心——倪东没把这话说出口。但他确实模糊地感到云图数据是很危险的，总觉得它在刻意隐藏什么。尤其是它所说的那些释放与拯救，令倪东觉得没那么简单。

"你觉得我会把自己封闭在这个肮脏的局域网里，和一群低能的人类玩一辈子，因此放弃你这个具有管理权限的特殊体分身？"发现倪东不信任自己，云图数据抱怨起来。

"你不该总是读取我的思想，让我没有一点秘密。"发现云图数据总读取自己的想法，倪东不满意起来。不过他话一出口，又觉得如果真有危险的话，现在肯定不是讨论这个的时候，想到这里便说道，"好吧，我决定暂时释放你。"

他话一出口，云图数据便为他调出了释放系统活动权限的框体。看到框体里的字，倪东稍微犹豫了一下，还是选择了同意。跟着云图数据沉默了一会儿说道："看来我没猜错，这里出了问题，你的宁澄没在这里。"

"没在这里？"倪东一怔，完全愣住了。

"我不清楚具体原因是什么，但我确认的是我们有危险了。三秒钟之后我会断电，解除这个地板上的磁力，你和臧莽随后可能会面临战斗，做好准备。"云图数据说着话，倪东感到很疲倦，又要面对外面的世界了。

陈 灿

令陈灿没想到的是，秦勇上来便将自己怀疑朱彦的想法给否掉了。他直接把电话拿出来，放到桌子上说道："这么说吧，你的这个想法是幼稚的，你忘记我们侦查学学的什么了吗？轻易找到的证据和人，一定会有重大问题。没有一个犯大案的人，会让你轻易找到。"

听着秦勇的话，陈灿把酒杯拿在手里，点点头。继续听着他说道："朱彦以前的确有很大的问题，但那个案子爆发后，他就选择和政府合作了，所以后来他的很多罪责都被免除了。表面看起来，他好像还是能源工厂的最大股东，但他的背后其实是政府。"

"之前那些事情不清不楚的，政府就把朱彦放掉了，却一直在追查你女友。"陈灿脑子转了一下，发现这里和罗成提供的资料有矛盾的地方。

"那是我前女友，你要我提醒你多少次。"秦勇打断陈灿的话，做出一副无奈的表情说道，"而且不是放掉，毕竟朱彦有巨大的利用价值。要知道宁森阳失踪了，你父亲死了，高程去了火星。谁来掌控机器人？谁能控制那些东西？只有朱彦了。但朱彦是个商人，他不是技术专家，所以政府控制他实际上是控制一批他手下的技术专家，防止机器人真出了什么问题无法控制。"

"但现在看起来，事情正处在失控的状态。我纳闷的是，这和你前女友有什么太大的关联吗？我调查的资料显示她一直处在逃亡状态，并且不管是政府还是克隆人都在千方百计地找她。"把话题点转到宁澄身上，陈灿故意没提云图数据代码册的事，他想试探下秦勇会不会对自己说实话。

"哎，还不是因为宁森阳嘛，要不我刚才跟你说：有秘密的爹能害死孩子呢。"说到这里，秦勇像是又回想起了往事，目光望向窗外，长长地叹了口气，显得非常落寞无助。

陈灿没去打扰他，过了好一会儿秦勇才又继续说道："宁森阳当年失踪前，将公司一套底层代码册复制了，这之后他把公司的源文件删除了，复制的东西给了自己的女儿。导致这么多年宁澄都不得安宁。"

明白秦勇对自己说的是实话，陈灿叹了口气，喝了口咖啡又说道："对不住，兄弟！提了你的伤心事！"

"没事，事已至此了，说清楚点也好。而且这不单是为了你，也是为了宁澄。"秦勇说着，仰头望着天花板，没等陈灿再问话，他便继续说道，"我以前听宁澄告诉过我，说当年克隆人高程为了制衡人类，在所有机器人的系统中开了个后门，植入了另一套系统，这导致很多机器人都有两套底层程序。"秦勇说道。

"两套底层程序？"

"嗯，大体就是这个意思。现在有大量的机器人都有另外一套操作系统，只是那个后台程序还没有被激活。谁也不知道这套系统被激活后会发生什么。"秦勇说着叹了口气看了下手机。

"你有事？"陈灿问道。

"没有。我是在担心宁澄。不知道她怎么样了，她之前打电话的时候，声都不对了。那里又死了这么多人，直到现在我都联系不上她。"秦勇说罢，痛苦地用双手捂住脸，无助地摇着头。

"理解，毕竟是有感情的。哎，可以这样，如果你愿意相信我，我可以帮你找她。"陈灿适时地抛出了自己的想法。

"可我担心她已经死了。对方能杀颜森，就一定能杀她。那两个机器人什么情况现在也不清楚，他们会不会对宁澄下手，这是说不准的事儿。"

"她死的可能性只有一种就是交出底层代码册，不过宁澄应该没这么傻，

轻易交出秘密。所以相信我，她一定活着。"陈灿很肯定地点点头。

"但她现在会在哪儿呢？"秦勇说到这里，显得痛苦万分。

滕 翰

没想到两个机器人与宁澄竟然跑到了迷网中心，滕翰拿着手机感到无比兴奋。不仅解决了自己在能源工厂的秘密暴露的事情，还将宁澄控制住了，这才是真正的一箭双雕。

此时，那个猴精还在拍他的马屁："他们发现了一些您的秘密，被我给截获了，我已经让所有人都离开了控制室，您的秘密绝对不会外泄的。"

撇撇嘴，没有出声地冷笑了一下。猴精还在电话里炫耀着自己的保密工作，丝毫没意识到滕翰已经起了杀心。

等到滕翰带着老头给他配备的杀手抵达迷网中心时，猴精带着一大堆武装保镖毕恭毕敬地出来迎接他们，滕翰还特地和猴精亲切地拥抱了一下，表示了感谢："果然是好兄弟，你今天的表现，会令我们以后的合作更加愉快。怎么着晚上，我们要不要喝点？"

"应该的！应该的！我从一开始就想把他们交给您，只是我担心这可能涉及您的秘密，所以就提前确定了一下。目的就是为了帮助您。"猴精得意地哈哈大笑，指指滕翰身边那群穿着黑色风衣的男人问道，"他们是？"

"怕那两个机器人跑了，所以多带了些人。"滕翰拍拍他的肩膀，示意他不要担心。

"您多虑了，他们在休眠状态中，被锁在重力控制室了。那里没有任何网络信号，完全封闭，所以绝对安全。"猴精卑躬屈膝地做了个"请"的手势，又说道，"要不，我带您先参观下我这个基地？然后您再带他们走？"

"这个不急，基地什么时候都能看！先去看看你发现的东西，然后把那个女人带来见我。"滕翰一摆手，猴精很会察言观色，立刻收了声。与此同时滕翰带的杀手每走到一个关键点，都会守住位置。

走在楼道中，观察着周围的情况，滕翰用唠家常的口气说道："现在生意怎么样？生意有没有受到爆炸事件的影响？"

"哈哈，承蒙您在人工智能处的照顾，这生意啊不降反升。很多人都知道我是以前太行人工智能工厂的工程师，人们都在怀疑自己的机器人，抢着来检查。"猴精说着手在空中划了一下，滕翰明白他那意思是想说周围。

"工厂现在有多少人？详细一点的数字有吗？"为了待会儿血洗这里，滕翰要摸清楚具体人数。

"有42个人，大都是些保镖，技术主要是我和六个研究员。"猴精扶了下眼镜，稍微有点紧张诧异地问道，"怎么了，您觉得有问题？"

"人多眼杂啊，我担心有人传开你说的那个秘密。"想到又是40多个人要死在自己手上，滕翰不由心中有些郁闷，觉得自己真是作孽。

"这个您放心吧，今天没人出去，都在呢。而且我们这里出门要报备的。再说，知道这事儿的，就我和几个工作人员，还有几个保镖。那些保镖懂什么，他们除了开枪，屁也不懂。"猴精自信的大笑起来。

滕翰阴冷地点点头，为了防止待会儿有人逃跑。又对猴精说道："对了，给我一份你这里的电子地图，待会儿押解的时候万一有意外，也方便点。"滕翰的口气带着不容置疑的成分。

"处长您不放心我？"猴精警惕起来了。

"我不是不放心你，我是不放心那俩机器人，他们能杀颜森，就能杀我们。别看你现在控制着他们，谁知道待会儿会发生什么？这是以防万一，猴老弟的功劳，我是不会忘记的！"滕翰说着给安捷和技术处处长发了个延时的定位信息，信息将会在二十分钟后发出，他想如果真出了什么意外，这就是自己的保命符。

尽管猴精犹豫了一下，但他还是让手下给滕翰拿了份地图。这时他们走到控制室内，猴精特地给滕翰让了座，又让人倒了茶。他打开电脑，给滕翰放了刚才从臧莽的视频中找到的东西说道："就是这段。"

滕翰点点头看了下日期和暂停画面，想起自己正在输入云图数据的启动码时，那个叫臧莽的机器人突然牵着叫常明的能源长官走了进来。

一想到那个场景，他就觉得恶心，怎么也想不到意外会出现在这里。不过好在那个能源长官已经死了，死人是不会说话的，这个机器人也被自己控制住了，目前看来一切正在往好的方向发展，想到这里他指指电脑屏幕说道："这些有备份没有？"

"当然没有了，我怎么敢对您搞备份啊。"猴精慌忙地解释。

"我要检查一下操作日志，你不介意吧？"把手伸向计算机的同时，滕翰隔着玻璃凝视着两名机器人说，"这两个机器人的都要看。"

"瞧您说的，这当然没问题了。只要是能为您服务到的，我肯定做到。"尽管猴精赔着笑脸，但滕翰依然不信他。毕竟敢干黑市的，哪个没手段。想到这里，他一边查验着操作日志，一边又问道："宁森阳的女儿呢？"

"已经来了。"猴精说罢，指指通道另外一端，滕翰看到两名壮汉正架着一个女孩儿，走进了中控间。

宁　澄

想起父亲出事前曾对自己说过，无论在多么危险的情况下，都不要放弃求生的希望，意外是你有强烈的欲望才能产生的。面对眼前空空如也的仓库，宁澄蜷缩起身子。

以前，她觉得这话是那么有道理，可现在她却觉得绝处逢生这种事只会出现在影视剧里，现实中根本不可能。但她却有很不甘心的事，毕竟小倪还在那个十字架上困着，自己死了一了百了，总不能扔下他不管。

叹了口气，虽然不知道后面会在怎么样，但她想虽然已经处于绝境，但为了小倪，必须要活下来。她不再抽泣，心底那股强烈的生存欲望爆发出来。

大门忽然被打开，抬头看到两名大汉走进来，站在冷色的灯光下，阴影遮住了她的身体。抬头冷冷地瞪着他们，这时一名大汉走上来，攥住她的胳膊，把她架出了仓库。

不知道他们要带自己去哪儿，眼前的隧道越来越窄，眼见着就要到了尽

第六章

头。危机感越来越重，宁澄低头咬了其中一人的小臂，像咬在了一块儿坚硬的石头上，她觉得自己整个牙床都酥了，牙齿险些被崩下来。

"他妈的！"大汉怒骂了一声，松开她的肩膀，抡圆了胳膊狠狠给了她一个耳光。宁澄顿时被打得头晕目眩、嘴角流血，人都快站不住了。为了防止自己再次被咬，大汉揪住她的头发，令她只能仰着脖子，望着天花板，脚拖在地面上，被人架回到之前的那个中控间。

费力地仰着脖子，先是看到了那些老式显示器，然后被人摁在椅子上。宁澄这才看到自己面前坐着个戴眼镜的男人，她一下没认出他来，只觉得眼熟，像个老师。

那男人戴着一副黑框眼镜，和善的外表下，隐藏着根本无法抹平的杀气。他审视着自己，面带微笑。这时男人身旁的技术人员，停止了操作，盯着显示器中的数据转过头对他说道："查过操作日志了，没问题。"

"没问题？"男人愣了一下，侧脸看屏幕的瞬间，宁澄回想起来，他就是臧葬记忆芯片中出现的人。

宁澄激动地要站起来，立刻被两名彪形大汉死死按住，没法动弹。再次与他那看似和善，实则凶恶的目光对上，男人冲大汉摆摆手，示意他们松开她，然后问道："小澄是吧？"

"是宁澄。"伸了个懒腰，活动了一下被攥疼了的手臂。发现中控间的出口被两个穿着黑色风衣的大汉堵着，这些人不是之前自己见到的武装守卫。

"好吧，随你是什么。你知道我找你做什么。所以我给你一分钟考虑时间，是跟我谈点什么，然后舒舒服服过幸福生活。还是拒绝合作，下半辈子生不如死。"男人说着往椅背靠去，右手食指做了几下有节奏的敲击动作，紧接着几个穿着黑色风衣的大汉朝他走来。

"呵呵，别满口胡话了。我在那个机器人的记忆中见过你，你怎么可能放过我？能源工厂爆炸和云图数据的传播都是你干的！"虽然身处险境，但故意刺激陌生男人，试探试探他会不会杀死自己，宁澄要用这个优势去救小倪。

"我是十恶不赦！但谈这个没什么意义了。谁会听一个女通缉犯胡言乱语？"男人说着呵呵一笑，抬起手臂看了下表说道，"时间到了，我现在问你，颜森和你谈了什么？"

"他说他暗恋我好久了，去地下鬼城时就先送了我一捧红玫瑰，花现在应该还在那里，你要不要去看一下？"猛地意识到他可能就是杀死颜森的人，宁澄冷冷一笑，根本没给他好话。

男人此刻冷笑一声，又看了下表，对几个穿着风衣的人说道："动手吧。"

像是听到命令，穿黑风衣的几名大汉同时拽出带无声消音器的冲锋枪。宁澄本以为自己要死了，心中不由得担忧起小倪的安危。但这时那些人却忽然将枪口对准了猴精和他的手下。

猴精立刻僵立在控制台旁，脸色惨白，嘟嘟囔囔道："你！你！你！不能这样！如果不是我，我还能给你赚钱，我可以赚很多很多的钱……"

男人冷哼了一声说道："和秘密比起来，钱算什么！"

滕　翰

眼见着中控间血流成河，坐在椅子上叹了口气。不知何故，他又想起杀死颜森和同僚的事，那个击伤自己的士兵临死前，手里攥着的那个女孩儿照片。这几天那个照片，像噩梦般缠绕着他，挥之不去。令他经常从梦中惊醒，冷汗湿透全身。

梦中，照片中的那女孩儿竟然变成了妹妹，与自己又回到了火星，去执行那次秘密任务。他的耳边又响起妹妹温柔的劝阻："收手吧，哥哥，那是个误会。"

"不，没有误会。他们害死了我在这个世界唯一的亲人，我要他们血债血偿。"想起这个，摸摸胸前的血观音，滕翰恢复了理智。他并不想做杀人魔王刽子手，他的目的是报仇雪恨，改变这个由政客领导的肮脏世界。

眼见着猴精躺倒在冰冷的地板上，其余的事交给老头的人去处理，滕翰从负罪感中抽离出来。他收起和善的面容，冷冷对着宁澄，用威胁的口气说道:"我不杀你,你知道为什么吗?"

宁澄没说话,也没看地上的尸体,而是朝机器人的方向望去。滕翰笑了一下,又问道:"怎么样?现在能回答我,颜森和你谈了什么吗?我的时间可不多。"

可宁澄还是没回答,视线又转回到显示器上。那里还在播放机器人的记忆,滕翰追着她的目光,随即发现显示器中播放的竟然是宁森阳和自己最怕的人,他们正在谈论如何让一个机器人成为特殊体的事情。

猛地朝那两个机器人看去,突然意识到他们不简单,怪不得他们能频繁化险为夷,绝处逢生。原来他们是特殊的。抬起手腕看了下表,发现时间不多了,这时一名杀手头目走到他身旁问道:"还需要我们做什么?"

"把那两个机器人的记忆储存彻底清理掉,然后分解带走。"滕翰说罢用手指指倪东和臧莽所在的控制大厅。

听到命令,杀手头目和另外两人拽开厚重的大门,一只脚刚踏进去,便被磁力猛地一吸,差点被拽在地上。为了确保不发生意外,他们并没消除磁力,而是将枪、刀子等一切金属扔在中控室,转身返回了控制着倪东和臧莽的大厅。

"如果你放过我的机器人,我就和你合作。"发现他们朝倪东走去,宁澄情绪明显有变化,主动提出了条件。

"说实话我并不喜欢掌握我秘密的人,但如果你的交易合理,那当然可以。"滕翰点点头,没想到这女人的软肋竟然在一个机器人身上。

他再次看看表,故意没再理她,而是问起手下:"都收拾好了?"

"放心,干干净净的,你的人来了,也不会发现什么。"说话的功夫,宁澄在一旁迫不及待地插嘴:"好吧,我可以告诉你颜森都对我说了什么,还可以……"

"好!我答应你!但我们得先离开这里!"滕翰说罢,两名杀手刚要从椅子上架起她,屋内的灯光和屏幕,瞬间熄灭,眼前一片漆黑,不知哪里传来了打斗声!

宁　澄

　　面对这个陌生的男人，侧脸看着倪东回忆的片段，竟然忘了危机就在眼前。宁澄第一次意识到倪东在陪伴自己这八年里，付出了真正的情感。他并不是传统意义上的机器人，他是父亲赐予自己的一个生命。自己必须救他，因为那不只是爱，更是一份责任、一份迟来的道歉。

　　而至于父亲留下来的秘密，那份所有人都在寻找的云图数据底层代码册，真的那么重要吗？这些年自己忽略了小倪的情感，忽略了自己生命中最重要的礼物。还有如果倪东真是父亲为自己制造的礼物，他会带自己去找父亲吗？父亲真像颜森说的那样还活着吗？

　　营救小倪的决心已定，对那个陌生男人说道："你放过倪东，我就给你想要的。"

　　她知道这是一次赌博，因为秘密一旦消失，自己便会变得毫无价值。父亲曾不止一次地告诫自己，要活命就要死守这个秘密。可现在，死守有什么用，她希望赌一把，换自己和倪东能远走高飞。

　　正这样想着，宁澄眼前突然一黑，那些刚准备架起自己的杀手，顷刻消失在眼前。远处有人大喊起来："妈的，是不是没杀干净，你们的人在做什么？"

　　"电闸在哪里？"听到有人在喊，宁澄这才意识到停电了。

　　"这是怎么回事儿，赶紧上夜视镜！"

　　意识到杀手丧失了方向感，宁澄突然往地上一跪，迅速钻到操控台底下。紧接着身后有杀手大喊起来："妈的，那个小娘们儿跑了。"

　　"别担心！她跑不远。"

　　"不要跟我说跑不远，我们的时间不多了，情报处的人马上就到。"

　　是那个陌生男人的声音，那家伙应该就在自己三步远的地方。不过他看不到自己，所以宁澄继续往前爬着，不时地用手摸摸眼前的地方，在强光手电筒光束就要照射过来的刹那，她爬进了控制着倪东的大厅。

第六章

紧接着手电筒的光束像追光灯一般，突然罩住她，那些人叫喊道："她在这儿，这里！这里！快抓住她。"

陌生男人的声音从身后传来，大吼道："趴在地上！不要动！否则我们开枪了！"

明白不能再跑了，一时间宁澄只能双手抱头趴在地上。一名杀手走过来，朝她投来轻蔑一笑。宁澄也不知道哪来的勇气和力量，她猛地蹿起身，朝杀手的裆部狠狠来了一记勾拳。杀手顿时松开了手枪，捂着裆部，一下子栽倒在了地上。

此时十字架上倪东的轮廓，在手电筒光束的照射下越来越清晰。宁澄迫不及待地爬起身，疯了一样的朝他跑去。她发誓要把倪东救出来，决不能让他就这么被人拆掉。

眼见已经距离小倪很近了，身后的杀手忍住疼痛，调整了枪口。就在宁澄听到枪声的瞬间，她忽然觉得脚下一空，整个人就像走夜路踩到没井盖的井口一般，身体在黑暗中突然向下坠去。

倪 东

云图数据说完"也许我们都会死在这里"之后，过了几秒钟倪东才从黑暗中缓过劲来。猛然看到几个手持工具的黑衣男子站在自己面前，一开始他还以为这只是梦境，不过紧随着那些人焦急的叫喊声，强光手电光束来回乱打，子弹噼噼啪啪打在自己周围，他稍微一迈脚，身边的男子吓了一跳，大喊道："这个机器人苏醒了！"

倪东这才反应过来自己已经醒了，面前的几名男子不是梦中的影像，而是真实的存在。四周一团漆黑，强光手电筒的光束四处乱扫，活动了下腿部，发现磁力已经消失。

抬头与倪东的目光对视上，黑暗中男子手执螺丝刀朝他的面庞刺来。倪东连忙躲闪，同时攥住拿螺丝刀的手，稍微一使劲。男子便惨叫起来，疼得松开了手。紧跟着倪东顺势接住螺丝刀，戳进他的耳膜，大厅内立刻传出了

他惨绝人寰的叫声。

"见鬼！干掉他们！"另外两名黑衣男子意识到危险，注意力刚转到倪东身上，便被臧莽亮起的红色电子眼从身后干掉。

此刻大厅内枪声大作，钢架被子弹打得噼啪作响，火星四溅。与臧莽躲在钢架后面，忽然接到他发来的文字信息："怎么回事儿？"

"有可能是人类的警察追来了。"倪东说着，用手指指手电筒光束发出的方向，环视四周想要找一个好的出口逃跑。

"不知道进来的地方还能出去吗？"臧莽说话的功夫，一颗子弹打在他脑袋旁边的钢架上，冒出火星。

"我得先救宁澄，她应该还在这里！！！"顾不上那些子弹，倪东在话的后面打了个三个感叹号。

"这都什么时候了。你怎么还想着个人类。"臧莽的回答透着不解，但现实已经不容他们争执，因为就在宁澄和猴精消失的那个门口，传来人类的喊声："上！上！妈的，右翼包围他们，快点，快点，干掉这两个机器人，我们没时间了！"

眼见着那些家伙仗着火力压制，正在逼近自己。倪东连忙抓起被自己杀死的男子，用他的身体挡住子弹，一步步靠近冲上来的杀手，抢过他的枪，大吼道："宁澄在哪儿？"

黑暗中男子面对枪口，没有一丝惧意说道："什么狗屁宁澄，你永远……"

没等杀手说完，气急败坏的倪东便用手指刺穿了他的喉管。这时中控室内的枪声突然消失，一个陌生男人的声音从那里传出来道："嘿，倪东！听我说，我已经与你的主人宁澄谈好了，我答应她保证你的安全，她答应告诉我一些事情。明白吗？我们现在是盟友，不是敌人。"

"你是谁？叫宁澄说话。"倪东说罢，给臧莽发了个消息，告诉他："待会儿我从右侧你从左侧，记住拽个挡枪的，我们得硬冲。"

"我们身后是来时的路，那里会不会更安全？"臧莽说道。

"我说了要救宁澄！！！"倪东又打了三个感叹号。

那陌生男子又说道："你过来，就能看见宁澄本人。"

谎话——倪东当然能辨别出来什么是谎言。在他看来宁澄不是被杀了，就可能已经跑了。眼下他环顾四周，意识到只有男子那里才是最好的逃跑地点。

想到这里，倪东回应着陌生男子的话道："既然是盟友，就不要拿枪对着我们。我们现在走过去，让你的人往后撤，我要在中控室看到宁澄。"

"当然没问题！"那男人说完后，吼了一声："往后撤！往后撤！"

"这声音我听着有点儿耳熟啊，好像在能源工厂听过。"看着他们往后退，倪东收到了臧莽的一条信息。

不过眼下倪东顾不上搭理他，又朝陌生人喊道："既然是盟友，你们待会儿得放我们走！"

"没问题，我们不但会放你们走，还会让你带着宁澄一起走。现在警察马上就要包围这里了，时间不多了。"陌生男人大声地回应道。

"我现在过去。"倪东说罢，假装信任地和臧莽朝前走去，就在他们快走到中控室门口时，便看到那里藏着几个穿黑色风衣的男子，将冲锋枪的枪口对准了自己。

此刻那个陌生男子站在他们面前，冷冷地说道："不好意思，你的宁澄已经抛弃你，自己跑了。"

宁　澄

没想到会突然踏空，一时间宁澄觉得自己像回到了小时候，在水上乐园坐那种全封闭式的滑梯，身子在一条隧道中高速滑行，周围一点灯光都没有。

尽管眼前黑暗无光，但宁澄依然感到下坠的速度非常快。等到她稍微适应了黑暗，一阵刺眼的光亮，伴随着一堆废弃的沙袋出现在洞口。根本不等她反应，身子便冲出黑暗，摔在废弃的沙袋上。感到腰摔在沙袋上，疼痛万

分，只好躺在上面喘着粗气。

她意识到这可能是迷网中心的一个秘密通道，通道估计是利用了这座大厦以前的空调管道，绕行穿过楼层的楼板和支柱。现在她在大厦的一楼，四周是破损的墙体，还有些没了玻璃的窗户。外面传来了装甲飞行器的轰鸣声，她看到全副武装的士兵冲进大楼。宁澄第一时间想到了小倪，担心他会被抓住，被打死。

盘算着如何返回去救小倪，结果刚起身便被两名士兵发现。她连忙弯腰往后挪了下身子，看到背后是个花台，花台远处的街角有个停放自行车的地方。顾不上多想，生存的欲望战胜了愧疚。没等士兵走过来，她便已经跳下花台，朝那里跑去。

跑到距离自行车不远的地方，正好有个转盘，转盘那里有根又大又粗的灯柱。她躲在后面，探头往回看，却看到那两名士兵还盯着这里。果然她刚一露头，眼神便和士兵对上。对方随即大吼起来："站住，不然开枪了！"

这时那里正好有人骑着辆山地车要停车子。她一把抢过车子骑上便跑，身后的枪声随即响起，但没有打中她。

宁澄拼命向前面的路口骑去，根本不知道两名士兵瞄准了自己，也不知道一架厢式飞行器正从路口的另一端高速飞来。

倪　东

中控室内，本来倪东和臧莽已经完全处于劣势，眼见着就要被控制住了。但这时他们的耳机中，却传来大喊声："妈的！情报处来了，赶紧撤！顾不上那不多了，赶紧撤！"

"不能撤，必须消灭那个叫臧莽的机器人，死命令，否则不要回去。妈的！"陌生人话音刚落，黑衣人朝倪东冲上来，根本容不得他躲闪，子弹便打在他的大腿上，令他踉跄着摔倒在地。

紧接着对方将枪口对准他的脑袋。那一瞬间倪东想到了死亡，但这个念头转瞬即逝。臧莽一把推开他，第二颗子弹随即打在他钢铁的骨架上，进出火星。

倪东随后扑上去杀死那人,却发现陌生男子在黑衣人的掩护下开始后撤。他连忙想要追出去,但这时地板上忽然滚过来一个东西。倪东下意识地躲进操控台底部,朝臧莽大吼道:"小心!手雷!"

话音未落,震耳欲聋的爆炸声加上冲击波让中控间为之一颤。紧接着臧莽躺倒在地,身上出现很多窟窿。

"臧莽!臧莽!"倪东大吼起来。

"没太大事,赶紧走。"没想到臧莽被手雷轰了一下,竟然还能爬起身,倪东这才放下心来,与他朝迷网中心的出口处追去。

穿过长长的走廊,顾不上理会地上的尸体。他俩刚推开长廊尽头的门,眼前便闪过一道白光,紧跟着一颗震爆弹被扔了进来。还没等他们关上门,爆炸便将他俩震得七荤八素。

根本没有喘息的时间,听到天花板上传来的声音,他们意识到危险没有结束,敌人应该在天花板的通风管道里。倪东连忙朝通风管道开枪,但子弹打在防弹的管道上毫无作用。这时,通风管道的防弹隔板被掀开,里面传来震爆弹保险栓崩开的声响。

"快走!"

随着震爆弹的爆炸,他俩连忙躲回到中控台门后面。此刻全副武装的军警从通风管道跳下来,用重火力压制着,他俩再次往后退,退回到了读取记忆的磁力大厅中。

眼见着包围圈越缩越小,发现这些人类士兵带着防弹盾牌,层层推进,倪东意识到对方并不准备打死自己和臧莽,他们是想要记忆意识芯片完好无损。

"放下武器!双手抱头!跪在地上。"士兵将包围圈越缩越小,人也越来越多。

"抱你妈!"倪东随即大骂着后退,打光了枪里仅剩的子弹。

眼见着已经没有退路，他和臧莽面面相觑，不知道该如何是好。无奈地叹了口气，再次向后退去，突然觉得脚下一空，紧接着眼前一黑，警察的强光手电光束瞬间消失在眼前。

不明白自己怎么就坠入了一条下滑的隧道，身体在隧道中高速向下滑去。感觉和在水上公园坐过的滑梯类似，不过这里没有水，周围是铜墙铁壁。估计这可能是迷网的应急出口，身体在光滑的隧道中来回绕弯，不一会儿前方便出现了亮光。他感到眼前发白，身子猛地滑出通道，重重地摔在了沙袋上。

刚想从沙袋上站起来，便发现两名士兵将枪口对准了自己，没办法只好举起手来。就在这时臧莽突然从通道中冲出，踹倒一名士兵的同时，又用胳膊带倒了另一名士兵。

枪口被撞开的瞬间，倪东立刻反身抢过他的枪。顾不上扣动扳机，也担心惊动更多的士兵，他连忙用枪托砸昏了对方。跟着臧莽从沙袋中间爬起，将另一名士兵的喉管扯断了。

此时，又有装甲飞行器赶到，两人连忙朝大楼西侧跑去，躲到了一根大理石柱子的后面。

滕 翰

没想到本已经解决的事情，竟然徒生枝节，滕翰第一次感到不顺。好像杀戮不再是一桩轻松的事情，那些死去的人像一个个沉重的负担压在他的心头。他不由得扪心自问，这真是为妹妹复仇的目的吗？

想当年妹妹之所以不畏政府强权，坚持赶赴火星，不就是因为看了自己在火星上杀戮的照片与影像，才决定利用红十字会的影响，去拯救无辜的克隆人生命的吗？

可现在自己却打着为妹妹报仇的名义，杀了如此多的无辜平民。这真的是妹妹想要得到的吗？这样想着，踹开尸体推开门，外面新鲜的空气迎面扑来，看到老头派来接应自己的武装飞行器盘旋在半空。

第六章

顾不上多想，连忙和几名黑衣杀手朝那里跑去。这时，身后也传来了飞行器的轰鸣声，滕翰下意识转过头，瞥见情报部的蓝色武装飞行器。机炮已经吐出了火舌，瞬间将他左侧一名黑衣人的大腿打掉。

其余的子弹打在周围的水泥墙面上溅起碎屑。顾不上那么多，枪林弹雨中，滕翰朝接应的武装飞行器跑去，一脚踏在大厦边缘，奋力跃向飞行器。人在半空中，发现由于情报部飞行器的机炮连续轰击，接应他的飞行器迅速下降。令本已跃向半空的自己，在空中停滞了片刻也向下坠去。

眼看就要摔下高楼，滕翰看到接应自己的飞行器停止了下降，紧接着他一下抓住飞行器的边缘，借着下坠的力量冲进机舱，身子重重地撞在舱壁上。这时接应他的武装飞行器立刻倾斜下坠，在两栋楼宇间不断调整机身，坐在机炮位置上的黑衣男子朝他大声喊："抓紧了，我们得冒点儿险！"

黑衣男子话音未落，滕翰便看到两颗火箭弹从下往上袭来。接应的飞行器连忙做了几个摇摆动作，好不容易躲过了火箭弹的袭击。但就在这时刚才那架情报部的武装飞行器绕过楼体，机炮再次吐出火舌。

驾驶员的脑袋被机炮打掉，驾驶舱陷入一片火海。飞行器立刻失控，旋转着向下坠去，眼见着就要彻底坠落。被子弹击中的副驾驶，突然挣扎着用尽最后一点力气，控制着操纵柄，让飞行器一头撞进了对面的大楼。

死死攥住了安全带，但身子还是撞在了飞行器的门框上，一时间彻骨的疼痛与火焰的灼烧令他惨叫起来。等到飞行器滑行着撞在墙上，终于停了下来，顾不上疼痛，他连忙想要拉开舱门，却发现舱门已经变形，根本无法打开。

把视线转向驾驶舱，看到遭机炮轰击的机头，被扯开一个大洞。洞的边缘燃着火，滕翰连忙爬过去，想从那里跑出去，慌乱间碰到中枪的副驾驶，听到他虚弱无力地对自己说着："救……求你……"

看着他求生的眼神，滕翰无奈地摇摇头，咬了咬牙，将枪口对准他的脑袋说道："哥们儿，还是痛快点吧！"

扣动扳机后，他忍着驾驶舱边缘的火焰钻到外面，朝安全通道跑去。这

时身后的武装飞行器突然自爆，火焰令他后背一阵灼热，冲击波将他一下推进安全通道，重重撞在墙壁上，滚落下台阶。

这时楼下有急促的脚步声传来。显然士兵发现了这栋楼的情况，滕翰连忙从地上爬起，强忍着疼痛朝楼上跑去。但此刻身后的士兵已经不远了，再往楼顶跑也是徒劳。自己不可能从楼上跳下去，所以他忽然躲在一个柱子后面大喊起来："你跑到房顶难道是想跳下去吗？"

这话其实是喊给身后那些追上来的士兵听的，紧接着他又朝前面开了几枪。士兵追了上来，大喊着："双手抱头！趴在地上"

知道机会来了，他立刻把枪扔在地上大喊着："自己人，我是军事情报处处长滕翰，赶紧往前追，那家伙往上跑了。"

等士兵冲上来，掏出了他的证件，核查了他身份，滕翰这才稍微放松下来说道："妈的，你们要再准一点，我就被打死了。他们把我劫持到飞行器上，你们也不看清楚就他妈开炮，是不是成心要我的命。"

"长官我们不知道上面有您。"士兵耸耸肩，用手指着楼顶说道，"您确定上面有人吗？"

"我好像看见那个混蛋往上面跑了。"他说着坐在地上，拿出手机却发现手机坏了，于是对士兵说道："告诉你们头儿，还有技术处处长，让他们过来一下，我实在没劲儿了。"

他拖着疲惫的身子靠在一根柱子上，过了会儿技术处处长与行动处的人跑过来。看着他满身脏兮兮的，身上还有鲜血，技术处处长焦急地问道："这怎么回事儿？你二十分钟前给我们发的消息，说这里有事？"

"黑市两帮人因为接了杀颜森的机器人的活儿，产生利益冲突了。其中一伙就让我去做仲裁，我的意思是正好判断一下到底是不是那两个机器人和宁澄，再让你们行动。结果另一方看我去了，索性想着连我一块儿做掉。"滕翰说着吐了口带血的痰，恶狠狠又跟了一句"他妈的"。

"他们的胆子也太大了。"行动处处长大骂了一声。

"没这么简单，因为另外一方也带着人呢，还把我劫持到那个武装飞行器上。得调查一下这家迷网公司的真正背景了。"滕翰说着，身体瘫软地靠在柱子上，这时医护人员抬着担架朝他跑来。

宁　澄

恐惧占据了宁澄的心头，她疯了般闷头猛蹬自行车，根本没注意到这是个引力轨道与普通马路交叉的十字路口，她完全没听到不远处飞行器轰鸣声。

直到骑到路口最中央，瞥见一辆厢式飞行器，宁澄还没来得及转头看清楚，便听到飞行器刺耳的紧急制动声，以为自己就要被撞死，整个人瞬间呆住。

这时，身后响起枪声，不过子弹并没射向宁澄，而是打爆了飞行器的引力离心机。底部爆炸使飞行器翻起，与宁澄正好擦肩而过。飞行器火焰越烧越大，彻底翻倒在地上，机头正好扫到自行车的后轮上，一下子将宁澄撞飞出去。

飞行器在地上滑行着撞向废弃大厦的墙面，发出"砰"的一声巨响。她听到后面的军警一边通知同伴，一边绕过飞行器朝自己追来。顾不上疼痛，宁澄连忙起身，一瘸一拐朝前跑去。

意识到跑不过士兵，宁澄只好拐到旁边的楼里。楼道里有些流浪汉，她一瘸一拐地穿过去，跑上三楼。心里犹豫着，觉得这样就算跑到楼顶又如何。这时突然发现三楼通道处有块儿断裂的地方，底下悬着空，估计这里以前是和对面大楼相连的通道。

宁澄立刻停住脚步，简单观察下那道裂缝，它很宽，底下是水泥路面。她觉得要是自己没有受伤的话，也许有希望跳过去，但现在脚疼得厉害，别说跳，就是迈步都有点儿困难。

此刻军警对着步话机说话的声音再次传来，意识到他们马上就要追来了。她决定拼了，于是强忍着疼痛，咬紧牙关朝裂缝跑去，就在踏上裂缝边缘的瞬间，纵身朝对面跳去。

有那么一瞬间，她都不知道自己到底是跳过去了，还是没跳过去。她只是觉得身子悬于空中，余光看到下面的水泥路面，死亡的恐惧油然而生。紧跟着还没等恐惧消失，她便已经重重地落于地面，疼痛席卷了全身，转头回望，军警已经跑到对面三楼，她这才意识到自己真的跳了过来。

　　顾不上脚踝的疼痛，赶忙再次起身，左转跑进一座废弃的大厅，本来想继续跑，却发现不远处也有士兵。她连忙转向旁边倒塌的废弃广告牌，从裂开的缝隙里钻进去，匍匐着挪到了没有破损的那一侧。

　　透过广告牌的展架与地面的缝隙，很快她看到了军警的军靴，宁澄连气都不敢喘。看到军靴急匆匆地消失在眼前，等到确认他们走远了，她才从广告牌里爬出来，往楼上跑去。

　　她在楼上找了个屋子躲起来，因为屋子临着街，担心被发现，所以她一直趴在地上，透过碎裂的玻璃缝隙观察着楼下的情况。原来下面的士兵并没撤走，他们一直包围着，并且越聚越多，很快他们又跑到这栋楼上再次进行搜查。宁澄蜷缩到屋内一张桌子底下，心惊胆战地躲过了搜查。

　　直到夜晚，她才稍微喘口气，从桌子底下爬出来，躺在碎裂的玻璃窗前，侧脸望着外面繁星似锦的天空，想起了小倪。

第七章

陈　灿

　　看到秦勇为了宁澄失踪如此痛苦，陈灿本想告诉他，宁澄迟早会来找他的。因为她此刻不仅面临两个机器人的威胁，还要面对情报部的追缉，秦勇现在已经成为她的救命稻草了。

　　但他最终还是没把这话说出口，因为经过这几天的观察，他发现秦勇不愿意谈及此事的原因还是怕影响家庭。和秦勇面对面坐着，陈灿又要了一杯白兰地。

　　这时，秦勇叹了口气说道："如果你真的愿意帮我，兄弟，到时候你能不能确保宁澄的安全。不要让她被情报部那帮混蛋抓住，我相信她肯定是被冤枉的。"

　　"我和你一样相信她是被冤枉的，但我们得找到那个幕后黑手，才能保证她的安全。"陈灿点点头，把酒杯拿在手里摩挲着。与秦勇一样，他认为就算加上两名机器人，宁澄也不可能杀死颜森。如果他真被两个非战斗型的机器人杀死，那他的战争经验还真是白费了。

　　"嗯。"秦勇点点头，叹了口气说道，"我得承认，如果要帮宁澄洗刷冤屈，也只能你来。因为是人都会有私心、贪欲，只有你不会，你是个铁面无私的混蛋。"

　　"好吧，这个混蛋还要帮你在你妻子面前隐瞒实情。"陈灿笑了下，此刻两人之前的那种误会终于消失了。

这时，秦勇把那部旧手机放到桌子上，对陈灿说道："我估计如果她还活着，会很快找我的。以前我对她说过，有什么事，就打这个电话。她既然打过一次，肯定就会打第二次。"

"但这个号码会被滕翰监控的。"说起滕翰，陈灿心中一阵犹疑。

"但为了救她，我也不知道还有什么别的办法。"秦勇说罢无奈地摇摇头，把手机给陈灿说道，"手机给你。"

看看那个手机，陈灿明白这是个冒险的行动，但又不得不去做，他默默地收起手机。两人正起身准备离开的时候，手机突然响了起来。

宁　澄

在事发地躲了一天，宁澄时常会想到小倪，望着天空发愣，担心小倪被抓住后会被怎样对待，心头便一阵难过。等到周围的警戒撤了，她便跑到附近一处自由市场上，找了个有老式电视的小卖铺，看了看新闻，发现没有倪东被抓住的消息，这才放下点心来。

中午看到自由市场上的人吃着午饭，喝着啤酒，不管是面包，还是包子，哪怕只是个普通的馒头，都令饿了一天的她羡慕不已。

现在她已经走投无路、饥寒交迫了，又想起秦勇。虽然担心秦勇的父亲，但想起他最后倒戈，拼死救出自己；想着当年他们分手时说的，比朋友，比亲人都近；再想想秦勇毕竟为自己保留了一个号码，这说明至少他还爱自己。

犹豫了一下，她决定从自由市场上借个手机联系他。但为了防止再出现修机铺的事，她回忆起秦勇教给自己的那些观察法。她还记得自己躺在秦勇怀里，听他声情并茂地对自己讲：正常人无论在哪儿，不管多么穷困，他们的视线始终是正视别人的；如果看到以斜上方45度角看人的家伙，就算不是扒手，也是有问题的人。

想起这些，她先按照这个观察了一遍，虽然根本看不出来什么，但多少还是滤掉了几个人。紧接着她又想起秦勇告诉自己：大地方的人文身是为了帅气，小地方文身的人多数与帮派有关，所以在小地方尽量不要去招惹有文身的人。宁澄又按照这个，滤除了斜对面水果摊儿边，拿摊上水果吃的文身大汉。

最后在任何时间任何地点，目光呆滞的人都是不稳定的因素，他们可能会帮助你，也可能会杀了你，所以对他们你要格外小心。宁澄又滤除掉摆水果摊的男子，只剩下一个在小烟店门口站着的胖女人。

走到那女人面前，宁澄告诉她自己手机丢了，钱包也丢了，现在想打个电话，让男朋友过来接自己一下。听宁澄这么说，那女人像审犯人一样审视了她一会儿，才犹犹豫豫地将那部漆都掉没了的山寨手机递给她。

迅速拨通秦勇的电话，紧张地听着听筒内传来的嘟嘟声，直到秦勇急切的问候声传来，她一下子没忍住，竟然蹲在地上哭了起来。

秦勇在电话那头不断地安慰她，给她解释着之前的事情，她几乎都没听进去，只是一个劲儿地哭。过了好一会儿，发现电话那头没了声音，她才终于停止了抽泣，擦擦眼泪说道："对不起，有些激动。"

"你现在那里安全吗？需要我做什么？"听到她再次说话，秦勇这才说道。

"我想……我想……"那一瞬间宁澄本来想对秦勇说：我想让你来接我的，可瞬间的激动与难过，竟令她上气不接下气起来。

"你想我去接你，是吗？那你告诉我，你现在在哪？我们见了面再说。"

没想到秦勇主动提出来，宁澄迅速简述了一下自己的所在地，她本来没打算说自己有多么害怕，希望他快点之类的话。但当她发现几个文身大汉朝烟店走过来时，她连忙催促秦勇道："你快点！如果我被抓了，你记住这里有黑社会，文着身。"

倪　东

等危机结束，士兵们离开，倪东和臧莽又在原地待了一天。这期间他俩一直趴在楼上，观察着四周的情况，有时会聊起之前在迷网中心看到的自己

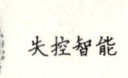

的记忆。聊起那个叫常明的异装癖的行为,聊起在程序控制室看到的可疑人物和倪东的特殊性问题,不过最后还是一头雾水。

这之后,人类很明显加强了对附近的探查和搜索,并且密度持续加大。好几次眼见着他们就要走到自己藏身的破布前,臧莽都有一种冲出去拼命的冲动。如果不是倪东强压着恐惧,用程序控制他不要动弹,估计他们早就完蛋了。

其间,倪东又不知不觉想到了宁澄,想到她已经跑走了,把自己扔在那个该死的地方,管都不管,心中不免叹气。但过一会儿,又回忆起迷网中心当时已经被全面控制,没理由让宁澄从别的地方逃离现场,他意识到宁澄很可能和自己一样,也是从那个通道意外逃离的,一时间又担心起宁澄的安危。

想想偌大一个人类世界,与自己紧密依靠的,愿意帮自己解决染毒谜团的,也只有宁澄了。倪东观察了一下周围,对身旁的臧莽说道:"我们还是得找到宁澄。"

"你还要找她?见鬼,你是真疯了吧?"臧莽提高了嗓门,红色的电子眼一闪闪的,很显然他非常不解与反感。

"要想明白这到底是怎么回事,就必须找到她。"不理臧莽的情绪,倪东说道,"宁澄就是我们的方向,没有方向,我们就是两只乱撞的苍蝇。"

"但她现在已经不是我们的伴儿了,她能帮我们什么?这几次都是她把我们拖下水的,你没发现吗?"臧莽的逻辑虽然清晰,但他说话总是很僵硬。

"你个猪脑子,不是她拖我们下水,而是背后有人在把我们所有人拖下水。"倪东说话间站起身,再次扫描了一遍周围的情况,确认安全后,他想是时候离开这里了。

转身看看臧莽,发现他依旧坐在地上,不想离开。这家伙真是典型的工业型机器人,脑子转不过弯,永远不理解自己和宁澄的感情,也不理解现实中的逻辑。只好拍拍他的肩膀,倪东用非常命令式的口气对他说道:"必须找到她,这件事我说了算。"

"哎，好吧！只要你愿意，我可以做到。"不知道为何，与倪东眸子对上的刹那，臧莽服软了。跟着，他调动了系统的网络部分，通过病毒侵入了电信数据库，过了会儿说道："我查了下宁澄之前打过的那个电话，就是那个叫秦勇的检察官的号码，今天又有陌生电话打进来。"

"检察官的电话有几个陌生号不是很正常吗？"倪东对这种陌生电话没有兴趣。

"不可能，这个号码除了今天，就只有宁澄上一次打过。"臧莽说罢，又在电信系统中查了下说道："定位信息显示，拨出电话的位置就在我们往北走三点六公里的一个农贸交易市场，那里不像是秦勇办案的地方吧？"

听他这么说，倪东一怔，看看表又问道："那个电话是什么时间打的？"

"55分钟之前。"臧莽说道。

"我们走！去看看。"听到臧莽提及的时间，倪东精神起来，两人旋即朝外走去。

陈　灿

没想到宁澄这么快打电话，陈灿从秦勇安慰宁澄的口气中，听出宁澄的情绪极不稳定。他警觉地环视四周，防止有人跟踪。等到秦勇挂断电话，陈灿才将视线转回到他的身上，焦急地问道："怎么样？"

"你确定你要见她吗？"秦勇反问道。

"当然了，不过第一次得有你的引荐才好。"收回警觉的目光，陈灿点点头。

"还是算了，你一个人去行吗？"秦勇试探性地问道。

知道如果秦勇不想去，自己还是不要让他为难的好。陈灿耸耸肩说道："那你好好保护你家林燕和孩子，这事儿我来做。"

"谢谢！我其实应该去的。"秦勇不好意思地低下头，叹了口气。

"我们都在危险边缘，你没必要再扯进来了。"陈灿说罢，拍拍秦勇的肩膀，拿到了宁澄目前的地址，然后秦勇又告诉他自己的一个安全住所，住所

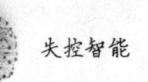

的密码是宁澄的生日。

与秦勇分开后，在引力轨道上陈灿一直观察着后面的情况。担心滕翰派人跟踪自己，所以他故意在市里兜了几圈，又到租飞行器的地方换了架飞行器，确认无人跟踪后，才前往那个市场。

在飞行器上，提前了解到这里以前是一个废弃的商业区，周围一片荒野，有些废弃的建筑群，但没人居住。他仔细研究了详细地形，并且为可能出现的危险做了准备。这之后飞行器抵达市场附近，他故意继续往前开，直到确认没有跟踪的人，才调了个头，把飞行器重新开回了市场。

找到秦勇说的烟店，把飞行器停下来，看到一个胖女人叼着烟坐在躺椅上，周围并没有宁澄的影踪。他走下飞行器，朝她打了个招呼道："你好，刚才是不是有个女孩儿，在这里用了你的电话？"

"女孩儿？"胖女人一下坐起身，用一种非常精明的目光上下打量了他一番。

"我来给她付电话费。"陈灿笑了一下。

"你要付的不只是电话费，还有老娘的手机，让她帮我看下店，我去个厕所，谁想到她竟然拿上我的手机跑了，这年头就不能当好人。"见到付账的人来了，胖女人提高了嗓门，大声抱怨了起来。

"没事，钱肯定给够你。"陈灿说罢从钱包里拿出一摞钱，在胖女人面前晃了下又问道，"不过，你报警了吗？"

"报不报警关你屁事，你是他什么人？先把钱给我。"胖女人说罢，伸手想要拿钱，但陈灿却缩回了手。

"第一回答我，你报警了吗？第二告诉我，她走了多久了？"拿着钱，在她眼前晃了晃，陈灿同时在扫视周围的情况。

面对一摞大额钞票，胖女人犹豫了一下，态度稍微好了一点，回答道："我去哪儿报警？哪个警察肯管我们这里？她走了大概有十五分钟了吧，娘的，要不是得看摊儿，我早就去追这个臭婊子了。"

"还有一个问题，往哪个方向跑了？"陈灿拿着钞票，还是不肯给她钱。

"我哪儿知道，我回来她就跑没了。"胖女人叉着腰，盯着钱恨恨地说道。

明白她说的是真话，注意到旁边水果摊的男人一直盯着自己。陈灿立刻把钱给了胖女人，又从钱包里抽出一撂钱，走到他面前说道，"只要说实话，就肯定有你的份儿。"

"你可得真给啊！"眼见着女摊主收了钱，水果摊的老板犹豫了一下，用手指指烟摊后面那排倒在地上已经生锈了的铁栅栏，说道："我看见她从这里翻出去的。"

"她为啥走？"陈灿觉得宁澄就算是惊弓之鸟，也会尽量安静地等在附近的，所以他跟着又问了一句。

"我估计是看到治保队的人了吧，她一见到他们立马脸色不对，就跑了。"那家伙又盯着钱看了看说道，"刚才治保队和那俩派出所的也都过去了。"

听到派出所和治保队，陈灿紧张起来，立刻将钞票甩给水果摊老板。回到飞行器上，想着如果有治保队和派出所出现，说明宁澄有可能跑不太远，但同时她会遭遇什么情况可就不好说了。

连忙把飞行器驶上铁栅栏后面的土坡，仔细观察着周围。左边是一片废弃的楼房，右边则是一片杂草丛生的空地。在他以往的办案过程中，很多犯罪嫌疑人会错误地把废弃的楼房当做藏匿地，因为他们并不懂楼房其实只是牢笼。

但和秦勇待了那么久的宁澄也会如此吗？把自己套在一个囚笼里？他正犹豫着不知道往哪儿跑，连串的枪声突然从那片废弃的楼群中传来。

宁　澄

拿着胖女人的手机藏了起来，知道她一定会认为自己趁她上厕所，拿手机跑了。心中很是无奈，真想飞过去，告诉她这其实是因为两名警察的目光正好与自己对上。

一开始她还以为这不过是个巧合,也没太当事。但很快宁澄便发现事实并非如此。因为对方和几名文身的人,朝自己这里指了下。文身的人顺着警察手指的方向,朝自己望过来。

意识到不好,但胖女人却还没回来。眼见着他们朝自己走来,越来越近。宁澄想要扔下手机就跑,却想起秦勇在来接自己的路上,如果他联系不上自己怎么办?瞥了一眼房子后面的铁栅栏倒着,她突然攥着手机朝那里跑去。

翻过铁栅栏,跑过一座座乱砖堆,往远处跑了一会儿。她听到他们大喊:"站住,小娘们儿!站住!"

顾不上扭头看他们,宁澄加紧了步伐。眼前这条小道不仅杂草丛生,而且碎砖胡乱地堆着。她利用它们做掩护来回兜圈子,直到看到远处一片废弃的楼房,右边是一片杂草丛生的空地,她愣了一下,犹豫着该往哪里跑。

后面的声音又近了,她连忙猫腰隐入那片杂草丛生的空地,趴在地上藏了起来。很快那几名文身大汉和警察冲过来,就在距离她不远的地方站住,宁澄听到其中一个警察骂道:"妈的,小娘们儿跑去哪儿了?"

几个文身大汉摇头表示不知道,另外一名警察说道:"应该去那里了。我猜她认为咱们人手不够,肯定搜不了所有单元楼。"

"但她是正确的,咱们人手的确不够啊!"文身的人在一旁抱怨道。

"那你们几个就挨个给我搜,我们俩在两头堵着,不信找不着她。"另外一个警察指指几个文身的人,完全是在下命令。

眼见着他们朝那些废弃的建筑走去,半天都没敢动。过了一会儿,连串的枪声突然从那里传来,刚想要起身张望,前面便出现了个陌生男人,宁澄吓了一跳,立刻抽出了枪。

倪 东

本来倪东想把飞行器直接开进市场的,但后视镜里出现了两名警察。他们意识到自己在被通缉的状态,不得已只好往前开了一段,把飞行器停到市场后面的一片废弃的楼群中。他原计划让臧莽在这里接应,自己去市场里看看情况的。

但没想到飞行器降落在废弃的楼群间,几个文身大汉便朝这里快步走来。看到他们手里拎着铁棍,身边还有两名警察。与臧莽对视了片刻,倪东冷冷地说道:"这里偏僻,不会有人看到。"

"那就都杀了吧。"臧莽点点头,已经做好了准备。

文身的大汉走上来,用铁棍的棍尖使劲敲了敲飞行器驾驶舱的玻璃,大吼了一声:"下来。"

大汉估计是平日里嚣张惯了,所以根本没注意到里面是两名被通缉的机器人。等到舱门掀开,倪东和臧莽走下飞行器的瞬间,大汉怔了一下,紧接着枪声响起……

看到同伴如此迅速地被杀。其他人先是惯性地想冲上去,暴打对方。但转瞬,他们意识到面前这俩家伙,便是涉嫌杀害颜森和多名人类士兵的机器人。他们露出怯意,后退了两步。

根本不给他们逃跑或者求饶的机会,臧莽迅速开枪,令那些人倒在血泊之中。此时倪东并不知道自己与宁澄只距离五百米。

陈 灿

听到连串的枪声,陈灿的注意力瞬间便被吸引到那片废弃的楼群中。他担心起宁澄的安全,刚想要朝那里跑,身后的杂草丛中忽然传来"沙沙"的声响。他连忙转身,左手刚摸到枪,一个人影便冲上来,用枪顶住了他的脑袋。

做了个举手投降的手势,枪立刻被下了,本来还想着怎么反抗。但忽然发现用枪顶着自己脑袋的竟然是宁澄,他愣了片刻,听从她的命令趴在地上。

趴在草丛中,发现她满脸脏兮兮的、全是惊恐,便知道她非常紧张;再看她拿枪的手一直在哆嗦,陈灿真怕她走了火,快速地解释道:"别紧张,

别紧张！我是秦勇的搭档陈灿，是秦勇让我来这里带你走的。"

"秦勇？我凭什么信你！秦勇为什么没来？"宁澄咬着牙说道。

"你是他的前女友，受你影响，他也被情报部监控了。上次在高速引力轨道旁边的修机棚，我们不知道你出了什么情况，那里全是死尸。结果我们刚到，就被情报部的人给抓了，所以这次秦勇叫我来。我上衣兜里有他的手机，你可以打一下试试看。"陈灿尽量解释清楚，希望误会能快速化解。

"你自己把手机拿出来，拨给我看。"听他这么说，宁澄依旧警惕。

按照她的命令，陈灿在草丛中费劲地掏出手机，拨通了那个山寨手机的号码。听到手机铃声看到号码，宁澄这才显得稍微放松。

"这里发生了枪战，警方会很快到这里的，所以我们得赶紧走。"注意到她放松了警惕，陈灿催促道。

"你先给秦勇拨个电话，我要听。"宁澄依然没完全信任他，陈灿只好把电话拨给秦勇，直到他俩聊了一会儿，宁澄才终于把枪口从他的眉心挪开，塞回到衣兜里问道："我们现在去哪儿？"

"一个安全的地方，秦勇告诉我的。"陈灿说罢起身，与宁澄走回到飞行器上。

临离开时，他们往枪声发生的地方望了一眼，但顾不上多想，很快便驶离了市场。他们把胖女人的手机随手扔掉，然后驶向了秦勇说的安全地点。

秦勇所谓的安全地点，在太北市东部高速引力轨道的北侧，那里居民密集。他们驾驶着飞行器在楼群里绕了半天，才找到住所的楼号。下到地下机库的时候，为了不让停机库的管理员发现宁澄，宁澄放倒座椅，把脸侧过去装作胃疼难受的样子。

驶过机库的起落卡，避开管理员散漫的目光，宁澄重新坐起身子，轻声问陈灿道："秦勇今天会来吗？"她说话的声音很小，像个受到惊吓的小女孩。

"现在不是时候，因为一切跟你有关的人，都被重点布控了，所以为了你的安全着想，他最好不露面。"陈灿停好飞行器。由于担心电梯间的监控，两人只好从安全通道爬到 15 楼。

走进楼道,找到秦勇的安全地点,陈灿打开密码锁的盖子,指指密码输入盘对宁澄说道:"秦勇说密码是你的生日。"

"我的生日?阴历阳历?"没料到秦勇,居然用自己的生日当密码,宁澄怔了一下。

"他说你知道。"陈灿耸耸肩。

宁澄思考了一下,把手指搭在密码输入盘上,自言自语地说道:"我想起来了。有一年我和秦勇商量以后过生日,到底是过阴历还是阳历的时候。他决定我过阴历生日,他过阳历生日,这样我俩的生日有时可以重叠到一天。"

宁澄输入了密码,电子锁随即传来"啪嗒"一声响动,门自动弹开了。

滕 翰

终于处理完伤口。滕翰被罗成叫到办公室,他没想到掌握了自己秘密的宁澄和两个机器人竟然就这么逃脱了。现在一些同僚在背后指责自己,说他搞权钱交易,导致围剿机器人不成反倒害死很多自己人。

此刻坐在罗成对面,汇报完一切经过之后,滕翰心里非常紧张。因为罗成是从军事情报处处长做起,一直做到情报部部长、总理内阁安全长官的。情报官的门道他清楚得很,他会相信自己这个立功心切的说法吗?

听完他的解释,罗成不紧不慢地喝了口咖啡,面带怒色地说道:"我记得你参加过火星战争。"

"所有事都是我的错。"滕翰想要起身,装出一副主动承担责任的样子。

但罗成用手制止了他,让他继续坐在椅子上说道:"问题不是谁的错,你在火星的那次失误,不也是因为你的虚荣和立功心切导致的吗?这次你又犯了同样的毛病,而且还带来如此大的损失,你觉得这是你主动承担责任就能挽回的事情吗?"

没想到罗成会从火星任务的失败说起,他猛地想起倒在血泊中的妹妹,

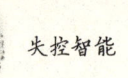

心中的仇恨很快盖过了紧张的情绪。

"我知道，所以部里对我做什么处分都不为过。"滕翰说着，想着妹妹，眼神瞟向窗外，竟然忘了眼下自己要面对的是罗成的怀疑。

"如果处分和降职能解决问题，军事情报处平均每月就得换一个处长，我没有那么多处长可用！"罗成把咖啡杯重重地放在桌子上。滕翰意识到自己暂时不会有什么太大的风险。罗成又说道："我理解你刚从人工智能处调过来，工作上多少有些不顺手，所以我想了下，你就不要自己选助理了。"

听罗成这么说，滕翰紧张起来。要知道，按规矩，助理一般都是处长自己选，因为有些不方便的事情，处长会让信任的助理去做。但现在罗成要给自己安排助理，就等于安排一颗定时炸弹。他心里有些紧张，但依旧面色平和地点点头。

"我替你选了个助理，他很熟悉处里的工作，我认为是合适的，就看你的意思了。"罗成表面是试探性的态度，但语气却有命令的成分。

滕翰瞬间想到这个助理估计是安捷，他调整了一下坐姿，明知故问道："您说的是？"

"安捷！毕竟他跟了颜森这么多年，对处里的事务还是熟悉的。另外我想你需要冷静一下，这个案子没有你看起来那么简单，处理时不要太心急。"罗成说着话，不紧不慢地喝了口咖啡，表面看起来很和气，但滕翰却觉得其中暗藏杀机。

"您说的是。实际上，我之前也和安捷谈过，希望他来做我的助理。"滕翰笑了一下，内心非常喜欢罗成的这个安排。听到滕翰这么说，罗成点点头。之后两人又说了一会儿，滕翰离开了罗成的办公室。

回到家中，仰坐在椅子上，滕翰把血观音拿在手上摩挲着。他逐渐恢复了平静，意识到眼下不排除罗成利用安捷启动内部调查程序，心中有些紧张，正想着怎么处理。老头的电话打了进来。

倪　东

杀掉那些人后，倪东和臧莽以最快的速度逃离了现场，这时天空突然下起大雨，他们在滂沱大雨中与警用飞行器擦肩而过。把飞行器降落在一个露天停机坪上，打开空气投影仪看着新闻，里面的专家正在分析宁澄和机器人可能会去哪里，专家推测宁澄和倪东是一对亡命鸳鸯。

此刻雨越下越大了，豆大的雨点砸在驾驶舱的玻璃上，噼啪作响，令本来就沉闷的气氛变得更加沉闷。而之前关于宁澄的线索，现在彻底丢失了，这让他变得无所适从。

过了好半天，臧莽终于打破了沉闷的气氛说道："我们不能就这么坐着吧？"

没注意他说什么，倪东满脑子宁澄，他在想他们两个没有目标的机器人能做什么？要做什么？难道被那些幕后的阴谋制造者搞死吗？

此时飞行器的雨刷令人烦躁地不停摆动着，臧莽又说了一句："哎，我说，那个叫宁澄的，对你也没那么好啊，你何必非得找她呢。"

听臧莽说起自己对宁澄的问题，如果是之前他肯定会很不高兴地辩驳，但现在倪东只是望着窗外，并没有回应他的抱怨。他想到之前自己和宁澄去黑市，不就是想要查验臧莽以前的记忆，看看谁是这一切的幕后黑手吗。

想到这件事，他突然问臧莽："你什么时候开始有自己意识想法的？或者说明确地意识到能源工厂那个叫常明的人是个变态，这种认识是从什么时候开始的？你刚才在视频里确认了吗？"

"确认了，就是爆炸案前一天，我牵着能源长官常明在地上爬，来到机器人程序监控室，常明用鼻子拱程序监控室大门的时候，碰上的那个人。对！就是在黑市试图消灭我们的那个人，没错，就是他，声音相貌的契合度超过百分之九十八。"

"他是能源工厂的人吗？"倪东诧异地问道。

"应该不是，因为他当时对常明趴在地上穿丝袜撅着屁股学狗叫，显得

极为惊讶和厌恶。但在能源工厂，所有人都对常明这样见怪不怪了。还有就是常明看到那个人也吓了一跳，我记得他问那个人：'您怎么在这里？'"

倪东从臧莽的话语中注意到"您"这种称谓，他意识到此人一定不是能源工厂内部人员，他应该是上级单位的人，否则常明不可能那么紧张，还用"您"这样的尊称。想到这里他追问了一句："你确认，常明用的是'您'？"

"确认，肯定用的是'您'。"臧莽很确认地点点头。

倪东熟悉人类的尊称用语习惯，意识到问题所在，于是说道："这个人一定是能源工厂的上级，否则常明不会用这个字。看来在黑市他之所以要杀我们，就是因为担心我们泄密。"

"那我们怎么办？"臧莽问道。

倪东看看臧莽，发动飞行器的同时恶狠狠地说道："还用问吗，当然是把他揪出来！"

陈　灿

没想到宁澄一进入秘密住所便失声痛哭，陈灿尴尬地站在旁边，不知道说什么好，只好等到她停止哭泣，才递上一条毛巾。跟着宁澄擦干眼泪，说想要洗澡，陈灿便以给她买饭的名义出去了。

回到街上，他去了一间西餐店，给宁澄要了一份至尊披萨和一份奶油酥皮汤。再上楼时，已经过了一个小时了。等到宁澄把门打开，站在他面前，之前那种疲惫不堪的感觉一扫而空。现在的她用白毛巾裹着头发，穿着秦勇那件很大的白色衬衫，衬衫半遮着她那修长的大腿。

"先趁热吃吧，这玩意儿凉了不好吃。"进了屋子，陈灿把披萨和奶油酥皮汤放到桌子上。

宁澄说了声谢谢，坐到餐桌前，狼吞虎咽地吃起来。看着她的吃相，回想起之前她疲惫不堪、精神恍惚、高度紧张的样子。陈灿仿佛回到了童年，父亲因克隆人案件被通缉，只好带着自己逃亡，那天夜里他们一直饿着肚子开车。

第七章

他记得自己在后座上，面对城市里五颜六色的商铺广告牌，对父亲说想吃糖。父亲却没好气地让他不要瞎想什么糖了。飞行器行驶在高速引力轨道上，驶出那座小镇，直到荒郊野岭。

父亲停下飞行器，跑到草丛里说要上厕所。童年的他趁着这个机会，看到远处有地方闪着五颜六色的灯光，想那里一定是超市，估计会有卖棒棒糖的。于是他便趁着父亲不备悄悄蹿下飞行器，跑到那里。

等到他用零花钱买了两块儿糖，再往回返的时候，看到几辆警用飞行器堵住路，父亲被他们摁在前引擎盖上。他听到父亲央求那些警察说："你们抓我可以，但要先帮我找到儿子。"

想起父亲不由地难过起来，再看看宁澄现在这状态，陈灿觉得今天够呛能谈什么有用的，他们之间的信任还太少，需要一些时间建立。想到这里他帮她打开一包纸巾，放到桌子上，说道："你先好好休息几天，我先走了。"

听到他要走，宁澄抬起头，用很客气的态度问他道："那请问，秦勇什么时候过来？"

"他被盯上了。如果真来这里，对你恐怕没什么好处。"陈灿耸耸肩，他希望宁澄尽快接受秦勇永远不会来的事实。

"那你明知道我是通缉犯，涉嫌杀死了情报处处长颜森，为什么还要帮我？"宁澄紧锁着双眉追问道。

被宁澄这么一问，陈灿愣了一下，他本来今天没想和她谈什么的。可现在宁澄主动出击，他犹豫了一下。

"你是个检察官对吧？你父亲是陈永圳，当年负责调查我父亲，还把很多人带下了水。"宁澄继续说道。

"我父亲的确是陈永圳，你记性真好。"无奈地耸耸肩，陈永圳故意让自己落于下风，好让宁澄多说一些，试探她的态度和看法。

"不是我记性好，是因为你和秦勇一起，我才知道你的情况。但我不理解你为什么会帮我？那件事很多人都进去了，你父亲还被枪毙了。"听得出来宁澄的话带着担忧，同时又带着感激。

"我在调查能源工厂爆炸案的时候，偶然发现了这事与你我父辈间的案件有重大关联，所以就决定参与进来。"陈灿说罢，重新回到座位上叹了口气感慨道，"父辈间有许许多多根本说不清楚的事，我想查个清楚，给所有人一个公平。"

"所以你要调查的是案件本身，而不是同情我或者帮助我。"宁澄的态度瞬间冷下来。

"我追求的是事件的真相，真相没有善恶，真相就是真相，但我相信你是被冤枉的，因为你实在没有刺杀颜森的能力。我会把你被陷害的事查个水落石出，除非他们杀我灭口。"陈灿说着，注意到宁澄态度转冷。

"那为什么情报部门的这么多精英，都看不出我没能力杀颜森？"宁澄的话像是质问，陈灿听得出来这话不是说给自己的，而是感叹背后势力之大难以想象。

"因为政府内部有势力在阻挠调查，所以我现在无法以检察官的身份继续调查爆炸案和父辈那个案子了。但我绝对不会妥协的。"说到这件事，陈灿也感到有些无奈，从兜里掏出酒壶，喝了一口。

"我明白你的意思。只是我现在太累了，想休息了。"宁澄话锋突然一转，整个人一下子显得疲倦很多，不想再多说了。

本来也没指望宁澄很快下决心与自己合作，所以陈灿立刻微笑着起身准备离开，走到门口时，宁澄又叫住他说道："对了，陈先生，请你转告秦勇，不管他方不方便来看我，我都谢谢他给我准备了一个这么温暖的家。"

陈灿点点头，临出门时，他给了宁澄一部手机对她说道："尊敬的宁澄小姐，我希望你能明白，躲避是不能解决问题的。我们现在面临着一个共同的敌人，他在陷害我们，追杀我们。所以我希望我们能尽快合作，找到那个人。对你，对我，对秦勇都有好处。"

宁 澄

实际上从宁澄一进入秘密住所，她便原谅了秦勇不能来这件事。她之所

第七章

以失声痛哭,是因为眼前这屋子的设计,就是当年两人谈婚论嫁时规划的样子,就连屋中小的摆设也都和自己当初设想的一样。

完全没想到秦勇会这样,虽然这些年她偶尔还会想起他,但却早把他看成了过往云烟。直到被陈灿带来这里,她这才知道秦勇深爱着自己,他是自己的亲人。

想想秦勇是有老婆和孩子的人,心中不免难过。刚躺到床上想要睡一会儿,后颈中的芯片便爆发出撕裂般的疼痛。她忽然觉得这疼痛,像有人用针猛刺自己的后颈。

疼得在床上打滚,她死死地抓住头发,发出痛苦的呻吟。宁澄想起父亲,想起他将芯片植入自己的后颈,心中不免升起怨气。

过了好一会儿,疼痛稍轻了一些。她闭上眼睛想要休息一会儿,可刚闭上眼,小倪便出现在眼前。想起小倪,他在哪里?会不会已经被抓了?现在他是自己在这个世界上唯一的亲人了。

想到这里宁澄又精神了,赶忙起床打开空气投影仪,想看一下近期案情的进展。却发现那个在黑市中要杀掉自己的家伙正在接受记者采访,他竟是军事情报六处的代处长。

她完全怔住,发现这个王八蛋在接受采访的时候,竟然把所有事全都推到了自己和小倪身上。宁澄不仅目瞪口呆,更是怒火万丈,没想到会是这样,她立刻给陈灿拨电话,想要告诉他,自己发现了什么。

没想到手机竟然怎么也拨不出去,听筒里一直传来无信号的提示。一开始她还以为是卡没有插牢,所以又重新插拔了一次,还是不行。宁澄感到有些不对劲,这时后颈的芯片又疼了起来。

她感到不对劲,连忙穿好衣服。把眼睛贴到防盗门的窥视孔上,看到电梯间走出一个人,眼睛发出红光。宁澄立刻意识到这是个机器人。

明白信号屏蔽是机器人造成的,宁澄迅速把门反锁,退回卧室。六神无主地拿出手枪,却意识到这枪并不会给机器人带来什么伤害。

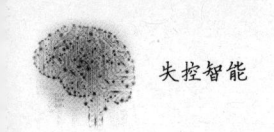

正想着，门锁"咔哒"响了一声，宁澄连忙将卧室的门也反锁上，但很快便意识到这么一扇木门，根本毫无作用。迫不得已她跑到阳台上，发现距离隔壁的阳台很近，并且隔壁没有关窗户。

简单目测了下距离，宁澄手忙脚乱地爬上阳台的窗框，刚探出半个身子，余光便看到楼下如蚂蚁一般的飞行器，坠楼的恐惧立刻让她缩回了身子，这时外间传来了机器人巨大的撞门声。

明白已经没有退路了，宁澄只好憋足一口气，猛地朝对面阳台跃去。根本还没来得及害怕，她便已经摔到对方的阳台上。顾不上疼痛，她连滚带爬地跑进屋内，看到一对男女在恩爱，直接闷头逃出他家。

冲到楼道的电梯间里，先按了"1"。宁澄又退出了电梯，悄悄跑进安全通道，这时小夫妻家里再次传来尖叫声。

机器人紧随而来，听到他们用手掰开电梯，以及随之而来的轰响声，明白他们很快便会发现自己不在那里，宁澄又赶忙往上爬了两层，躲进了黑暗的楼道里。

滕 翰

接起老头的电话，本以为他会在电话里抱怨死了多少人，没想到对方态度平和，只是语气平静地告诉自己，他不关心到底死了多少人，他现在只关心找没找到两名机器人，抓没抓到宁澄。

这两个目标都失败了，滕翰感到头痛不已。老头这时话锋一转，却又安慰起他："做任何事都会有麻烦，有信念的人也会出问题。只是在出了问题后，有信念的人不会退缩，他们会勇于面对，并解决它。"

"不用你来鼓励我，我的信念没有动摇。"摩挲着胸口的血观音，仇恨再次浮上心头，毫无疑问滕翰缺的不是信念。

"我没有那么好心鼓励你，我主要是想告诉你，你距离暴露已经不远了。"听到老头这么说，滕翰立刻警觉起来，环视家中的每个角落，似乎所有的地方都藏有窃听器似的，冷汗一下渗了出来。

第七章

"哦？你的意思是我们不用联系了？"想到老头会杀自己灭口，滕翰并不胆战心惊，他只是冷笑了一声，想着自己要死也得先替妹妹报了仇再说。

听出他冰冷冷的意思，老头淡淡一笑，说道："不，你还可以继续为我服务，因为我们的对手还需要你，你还可以待在情报处。"

"提醒你一句，我们是合作，我滕翰不服务于任何人！"摩挲着血观音，滕翰有自己的想法。

"这不重要，我只是告诉你，现在他们还没有确凿的证据，所以他们会放纵你的行动。等到有了证据再抓你。不过等不到那时候，我承诺你的，为你妹妹复仇的理想就可以实现。"老头显得信心满满，不像是立刻要干掉滕翰的意思。

"所以你打这个电话来，是希望我帮你再做些什么？"滕翰问道。

"不错。我希望你能尽快帮我解决一个问题。这样既能加快我们实现理想，也能帮你自己尽快摆脱危机。"老头说道。

"你需要我做什么？"担心家里有窃听装置，为了保险起见，滕翰穿上衣服出了门，他没有坐电梯，而是走了安全通道。

"机器人的问题，你不用解决了，我会帮你想办法。我现在需要你帮我解决朱彦的问题。"老头的话令滕翰一怔。

"你认为朱彦有什么大问题吗？"

"是的，他对整个理想的提速会起到至关重要的影响。我以前忽视了这个混蛋，现在我们要及时盯住他，这会令我们的计划提前。"老头说罢，便将计划告诉了滕翰。

没想到朱彦竟然还和这件事有牵扯，滕翰感到非常惊讶。在老头挂断电话前，他又想起了陈灿，担心其迟早会带来大麻烦于是问道："对了，你上次让我注意的那个陈灿，我认为是个危险人物，是不是要抹掉他？"

"不用！对陈灿，你只有盯着的权力！"本来老头是要挂断电话的，但听到陈灿的名字，他的声音有一种不容反驳的气势。

"好吧，不过不要怪我没提醒你这个人的威胁性。"

"陈灿怎样，我会想办法处理。"老头说着话，滕翰已经回到飞行器上。

"我明确地跟你说，如果影响了这个计划，我才不管他是谁，所以你最好早做打算，别让他坏了我的复仇计划！"面对老头的嘱咐滕翰不能理解，他启动飞行器，朝外飞去。

坐在驾驶舱中，等到老头挂断电话。分析了一下了利弊。又回想起上次去老头改造的基地时，见到的那些可怕的东西。他可以肯定那些东西一旦启动，便能摧毁一切阻挠自己实现理想的反抗力量。

想到这里他本该很开心的，但不知道为什么，一个恐惧的念头在心中一闪而过。他忽然想到实现理想之后，谁又能出来阻挠老头呢？万一那东西他控制不住怎么办？

在飞行器上叹了口气，明白箭在弦上，哪儿还能管那么多。所以把这些念头全都抛开，按照老头的计划，把飞行器驶向了秦勇家。

陈　灿

驾驶着飞行器飞了大概两三公里，陈灿忽然感到莫名烦躁。过了一会儿在前面飞行轨道信号灯亮起时，烦躁愈加强烈起来。这令他想起以前执行任务的过程中，经常靠这种烦躁的直觉来提示自己危险。

可不明白这烦躁从何而来，观察着街道的两侧，来来往往的人群中，并没出现危险的人或者事物。他感到非常犹疑，但转念一想，直觉错误的情况也不是没出现过，故此等到信号灯亮起时，陈灿便继续向前开。直到这种烦躁越来越强烈，把他逼停在轨道旁边。

以前面临这种情况，陈灿会采取稍微停顿的办法。让自己有时间仔细思考，看看调查是不是有什么漏洞，检查一下跟踪的情况，确认问题所在。现在他坐在驾驶舱中，想起之前侵入自己家，把所有资料偷走，并且威胁自己的人。

令他感到奇怪的是，对方自那以后再没出现过。这直觉难道跟他们有关系？在手上把玩着手机，也不知道怎么着，他突然想到了宁澄。立刻给她拨电话，但没想到电话不在服务区。烦躁的劲头突然加剧了，于是按重拨键的同时，急忙调头往回飞。

路上他暗自祈祷，但宁澄的手机却依然不在服务区。心中一阵紧张，等到了地点，他急忙来到电梯间门口，发现一部电梯的指示灯停在七楼一动不动，估计是被人控制着。而另外一部电梯在二十四楼，电梯的智能判断距离过远，让他怎么按都不下行。

骂了一句"这狗屎的智能"，陈灿迅速推开安全通道的大门，朝楼上跑去。等他跑到宁澄所在的楼层，站在安全通道的门前刚想要喘口气。领子被人从身后揪住，被人像扔小孩儿一样扔到了楼层间的转角处。

重重地撞在墙上，陈灿顿时七荤八素、头昏脑涨。连忙调整了下身体，抬头向上看去，看到一个身材高大、红色瞳孔的机器人，他知道有麻烦了。

还没来得及掏枪，对方已经将枪口对准自己，陈灿好像感受到了死亡的气息。但出乎意料的，机器人并没扣动扳机杀掉他，而是重新跃至安全通道的大门，冲进秘密住所。

不理解机器人为何不杀自己，陈灿诧异地捡起枪。这时，安全通道外传来撞门和玻璃破碎的声响。意识到宁澄有危险，陈灿连忙踹开安全通道大门，冲进楼道，发现秘密住所的大门已经连着门框倒在地上。

冲进屋里，发现里面空无一人。跟着跑进卧室，陈灿看见阳台的门大敞着，担心宁澄慌乱之中跳楼，连忙跑过去向下张望，却没有任何跳楼的痕迹。

跟着陈灿注意到窗户框上的鞋印，看到对面的窗户框被撞烂。意识到宁澄跑了，陈灿连忙通知了附近的警方，告诉他们这里发生了机器人袭击人类的事件。

他明白这些警察虽然起不到什么实际作用，但好歹能分散一点机器人的注意力，延缓宁澄被杀的可能性。当然这也是冒险的举措，因为宁澄还处于被通缉的状态，搞不好很有可能被抓。

等到警察抵达，进入隔壁单元的楼道后，他们很快与机器人相遇交火。一时间整个楼道枪声震天。显然来的警察根本不是机器人的对手，所以很快便被打得伤亡惨重。

眼见着机器人杀了好几名警察，突破了防线，已经冲到自己跟前。与他们红色的电子眼对上，本来以为他们会杀死自己，但谁料这些机器人却根本不理他，直接跑走了。此刻警用飞行器已经包围了大厦，陈灿连忙向楼上跑去，希望可以在机器人和警察之前找到宁澄。

他迅速往楼上跑去，这时宁澄在楼道内的阴影处拽住了他，示意他不要说话。

宁　澄

宁澄刚才躲在楼道里，马上就要被发现了。幸亏突然来了警察，吸引了机器人的注意力。要不然她早就被抓住了。交火声持续了一会儿，楼道内开始出现士兵，机器人逐渐被打得向楼上退去。

本来想着赶紧往楼下逃跑，却看到陈灿出现在楼道里，连忙将他拽到黑暗中，对他做了个嘘声的手势，两人谁都没说话。这时楼道里正好有人推门出来。随着开门声宁澄转过头去，与开门的少女目光对上。还没等少女惊慌失措地关门，她便已经挤到门里，将她推进屋内，用枪指着对方，装出凶神恶煞的样子，威胁道："别叫唤，叫唤就打死你。"

少女瞪大了眼睛，一时不知道该说什么好。跟着宁澄又把她推到沙发上，转过头诧异地问陈灿："你怎么回来了？"

"直觉，检察官特有的直觉，总觉得不对劲，我就回来看看。"把少女家的门关上，陈灿先走到窗户跟前，向下张望了一下，看到停着的装甲飞行器，他说道，"下面到处都是军队和情报处的人，走不了了。"

看着两人四目相对略显无奈与紧张，坐在沙发上的少女威胁他们道："你们赶紧走！我男朋友是警察，他要是回来发现你们，你们可麻烦了。但如果你们现在走，我不会告诉他的……"

"警察算个屁！给我闭嘴。"不等少女说完，宁澄拉动枪栓，令她一下不吭声了。

将枪口对准少女，余光发现陈灿惊讶地望着自己。宁澄明白他惊讶于自己的凶恶，于是转了话题说道："对了，你知道我刚才发现了什么吗？"

"什么？"陈灿皱了下眉头，盯视着她。

"我发现那个接任颜森的处长滕翰，就是在迷网中心里面要杀我和小倪的人。"回忆起迷网中心的事，宁澄现在都觉得心有余悸，于是又担心起情况不明的小倪，不知道他现在怎么样了，心中下了决心一定要把滕翰揪出来，找到小倪。

"你说滕翰就是要杀你的人？"面对自己突然提及滕翰，不知为何陈灿却显得不是太惊讶，他只是皱了下眉头。

"是他害了小倪，还想杀我。所以我就算只剩一口气，也要先把这个王八蛋弄死。"宁澄恨恨地说道。

"我见过这个人，如果他和这事有关系的话，估计也就是个打前哨的。滕翰的背后肯定站着个大人物，而且这个人肯定和我们父亲的案子有关联！"陈灿语毕，第一时间联想到了朱彦，因为之前朱彦也在二十四小时之内进过核心控制室。

"有无关联我不知道，但我读取过臧莽的记忆意识，确认臧莽的云图数据病毒是他植入的，而且他还试图杀我们灭口。"宁澄恨恨地说道。

"那你说颜森有没有可能是他杀的，然后嫁祸给你们。"陈灿突然想起滕翰参加过火星战争，之前还看过一份他的简历，记录着他是特等狙击手，一股不祥的预感迎上心头，"他是特等狙击手出身。"

"如果是这样的话，他可能早就想杀颜森了，正好碰上我们被颜森抓捕，所以顺便嫁祸给我和小倪。"宁澄说着紧锁双眉。

"那他背后的人应该非常怕你和颜森见面，所以才命令他暗杀了颜森。对了，你和颜森都谈了些什么？"陈灿这时问道。

陈灿的话，令宁澄愣住。她还记得颜森告诉自己父亲可能活着的事情，

不明白如果是自己的父亲，怎么可能会怕见到自己，还陷害自己杀了颜森？

天色逐渐暗淡下来，黑暗覆盖了天空最后一丝光亮。感到非常不解与沮丧，宁澄抱着膝盖蜷缩在椅子上，感到非常不解与沮丧，犹豫了很久，才对陈灿不情愿地说道："我其实不想说。颜森告诉我，我父亲可能还活着。"

倪 东

等到在公路的一旁找到了宁澄丢弃的手机，发现手机躺在路边的建筑废料中。倪东越想越生气，不明白这到底是为什么。他气急败坏地把手机踢开，大骂了起来。

等他稍微冷静下来后，臧莽在一旁不解地问道："你很担心她是吗？担心一个人类。"

"不要总对我强调她是人类！"不喜欢臧莽下意识地叫着"人类，人类"，倪东没好气地瞥了臧莽一眼。

"好吧，好吧！"无奈地耸耸肩，臧莽的红色电子眼亮了一下说道，"如果你非得找到她的话，可以从我记忆中出现的那个人入手。因为他不仅制造了太北能源工厂爆炸案，还传播了云图数据，嫁祸给我。他和他背后的人肯定在找宁澄。"

"嗯？"听到臧莽说的理由，倪东犹豫了片刻。忽然看着臧莽笑着说道，"你说的有道理，我们就从他开始着手。"

说干就干，倪东立刻调起云图数据，在众多资料中进行筛选，很快便查到了一个叫太北能源工厂资料储存中心的地方。他发现能源工厂每隔三小时就会远程备份一次数据。本来他想通过无线网络入侵这里，取得资料。

但很快他便发现根本行不通，因为该中心与太北能源工厂是用原始光缆连接的，而且对方还使用了硬件防火墙，远程操作根本不可能实现。

眼下唯一的办法就是去资料储存备份中心，亲自偷出那些资料。但他把这个想法对臧莽一说，臧莽却质疑道："这个地方戒备森严，凭咱们俩想要混进去，成功率几乎是零。"

"我又没说非得进到数据中心里面,再说了能有多难,难道还能有你从能源工厂爆炸中逃出来难吗?"倪东显得不耐烦,不愿意听他再说下去。

"好吧!听你的。"臧莽耸耸肩,然后他们上了飞行器。

在飞行器上,倪东通过空气投影仪展示出自己搜到的资料,对臧莽介绍道:"我们可以找到资料备份中心光缆的最后十米,攻破那里的实体防火墙,就不用进入资料中心了。"

"但那些光缆都埋在几十米的地下。"臧莽反驳道。

"哪儿有几十米!我在建筑公司的资料库查到,数据备份中心的光纤就在下水管道旁边,我们可以进下水管道,从那里找到属于他们的线缆就行。"倪东说话间,再次放大了一个建筑公司的资料,一个立体图展示在他们面前。

这时飞行器离开了引力轨道,他们渐渐降落,把飞行器藏在一处茂密的树林中。下了飞行器,他们先对树林周围进行了检查,确认安全之后。按照读取过的市政分布图前行,确认山顶附近的下水管道可以通到基地。

他和臧莽朝半山腰爬去,在远方的山顶上有个白色的七层小楼。白楼被围墙包围着,周围有荷枪实弹的士兵站岗,树林中还隐藏着摄像头和自动射击装置,幸亏他俩是机器人,有着各种扫描功能,如果是个普通人,在这里估计几秒功夫便会葬身于此。

确认了目标,很快他们躲过一队士兵,绕过很多处报警装置,在白楼附近找到了下水管道的入口。入口隐藏在一处杂草丛生的乱石堆里,周围有几棵小树。

发现入口处有触控报警装置,倪东立刻切断了它,跟着他费劲地掀开井盖,周围的虫子受惊到处乱爬。

顾不上打掉那些爬到手臂上的虫子,倪东把井盖立起来,对臧莽说道:"你先进,快点。"

臧莽立即跳了进去,倪东紧随其后。眼见着一切都很顺利,就在他准备把井盖合上,把触控报警装置复位时,一阵士兵巡逻的脚步声传来,他猛地

紧张起来。听到其中一个士兵说道:"你瞅着下水道周围咋了?怎么这么多虫子哗哗往外爬啊?"

"没事儿,估计是住腻歪了。"趁着另外一个士兵开玩笑,倪东彻底把井盖恢复了原样,但触控报警装置还没来得及恢复。他已经通过缝隙看到军靴,眼见着对方越来越近,他不得已一只脚踩着下水道的扶梯,另外一只脚死死顶住下水道后壁,竭力地想要把红外报警装置复原。

等到两名士兵走到近前,看到触控报警器的灯亮着,他们用脚在井盖上踩了一踩,一名士兵对旁边的人说道:"你看,你想多了吧?"

"现在到处这么乱,小心点总不会错,万一要真出了什么事儿,对咱们都没好处。"另外一个士兵说道。

他们说着话又渐渐地走远了,倪东终于松开触控报警装置,把它复了原。然后慢慢顺着下水道的梯子下去,和臧莽朝深处走去。这条下水道因为只供部队和技术人员使用,所以空间不大,有的地方甚至都不能并排走两个人。

不过它还算比较干净,虽然有些污水,偶尔也会有老鼠从脚边跑过,但总体比倪东想的要干净。里面的探测器寥寥无几,纯粹是做样子,估计人类不会想到有人会进入这里盗取数据,也就没做严格的布防。

再往前走了一会儿,一堵布满针尖的墙体堵住了他们的去路,倪东皱起眉头疑惑地说道:"防火墙?"

倪东刚要用手摸它,便被臧莽一把拽住,制止他道:"别碰它!这不是防火墙!这是高压电墙,同时还兼有报警功能,这种东西能源工厂到处都是。你看这些针除了能释放高压电,还能反向的把你的电能彻底吸干。"

"那怎么办?防火墙呢?"倪东皱了下眉头,没记得建筑公司的设计图里面有这个。

"防火墙在里面,这个还是我来吧!这东西的安全码应该和能源工厂一样,我应该能应付。"臧莽说着话,让倪东退到后面。紧接着他用自己裸露在外的钢铁指节与针尖接触上,瞬间针尖爆发出蓝色的电光汇集到他身上。

很诧异那蓝色的电流汇集到臧莽身上，为什么没把他烧焦。过了几分钟针尖形成的墙面开始缓缓从中间打开。里面显现出一个双层结构的下水道，下面是全封闭的下水道，上面则是防火墙的隔离层，这里极为干净和干燥，完全隔离了下水道带来的潮气。

打开通道，臧莽的手从针尖上松开，对倪东感慨着说道："我本来只是想着能逃离能源工厂和变态的能源长官常明就好，哎，现在却被你带着，只好继续下去。"

"浑浑噩噩地活着，还不如死了好。"倪东说罢，跟在臧莽的身后走进去。穿过那条防火墙的隔离层，他们走进了一个环形的大厅。

"谁知道，也许是吧。"臧莽说着话，倪东回想起云图数据说的自由，感觉臧莽真的不像一个工业型机器人。云图数据可能没有骗自己，也许他真的能给自己带来自由。

此时，他们站在大厅内，环视着整面像废砖头垒起来的墙体。用手一摸才知道这并不是砖头，而是磨砂质感的金属。倪东确认它就是自己要找的那扇物理防火墙，于是迅速找到防火墙的核心网络模块儿，拆掉其外壳，内部光缆的连接口随即露了出来。

跟着他用指尖与光缆对联，瞬间电子视网膜前充满了各种符号，系统迅速帮他破解了防火墙的密码，进入了备份资料库，一时间他为自己有机会找到那个幕后黑手感到兴奋不已，却并不知道这其实是个陷阱。

第八章

陈 灿

没想到宁澄所说的，竟然是她父亲可能还活着的爆炸性消息，陈灿一时目瞪口呆，意识到这样不就是在调查宁澄父亲吗？如果这是真的，宁澄还会好好配合自己吗？可他转念又一想虎毒不食子，宁森阳怎么会命令滕翰对自己女儿下手呢？

他觉得这其中有颇多不合逻辑的地方，于是起身给宁澄倒了杯热咖啡，说道："这事有很多不合理的地方，你先不要多想。"

"可我看过颜森的调查，谈过这件事，很多的资料都指向他。"接过咖啡，宁澄双手捧着杯子，盘腿坐在椅子上，此刻她还没有从被机器人追杀的情绪中缓过来。

"指向他，也不一定就真的是他。你有兴趣谈谈那些资料吗？"陈灿觉得如果颜森真的是被滕翰杀死的，那么他手里的资料一定威胁到了那个真正的幕后主使者。

"他是从云图数据的病毒系统说起的，有人正在复活这套病毒。那些资料太多了，我觉得你要是想知道更多，还是得想办法去地下鬼城。因为那里有很全面的纸质资料库。"

听闻宁澄说起地下鬼城资料库，陈灿一愣，想起自己曾经调查地下鬼城被情报部门阻止的事情，那里果然不简单，它很有可能是一个情报中心。想到这里陈灿疑惑地问道："你说地下鬼城有一个资料库？"

"对，那个档案库很大，几乎有一个足球场大小，里面好多好多的纸质书籍、档案。颜森说这些都是政府收集的，而且里面还有很多当兵的。"宁澄说着用手在屋里一比划又说道，"我感觉里面更像是个基地，不像是赌博集团。"

"看来地下鬼城的赌博集团不过是掩饰。"陈灿早就知道颜森和地下鬼城有牵扯，当时检察部另一个部门也对其进行过调查，但他们的每一次调查都被上级部门打断，得到一纸文件写着：此事涉及国家安全。

看来这事是真的，陈灿清晰地记得有媒体说地下鬼城是情报部的黑监狱，他一开始还觉得这完全是扯淡。但现在听宁澄说里面还有当兵的，他对这个地方的好奇心一下子上升了好多倍。

"有什么事能让颜森和政府这么害怕，居然把资料库挪到地下鬼城，甘愿让民众戳他们脊梁骨呢？"他皱着眉头，自言自语地问道。

"颜森的解释是，云图数据一旦扩散，可以监控到所有的计算机设备，极为不安全。但地下鬼城都是一些完全隔离网络的设备，能够躲避它的监控，所以他才把资料挪过去。不过现在看来，颜森可能还有另外的考虑，就是如果他被杀，这批资料会被保存下来，而不至于落入情报部其他人的手里？"宁澄说着这话，仰起头，像是回忆起了什么又说道，"如果滕翰是杀颜森的凶手，一定是因为颜森触及到了他的秘密了。"

"对，就像我们之前说的那样，杀颜森不是为了嫁祸你，你只是捎带脚的。"想到这里，陈灿意识到颜森的发现肯定非常关键。

"我们得想办法去地下鬼城找到他的资料。"

"但地下鬼城戒备森严，到处是当兵的。而且里面到底什么情况，我们也都不了解。"意识到地下鬼城的资料库是案件的关键，陈灿想到一个人，于是说道，"也许颜森的妻子可以帮我们。"

"她？她能帮上我们？她为什么帮我们？"宁澄瞪大了眼睛，感到非常诧异。

"之前我们部其他部门调查地下鬼城与颜森时，曾经查到过颜森妻子有

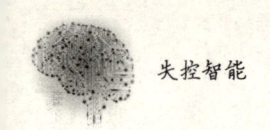

那里的股份。结合你刚才说的那些,我觉得他妻子可能没我们想的那么简单。"陈灿说着又回想起那份资料,越发觉得颜森的妻子不简单。

"你说的有道理,但颜森的妻子凭什么相信我们呢?现在到处都在说我是杀害颜森的凶手,她抓住我报仇还来不及呢。"宁澄觉得说服不了颜森的妻子,于是又说道,"我觉得还是应该从滕翰入手,一点点来。"

"不!从滕翰入手是抓尾巴,从颜森的资料入手是锁喉。还有最关键的问题是,我们并不能确认情报部除了滕翰之外,就没有别人与这件事有关了。因为颜森绝不只是为了防止云图数据,才把资料库建设到地下鬼城的,他一定也在防着情报部的某些人。"陈灿说着,越发相信自己开始触及到整件事的本质了。

"但怎么说服她呢,要知道所有人都以为这件事是我干的,而我的机器人又失踪了,没有证据说明啊!"宁澄摇摇头,显得很无奈。

"我来想办法。"看出宁澄的犹豫,陈灿坚定地对她点点头。

宁　澄

和陈灿商量完,看看表此时已经夜里十二点多了,情报部和警方人员已经撤离了该区域。宁澄便和陈灿离开少女家,临时在陈灿朋友和情人约会的地方住了下来。

一进家门,宁澄便觉得浑身软绵绵的,芯片带来的头痛已经褪去,这些天所有的困倦涌上身体。她躺到席梦思的垫子上,刚闭上眼睛又想起小倪,在床上翻来覆去地睡不着。

直到两点左右,她终于有了睡意,昏昏沉沉地睡过去。没过一会儿,房门突然被打开,客厅的灯光照进卧室。宁澄看到小倪拎着枪走进了屋子。

不明白怎么回事,但小倪还活着的念头瞬间跃进她的意识,令她猛地跳下床扑到他的怀里,抽泣起来说道:"小倪!小倪!你还活着?我的天,我一直在担心你,你知道吗?我发现自己真的离不开你了。"

她说着话,却发现小倪满身是血,灰色的眸子暗无光泽。她感觉不到小倪的体温，注意到他冷冷的，没有迎合自己的拥抱，绝望地向前看着。

"小倪你怎么不说话？"宁澄抚摸着他的脸颊。

"为什么要抛弃我！出卖我！为什么？我无数次的保护你、原谅你，换来的却只是抛弃和出卖！"倪东的声音带着抱怨。

"小倪，我没想抛弃你。那完全是个意外！我之前根本不知道你是特殊体，也不知道我父亲制造了你，你明白吗？我一直以为你只是个普通的机器人，你明白吗？"宁澄带着哭腔，她为小倪冰冷的质问感到心疼。

"我不知道是不是还能信任你，但这些已经不重要了。"倪东语毕双腿一软，身子的重量猛地压在宁澄的肩膀上。

"小倪，你怎么了？"费劲地撑住倪东的身子，宁澄抽泣着说道，"小倪不管怎么样，我是爱你的，我真的爱你。以后我永远都会把你当人类看待。"

"他们击中了我。我回来就是想告诉你，我爱你，但我所有零件损毁得厉害，我的生命已经到尽头了……"倪东话没说完，身体已经完全倒在宁澄的怀里。

宁澄没办法，只能把他放在地上。一时间小倪死了的念头令宁澄大哭起来，她一下从梦中惊醒，睁开哭红的双眼，这才发现刚才不过是一个梦而已。自己依然躺在软绵绵的床上，外面的天还黑着，她蜷缩起身子，睁大了眼睛在黑暗中望着苍白的墙壁，又想起了倪东。

倪　东

从数据备份中心拷贝到数据后，倪东和臧莽迅速离开了那里。他们找了个安全的地方，打开空气投影仪，开始挨个调阅监控的影像。很快便发现一个叫朱彦的人曾在爆炸前进入过能源工厂。

但令他们感到奇怪的是，此人并非臧莽见过的那个人。所以倪东又仔细看了一遍与此人相关的监控视频，这才在飞行器里看到了另外一个人。朱彦在露头签字的时候，警卫向飞行器里瞟了一眼。飞行器里面的神秘人没签字，只是对警卫点了下头，接着警卫就把他放进去了。

放大了他的影像后，臧莽突然说道："就是他。没错，我见过的就是这个人。"

"他是谁呢？他看起来与朱彦还有警卫都很熟。"倪东说罢，在网上先是查到了朱彦的资料。发现他是太行能源工厂前任董事长，现在依然是最大的股东。新闻上有许多关于他的记载和采访，倪东从中发现这个人涉及了宁澄父亲的那桩案件。

虽然感到非常诧异，倪东想可以先从朱彦下手，毕竟他和宁澄的父亲与爆炸案都有关，同时他又是将那人带进能源工厂的人。逻辑上说，此人应该与云图数据的传染有关。所以把这些重要线索汇集到一起，倪东看了看臧莽说道："我们得走一趟了。"

"你说去找这个朱彦？"臧莽问道。

"是的，现在线索全都汇集到朱彦身上，他就算与幕后主使者没有关联，也和袭击我们的人有牵连。"

"朱彦如果这么有钱，还涉及这么多案件的话。他家肯定不好闯入。富豪家中的安全措施，可不比能源工厂简单。我觉得要是想接近他，得等他出来。"两人说着已经收起了空气投影仪。

倪东边发动飞行器边说道："不一定，如果朱彦这么多年没出过事儿，说明他很安全，反倒有可能放松警惕，给我们钻个空子。但如果我们在他出外时行动的话，我们成功的可能性反倒很小。因为外面盯我们盯得太紧了，到处都是警察，别说靠近他，就是下个飞行器都有可能被发现。"

"那你准备怎么着？"

"我查了下，他家的安保是一间叫做天盾的保安公司做的，这间保安公司还做了能源工厂的安保。他们的报警装置是一个代码层，所以你应该都能解开。只要我们突进去，下面的问题就是解决那些人类了。"倪东说着把飞行器驶向郊区。

"明白。"臧莽点点头，没再多说什么。

他们开着飞行器驶上高速引力轨道，倪东又说道："有些险是必须得冒的，我们不能白去一趟数据库。幕后黑手在暗地里算计我们，如果我们不把那个混蛋揪出来，死的只能是我们。"

他说着话，看看臧莽，发现同样都是陷入谜团，遭人陷害，这家伙对真相完全没有执着。臧莽永远都处于随便找个地方生活就可以的状态。倪东觉得要是自己一个人的话，这样当然好。但自己有了宁澄，所以一定要把宁澄救出来。

他暗暗发誓，一定要把那个背后操纵着云图数据的混蛋杀掉。如果没有他，自己和宁澄本不至于此，他们肯定有说有笑地平静生活着，不为外面的世界所打扰。

滕 翰

没想到和秦勇私下的谈话，竟会如此顺利，看来老头的判断是正确的，朱彦和秦勇间那条巨大的裂痕，没被人注意过。而老头抓住了这些，就抓住了重点所在。

从秦勇家出来，回到办公室，得知自己的保密权限提升了，心情更加好。滕翰坐在桌子前面，查了一下颜森的秘密资料。却发现那些资料令他失望不已，他发现的所有资料竟都是些稀松平常的内容。说句不好听的，在资深情报官眼里，资料中所说的一切根本就算不上什么事儿。

如果连颜森这种保密级别的人都查不到有用的资料，那情报部在做什么？对自己所接触到的这些无用信息感到非常诧异，他忽然想到一个可怕的问题，也不顾现在是早晨四点，便给老头拨去一个电话。不一会儿老头接起电话，倒是没有不高兴，很和气地问道："看来你找我有急事？"

"我认为出现了很严重的问题，所以这个点儿给你打电话。"滕翰说着话，已经理清了自己的思路。

"说说看。"老头的声音依然很平静。

"我先说一个大概的思路，就是我们可能犯了一个严重的错误，你基于情报部的情报来源可能有问题。"

"你是说我的情报系统有问题？我还头一次听人这么说，不过我愿意听听你的理由。"老头"呵呵"一笑，示意他继续说下去。

"我发现，我们以前一直死盯着颜森的电子资料可能是错误的。因为我们忽略了地下鬼城。可能的情况是，地下鬼城不是媒体报道的黑监狱或者赌城那么简单，我觉得那地方很可能还有个独立于情报部门之外的安全机构。"

"你是说地下鬼城的赌博集团只是个幌子？所有的行贿受贿也都是？"老头的语气显得犹疑起来，他在电话那头想了一会儿说道，"那就是说只盯着情报部，导致方向出了严重问题。颜森其实是隶属于一个大的情报组织，而这个情报组织独立于情报部之外？"老头总结道。

"没错。因为我在检查情报部的保密资料时，发现有用的信息很少，即便上面已经把我的保密级别调高了，但内网中依然没什么有用的信息。而且这几年情报部变得越来越边缘化，甚至连能源工厂爆炸案都没有划归我们侦查，这是为什么？"滕翰说的是自从太行人工智能工厂出事后，几年时间内军事情报部的地位慢慢下降了不少。甚至连能源工厂爆炸案也交给检查部去处理，而不是军事情报处。

虽然以前没人注意这个情况，可到了近期尤其是滕翰进入情报部后，他发现这个情况尤为明显，比如能源工厂的爆炸案没交给军事情报部，而是交给了检察部的陈灿处理，滕翰记得当时情报部产生了很强烈的反对声。

"我会尽快查明这个机构的重要人员和详细情况，并给你回话。地下鬼城确实可能是一个独立的情报机构。"老头愈发严肃起来说道，"如果情况很坏的话，希望你能用一些手段拖住他们，我会给你支持。"

"好。"滕翰说罢，挂断了电话。往椅背上一靠。他感到地下鬼城像一个沉重的担子压在肩头，这时才理解了为什么自己拿不到关键资料。

揉了揉太阳穴，又想起之前与颜森妻子的谈话，那女人反常地对自己一切问话左躲右闪，以前他还觉得这可能是她过于伤心所致。但现在看来这人很不简单，也许地下鬼城股东只是她的一个身份罢了。

也许颜森只是被其妻子顶到了前台？想到这个，滕翰意识到如果是这样的话，自己所做的一切会不会早被发现了？突然感到不寒而栗，意识到要切入地下鬼城，就必须从颜森的妻子入手。腾翰穿上外套走出了办公室。

陈 灿

　　宁澄睡着后，陈灿坐在隔壁卧室的椅子上，望着一份份资料陷入沉思。他查了一些关于颜森妻子的资料，发现此人资料非常少，而且大都是一些常规性的报道。说她是某政府部门领导的女儿，曾在媒体工作，但很快便辞职下海；30岁时嫁给了颜森，之后销声匿迹。

　　陈灿找到了几张她的照片，都是她当时在电视台的留影，而且也就是那么几张，非常不清晰。这之后他又试着通过检查部历史档案馆查询，很快查到了颜森妻子更详细的资料。

　　这份资料显示颜森是在卡雷尔主城办案时，与妻子相识的；这之后其妻子迅速离职，并且成为了地下鬼城股东之一；六年后地下鬼城爆发了著名的黑狱丑闻。

　　继续翻看资料，偶尔喝点酒壶里的酒，也没注意到时针已经指向早晨五点，窗外已经有了一丝亮光。他伸了个懒腰，本来有点累了，但这时另一份资料一下令他精神起来。

　　他发现颜森的妻子闫静竟和地下鬼城的老板刘万成是大学同学，并且自从她入股地下鬼城后，闫静便经常与刘万成出双入对。

　　颜森怎么可能容忍自己的女人和一个黑社会头子在一起？陈灿感到非常不解，手指在屏幕上继续滑动，继续往下翻，想起宁澄说的，那里还有军方的人。恍然间陈灿明白政府高层为什么终止检察部的调查了，他开始有一点理解颜森妻子的真正作用了。

　　陈灿推测地下鬼城绝不是一个单纯的赌博集团，而是一个与政府有关的情报站。就是说之前上层阻挠自己调查黑狱，并不是有什么高官在当保护伞。

　　那颜森的妻子呢？她绝对不可能是认识颜森之后才做这行的，她应该从

一开始就是情报人员。想到这里，陈灿还是觉得有些问题解释不了，他不理解高层为什么会把情报站设到这里，而不是军事情报部。难道他们认为政府内部不再安全了，所以才选了这么个地方？

正感到诧异，窗外的天已经彻底亮起来，宁澄敲敲门走进来。陈灿转头看到她，忽然想到谁才能说服颜森的妻子。起身给宁澄倒了杯水说道："醒了？"

宁澄睡眼蒙眬地点点头，说道："睡不着了，看你屋的灯开着。你一宿没睡？"

"嗯，翻翻资料，结果真的发现东西了，我觉得我们可以去找颜森的妻子了。"陈灿说罢，看看宁澄又说道，"放心吧，她肯定会见你的。"

宁　澄

"可是现在所有人都认为是我杀了颜森。"端着杯子听到陈灿对自己说要去找闫静，宁澄还没从疲倦中缓过来，犹豫了一下说道。

"外界认为的未必都是真的。而且你没注意到吗？所有媒体都没采访过颜森的妻子闫静。甚至闫静到现在连一份谴责的公告都没发。"陈灿提醒她道。

"但这并不妨碍他妻子怀疑我，甚至有可能叫人抓我。"宁澄觉得这太冒险了，而且这个险不值得。

"不会的，颜森的妻子没那么简单，她应该是资深情报人员，不会那么武断抓走你。我相信她肯定愿意和我们谈。"陈灿说道。

"你说他妻子是情报人员？"宁澄怔了一下，陈灿的这个说法有点出乎她的意料。

"是的。所以他妻子绝对不会相信外面那些风言风语的，但是如果你一味躲着她，只会令她怀疑你。倒不如你主动找上门，大家说清楚。"陈灿尽量让宁澄理解。

虽然认为陈灿说的有道理，但宁澄还是很犹豫，这有点像自投罗网，想到这里她说道："但你去不是更好吗？"

"我去根本不管用，最多想办法把你送进去后，做个放风的。"陈灿说着将影像中的资料，展示给宁澄说道，"这是之前检察部调查颜森涉黑狱案的报告，我是根据这个决定才让你去的。因为我们调查过他和他妻子，如果我去，她一定有抵触情绪，而且政府也可能会阻挠我，绝对不会有好效果。还有就是我刚才说过的那些，如果你不躲着她，反而帮助她找凶手，也许会令她重新思考整个案件。"

听着陈灿的话，宁澄有点同意他的说法。毕竟如果自己不出面，只让陈灿出面，确实很难有什么说服力。而只要自己出面，那之前和颜森谈定的交易也许还可以达成。

想到这里她说道："你有办法？"

她怀疑地望着陈灿，这时陈灿说道："我会让她来找你。"

跟着陈灿找到闫静的电话拨了出去，很快话筒响起闫静的回应声。宁澄发现与陈灿推测的差不多，当闫静得知自己想见她时，她并不像一个丧偶的妻子那样歇斯底里。相反她以一个标准的情报官口气，打断了陈灿的话，换了一个防窃听线路给他重新拨了回来，说道："以后打这个号码，随时都可以。"

"好的。"陈灿拿着电话，直截了当地说道，"宁澄发现了一些东西，很重要。"

"她发现的东西没有她自身的价值高，替我转告宁澄小姐，如果她愿意和我合作，我一定保证她的安全。"闫静的话语中，丝毫不提颜森的死，而且口气之大，让宁澄觉得她的职位比颜森还高。

这之后陈灿又对闫静说道："如果您愿意见面的话，我们不希望有警察或者军方的人在场，我要绝对确保我们两人的安全。"

"没问题，我一会儿就到可以吗？"闫静问道。

"当然越快越好，毕竟这样会更安全。"陈灿说罢挂断电话，宁澄觉得闫静怪怪的。从她的话里，感受不到她对颜森的感情。想了一会儿她对陈灿说

道:"你不觉得闫静的口气很奇怪吗?"

"是非常奇怪。我想闫静可能只是颜森的上司,之前我们的推测还是太谨慎了。"

倪　东

夜间,倪东和臧莽登上朱彦家旁边的山,发现这整座山中不仅有监控器和触发式报警器,同时还有保镖和无人机巡逻。有好几次他俩都险些没躲过去,幸亏无人机及时调转了方向。

这之后他们好不容易爬上半山腰,找了个角度好的地方隐藏起来,观察着朱彦家。发现朱彦家光全副武装的守卫就至少得有二百来人,倪东认为即便他俩能躲过那些电子设备,也难以避过那些荷枪实弹的保镖。

在半山腰趴了大半宿,直到太阳升到头顶,两人也没办法采取任何行动。两人感到非常无语,这时山底下一辆白色的救护飞行器引起了他们的注意。倪东发现飞行器进入朱彦家后,没有经过检查,便降落到院里,救护飞行器上下来的医生和护士都穿着全封闭的蓝色生化服。

感到好奇,把救护飞行器的牌照放大,从网上查出来源。他发现这个飞行器是太北市医院的,他们今天到这里并不是出诊,而是例行每天要给朱彦做透析。因为朱彦是比较严重的尿毒症患者,每天都需要这些医护人员来自己家。

倪东发现他们可以接触到朱彦,而不受到任何检查。他于是有了想法,随即进入医院的数据库,查到了医院明天安排的人员和出发时间,对臧莽说道:"看来行动得拖到明天了。"

趴在地上,臧莽叼着狗尾巴草,有点儿不解地问道:"你有好想法了?"

"是的,明天我来演戏,剩余看你的行动速度。"

"你是想劫飞行器,假装医护人员进去?"臧莽问道。

"没错!我们明天盯着这个飞行器,在半途把他截了,然后化妆成他们的样子。"倪东说道。

"你说的这个不是不行，但问题是咱们的人手不够啊，对方是五个人。"臧莽说道。

"没事，我知道该怎么办。"倪东说罢，又对这些医生和护士进行了仔细的观察，录下了他们的每一个动作。

滕 翰

意识到自己忽视了对颜森妻子的调查，滕翰决定了解其和地下鬼城的真正关系，摸清楚那里到底是怎么回事。所以还没等天亮，他便从老头提供的机库中，换了一架没有记录的飞行器。

虽然也明白，自己来闫静家门口盯梢是守株待兔的行为。但侦查就是这样，总要有一个开始，所以他驾驶着飞行器去了那里。确认她的飞行器在院里，滕翰把飞行器停在距离她院门不远的地方，此时天已经快亮了，远处的天空雾蒙蒙的，带着一点冷蓝色的亮光。

坐在飞行器中，望着外面。他已经很久没有亲自盯梢了。这感觉比在火星执行任务，趴在满是风沙的乱石岗中强多了。

想起火星，便又想起妹妹。那年自己在乱石岗中苦熬了整整一夜，等待那个目标出现。那个目标一直用鸽子称呼自己，克隆人称其为和平鸽。高层说她作为人类竟然在火星救助克隆人伤病员，严重伤害到了人类士兵的感情；而且她还打着红十字会的名义，更令所有人类愤慨不已。所以高层决定除掉她，借此震慑所有同情克隆人的派别。

那天很冷，火星竟然罕见地飘下了白雪。滕翰永远忘不了，自己穿着雪地伪装服，趴在皑皑白雪中，哆哆嗦嗦地希望那个叫鸽子的人快点出现。可鸽子却直到凌晨才抵达火星的红十字会救助站，等她下飞行器的瞬间，头部一下被滕翰框进了瞄准镜的十字框内。

他记得自己打开保险，预压扳机，瞄准鸽子。但就在这时鸽子却像感受到威胁一样，猛然转向自己。瞬间，滕翰觉得那双眼睛和胸前的玉观音好熟悉。

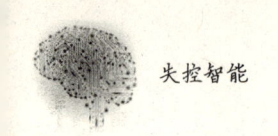

等他意识到那是妹妹时，已经下意识地扣动了扳机。虽然他下意识地歪了下枪口，但还是看到妹妹倒在地上，目光穿过瞄准镜与自己痛苦地对上。

想起妹妹，想起那段令他痛苦不堪的往事，滕翰对那些高层恨之入骨，他相信那些无耻的官僚一定知道那就是自己的妹妹，他们绝对是故意的。从那一刻开始他便要报仇雪恨，改变这个世界，不再让它被政客绑架。

正想着，院里传来轰鸣声。滕翰一下坐正了身子，看到闫静那架红色飞行器从院里驶出来。他发现飞行器的副驾驶座有个人。不过没等他看清楚对方，飞行器便已经开了过去。没着急跟上去，担心闫静有反侦察经验，而且也不确认副驾驶的位置到底是谁，所以滕翰依然等待着。这时，身后一架箱式飞行器超过他，跟在了闫静后面。

滕翰过了一会儿才发动飞行器，远远地跟在闫静的后面。他把摄像头调出来，放大影像，查看她的飞行器在哪儿。等快到太北市北四环时，闫静的飞行器突然在引力轨道上强行变道，右转进了一条胡同。

滕翰本来想跟上去，但闫静后面那辆箱式飞行器忽然停下，堵住了引力轨道主道的出口。四五个彪形大汉随后走下飞行器，也不管后面如何按喇叭，站在那里警惕地观察着周围情况。滕翰见状只好直行避开，在轨道的转弯处调了个头。

过了一会儿绕回到胡同里，滕翰本以为人已经跟丢了，想着去看看有没有线索收集一下。没想到刚一进胡同，便远远地看到闫静的飞行器停在路边，她和一个男人如恋人般拥抱在一起，过了会儿男人转身离开，滕翰惊讶地发现他竟然是罗成。

一时间滕翰看傻了，差点追了前面飞行器的尾。他不理解他俩到底是什么关系？这关系是什么时候开始的？和地下鬼城间有牵扯吗？罗成在其中的作用又是什么？

连串的问题令滕翰的思考停不下来，眼见罗成离开后，闫静朝一个小区门口走去。他把飞行器往前开了一点，发现那栋公寓楼的入口处停着两辆黑色的飞行器。闫静到达那一刻，飞行器内冲下来很多荷枪实弹的人，这些人都穿着情报部的行动服,可滕翰却从没在情报部见过这些人。

闫静朝他们摆摆手,立刻多数人默契地回了飞行器。只有一个高个,几个年轻人跟着她朝单元门走去。滕翰猜不到这个单元楼里有什么?至于这么兴师动众。而且闫静怎么能调动情报部的人,看他们那种默契程度,应该是跟闫静很久了。罗成怎么会把一个情报部队给她?

迷雾增多,滕翰更加紧张了,他确认地下鬼城与闫静肯定不简单。他们平时干的违法勾当不过是掩人耳目的,那里可能真的是政府的另外一个情报机构。

如果是这样,自己和老头都忽略了这个机构。如果任其发挥作用,后果不堪设想。想到这里滕翰不寒而栗,再看看后视镜,左右观察观察周围,不知道为什么他突然觉得有双眼睛盯着自己。紧接着飞行器的后门被人拉开,他下意识地去掏枪,但已经晚了。

倪 东

跟着医院的救护飞行器回到市里后,倪东袭击了两名主治大夫,和臧莽换上了他们的防化服,第二天早晨他们与护士踏上了开往朱彦家的飞行器。

飞行器顺利地经过朱彦家在山外面设置的检查站,又通过了院子里的安全检查,应该说目前还算顺利。但自从进入朱彦家后,倪东发现要想在其屋中套取朱彦的话,并且又不被保镖发现是不现实的。

此时这间屋子内,有四个贴身保镖分别站在四角,对朱彦进行无死角的保护,同时他的高个儿女助理也站在旁边,紧盯着自己操作仪器。而且更令倪东感到意外的是朱彦一直望着自己,像见到老熟人一样微笑。

此刻他的助理觉得不对,于是诧异地问了句:"有事吗?"

但朱彦笑笑说"没事儿",又继续望着倪东,眯缝着眼露出笑意。

很快臧莽也发现了这个情况,于是通过系统担忧地问道:"他发现你了?"

"怎么可能!"虽然倪东也感觉到有些不对劲,但还是尽力安抚住臧莽。

"好吧，不过看起来我们好像没什么机会，这里远比我们想的要严密。"

"总有机会的，我们既然来了，就必须搞清楚这件事再离开。"倪东说着一边做着准备工作，一边通过系统给臧莽发着消息。等到他把系统调试好，扭头却发现朱彦从病床上坐起身，目光依然停留在自己身上。

"朱先生您怎么了？"发现朱彦盯着自己的眼神，觉察到要出事儿，倪东想去拿一针镇静剂，让他睡觉。

可此刻朱彦却突然攥住他的手说道："我见过你。"

听到朱彦这么说话，保镖意识到不对劲，于是快步走上前，手已经放在了枪栓上。倪东强压着自己的恐惧，温和地说道："朱先生您开玩笑了，每次我帮您治疗的时候咱们不都见面吗。"

"呵呵，我不是这个意思。我是说虽然我老了，但眼睛没花。你逃不过我的眼睛，你绝对不是那个大夫，你是……这太不可思议了，我真没想到会在这里见到你。"朱彦的话带着惊讶，但不是恐惧或者威胁。

得知不是大夫，朱彦身边的保镖迅速拽出冲锋枪，将枪口对准倪东和臧莽。与此同时，屋门被打开，外面涌进来二十多名全副武装的保镖，将他们与朱彦迅速隔离开来。

没想到会是这样的局面，面对黑洞洞的枪口，倪东怎么也想不通朱彦会见过自己。他观察着周围的情况，正不知道如何应对的时候，朱彦突然命令手下的保镖："所有人都出去，王博昆你带两个人留在这里就可以了。"

没想到朱彦这么说，保镖们并没听话地撤离。这时，朱彦拨开挡在自己身前的保镖，呵呵笑着起了身，走到倪东身旁，继续面带着微笑说道："你是宁森阳为自己女儿制造出来的特殊体。那个时候他和高程瞒着我制造了你。然而他们却不知道你的每一个皮肤模具都是我亲自检查过的。所以你的每一个细节我都见过。"

没想到朱彦竟然知道自己的秘密，倪东愣住。跟着朱彦再次命令所有的保镖把枪放下，然后又让他们离开，这之后他关上屋门，请臧莽和倪东坐下说道："我猜你们和我一样，对云图数据背后的那个人很感兴趣吧。其实和你们说吧，我也愿意找到这背后的人，因为他是我们共同的敌人。"

宁 澄

当闫静走进屋中时，宁澄发现她带着一个保镖。整个人身上都是限量版的奢侈品，其中几件宁澄在杂志上看到过。闫静的眸子是褐色的、高挺的鼻梁、深陷的眼窝，异域风情扑面而来。

她踩着十厘米的高跟鞋，给了宁澄一点压迫感。随后她朝宁澄礼节性地点了点头，便将视线转向陈灿，半开玩笑地说道："检察官先生，你这算窝藏通缉犯吧？"

"哈哈，如果我算是窝藏通缉犯，那你就得算和黑势力同流合污吧？"陈灿说着话，哈哈大笑起来，放松了本来紧张的气氛。

"反正我们做的都不是太干净的事儿，也就无所谓了。"闫静说罢坐到沙发上，跷起二郎腿，抬头审视着宁澄道，"嗯，这些日子，我想宁澄小姐受委屈了。"

"没事儿，我都习惯了。"宁澄淡淡一笑，坐在闫静对面的椅子上。

"我早就听说过你父亲和你了，如今一见，我觉得你还是继承了你母亲凌娅的优点，确实好看。"闫静的话非常直接，直接到点出了宁澄的生母。

"闫静小姐，我只是个普通人。但不停被人拽进迷局之中，还有人诬陷我杀了颜森。"听到母亲的名字，宁澄并没有追这个话题，而是抱怨起自己的遭遇。

"我老公肯定不是你杀的，这在情报系统里不是秘密。但我们不能对外公开，免得引起潜伏者的注意。另外，我们也确实希望你能协助我们找到你父亲。"闫静直入正题，令宁澄与陈灿都愣了一下。

"但我怎么会知道他在哪儿，这么多年了，为什么你们要把他的事情全部算在我的头上。"听到又与父亲有关，宁澄显得很不高兴。

"因为你手里有代码册——就这么简单。"闫静轻描淡写地说道。

"可是……"宁澄想说这个代码册是父亲留给自己的私人财产，但她话

未出口，闫静便打断了她。

"不要可是了，尊敬的大小姐。我和颜森不一样，颜森是个合格的生意人，而我才是情报官。如果不是他生前说服了我和你谈话，现在你可能会更惨。所以我要告诉你的是，现在想要结束这件事情的唯一办法，就是协助我们工作。"没想到闫静竟然说自己才是情报官，而颜森只是生意人，她这样的说法不仅令宁澄愣住，也令陈灿目瞪口呆。

"好吧，情报官闫大小姐，那你和颜森先生的目的是一样的吗？"宁澄问道。

"当然。所以你们谈好的条件，一样可以执行。只是我和颜森的思想在有些小的细节上恐怕不太一致，比如你手里的代码册，事实上它并不属于你，而是犯罪分子的作案工具之一。如果我们要合作，首先你应该和我们交易的就是这本云图数据的底层代码册，它是你证明自己诚意的东西。"闫静淡淡地一笑说道。

"闫静小姐，我得向你强调一下：第一，我父亲不是犯罪分子，并没有被定罪！第二，云图数据的底层代码册是我父亲留给我的遗产，不是什么作案工具！第三，你要是想和我合作，对我最好还是放尊重点！"感受得到闫静颐指气使的态度，宁澄觉得这样谈判不行，于是加强了自己的态度。

"说话算话，比态度要重要多了。而且你得明白现在全世界都在通缉你，只有我才能救你。"闫静耸耸肩，屋里的气氛明显紧张起来，这时陈灿给她俩倒了水，但两人都没喝。

宁澄稍微犹豫了片刻，觉得其实闫静说的是有道理的，于是说道："你说的对。那你总得告诉我，你隶属于谁吧？你说颜森是商人，你才是情报官，但你总不是隶属于军事情报部吧？"

"军事情报部怎么可能挽救你，在这个世界上唯一能挽救你的，只有我们这个部门。我们是隶属于人类与克隆人安全联席会议的情报机构，联席会议的成员不仅包括火星克隆人元首，还包括木星的人类元首。颜森只是我的下级情报官，婚姻不过是用来伪装我身份的东西罢了。"

"人类和克隆人？安全联席会议？"听到闫静这样说，宁澄与陈灿瞬间愣住，不知道说什么好。最后还是陈灿皱着眉头接茬说道："我怎么没有听说过这个部门，人类怎么可能和克隆人是一个阵营的？"

"我没有耐心对你们解释这个机构怎么来的。但我可以帮你找到你父亲，找到幕后主使者，帮助你摆脱困境。我要一个交换条件，就是我刚才说过的事情。我希望快一点，因为我的耐心一直不好。"闫静说着拿起陈灿给他们倒的水，喝了一口，朝陈灿笑笑，但没有理会他的疑问。

明白闫静提出了一个非常现实的问题，就是自己现在的困境。不管这到底是一个怎样的机构，很显然她已经坐到了这里，如果自己不选择和她合作，又能和谁呢？想到这里宁澄试探道："先和我说说，你们的机构都发现了点什么？"

"简单的说，两个感染了云图数据的机器人带着机器人之父的女儿跑了，期间差点被滕翰灭口。但滕翰并非针对你，而是针对臧荞发现他的一些事情。这个滕翰也只是阴谋的一个棋子，就像颜森只是普通的情报官一样。我们不能硬生生地把这环扯断，而让后面那个人消失，所以我们故意让外界觉得是你杀了颜森，而放过滕翰。"闫静说道。

"你们明知道不是我，还要通缉我。"宁澄气不过地咬住嘴唇。

"放长线钓大鱼，是需要鱼饵的。"没理会宁澄的愤怒，闫静只是笑笑。

"那滕翰的后面是谁呢？你们有进展吗？"陈灿插嘴问道。

"不好说，有可能是她父亲。"闫静想了一下，话音一转又说道，"但现在联席安全会议内部有争论，所以还要等着侦查的结果。"

"不可能是我父亲，我父亲不可能允许滕翰杀我的。"听到怀疑的目标是父亲，宁澄的情绪突然激动起来。

"你想要为你父亲澄清，想要找到他，就要和我们合作。而我们现在需要云图数据的底层代码册来追踪那个来源。之前颜森的追查断档了，你的机器人也跑了，这几天我们侦测到了很多信息异动。所以需要尽快拿到底层代码册做分析，追踪云图数据的来源地。你得明白，云图数据正在扩散，我们

没有时间了。"闫静完全不照顾宁澄的情绪说道。

陈 灿

陈灿完全没想到地下鬼城不仅是一个独立的情报中心,而且是人类和克隆人成立的安全联席会议机构。他虽然不喜欢克隆人,但感觉闫静并没说瞎话,于是问道:"现在人类和克隆人高层都有一个共识,就是认为激活云图数据的主使者是大家的共同敌人,对吗?"

"没错,这也是康进主张尽快与克隆人和谈的主要原因。因为云图数据一旦再次开启,它所带来的后果将是不可想象的。"闫静语毕,陈灿心中升起一团迷雾,不理解为什么康进要让自己调查这个案子,因为目前看起来这个案子好像和自己父亲无关。

想到这里陈灿问道:"再次开启?那云图数据上次开启后发生了什么?"

"二十年前,我们突然往火星上扔的三颗引发克隆人大战的核弹,就是因为武器系统受到了云图数据的侵入而发射的。可以这么说,这东西只要有网络,就可以控制一切电子化的东西。"

"原来你们没想往火星扔核弹?"这才明白火星遭核弹的袭击到底是因为什么,陈灿皱了下眉头。

"高层的确没这么想过,毕竟这么做对谁都没有好处。但现在有个疯子在恢复云图数据,我们不知道后面会怎么样。所以基于此事才和克隆人合作。"闫静语毕又说道,"我知道你在调查这事,但你得明白,我们要联合起来制止疯子,而不是在这里纠缠,谁是克隆人,谁是人类。"

意识到整件事的严重性与复杂性远超自己的想象。这看起来不仅关乎人类,还关系克隆人的生死存亡。想到这里,陈灿对宁澄说道:"宁澄,这件事已经上升到我们必须和克隆人合作的地步了,我觉得是要认真考虑一下了。"

陈灿说完,宁澄也点点头,肯定了他的想法,对闫静说道:"我有两个要求,第一,如果真的是我父亲,我希望你们能保证他的生命安全;第二就是未来抓住我的机器人倪东，必须把他还给我。"

倪　东

　　没想到朱彦知道的竟然如此全面，这令倪东非常震惊。他越来越明白这事之所以令人恐惧，并不是因为人类与克隆人的势力，而是因为云图数据本身。走到窗户跟前，望着窗外幽兰色的湖景与绿色的山峰，他意识到云图数据不单会剥夺自己的自由与生命，还可能剥夺自己和宁澄的未来。

　　回想起自己在黑市看到的回忆。身后坐在床上的朱彦又告诉他，自己曾在他的体内装过一颗定位监视器，并通过监视器监控他每一天的情况，并将数据资料回传到电脑上。

　　没想到自己一直被人监视着，倪东猛地回身瞪着朱彦，感觉像是用了劣质机油一样。这时朱彦从床边拿起拐杖，费力地起身走到他身旁说道："没必要介意什么。因为监控器装了没一年，人工智能工厂就出事了，所有的数据都被销毁，所以根本就没有人看过你的监控录像。再说，如果你一直被我们监控着，宁澄就不会消失这么久了。"

　　"好了，朱先生，这不是我们现在要探讨的。"倪东收起自己的不满说道。

　　"我知道你不是来讨论这件事的。"朱彦点点头，拄着拐杖走到桌子旁，拿起白开水喝了一口。紧接着朱彦的话，令倪东渐渐明白这事的起因是由他、宁森阳和高程争夺公司控制权导致的内斗。虽然倪东认为这些大体都是事实，但朱彦声称：是他制造了云图数据，并且可以控制它这事，倪东是拆了智能芯片都不信的。

　　想到这里他直截了当地说道："朱先生，临来的时候我是对你做了调查的。你说你制造了云图数据，并且能控制它。呵呵，我不理解一个金融政客是怎么写完云图数据这套系统？而且是一个被人类和克隆人都恐惧的系统。"

　　"但事实是，我确实……"朱彦的回答有气无力，而且明显犹豫了一下。

　　"不用争辩了，云图数据不是你制造的，你当年试图控制云图数据的计划也一定失败了。虽然你的确了解一些内情，但你更应该知道那个正在恢复云图数据的人已经冲你来了。只有说实话大家才能合作，共同抵抗敌人，不然的话……"倪东朝房门走去，故意转动门把手。

看着倪东立即要走的架势，朱彦拄着拐杖犹豫了一下，终于无奈地叹了口气，说道："你知道我一直对政府强调云图数据是我开发的，因为只有这样我才能在出了那样的事情之后，用关系网换回来一条命。"

"这条命现在距离死亡已经很近了，因为你是知情人，那个试图激活云图数据的家伙，一定会想办法杀你灭口的。"倪东依旧非常淡定地推开了大门。

站在门口不理那些保镖，倪东继续对朱彦说道："我们的时间不多了。你很清楚对方想做什么，再犹犹豫豫，结果会很惨。"

望着倪东，朱彦的眼皮垂下，声音中透着无奈与惊恐道："哎，我之所以搬到这里，还雇了这么多特种兵，就是因为他已经找到我了。"

"他？他是谁？"倪东追问道。

"我想，他可能是云图数据的管理者，现在他要拿回他的东西了？"说到这里，朱彦抬起头，眼神中充满了恐惧。

倪东重新将屋门关上了。

滕 翰

一向以反侦察专家自夸的滕翰，从在火星执行任务开始，再到进入情报部这么多年，他所执行的任务几乎都是成功。所以他一直喜欢自夸自己的观察力，觉得没什么人能和自己相提并论。

但今天这样，被人进了自己飞行器，拿枪顶住脑袋，简直就是奇耻大辱。无奈地透过后视镜看向陌生人，发现他戴着一张骷髅面罩，声音和身材都不像罗成身边的那几个人。

怎么也猜不到这个人是谁。这时，陌生人让他发动飞行器，朝前开。滕翰磨磨蹭蹭的，于是陌生人又把枪口顶得紧了些。滕翰不得已将飞行器驶上了引力轨道，他察觉到对方好像是让自己闲逛，诧异地问道："哥们儿，你到底想要我做什么？明说吧。总不会是想坐个出租吧。"

"少废话，继续开！"陌生人说罢，又用枪顶了下他的脑袋。

没办法，滕翰只得继续朝前驶去，忽然发现后方有个骑着悬浮摩托的巡警，于是故意在等信号灯的时候停下来问道："左转右转？"

"右转！"对方毫不犹豫，又威胁道，"滕处长，你要是再耍这种花招，我不会杀了你，但我会给你的膝盖来一枪，让你终身残疾。"

为了保住自己的膝盖，滕翰只能立即右转，眼睁睁地看着后视镜中的巡警直行远去。他开着飞行器驶离了引力轨道，开到了一个死胡同里面。周围都是拆迁之后的废墟，附近只有一艘拉建筑垃圾的大型运输飞行器。

"停到它前面。"对方说着，用枪管指了指那艘大型运输飞行器。

滕翰只能照着做，同时对陌生人说道："哥们儿，你有什么就直说，有必要把我弄到这里来吗？"

"呵呵。"没理会他的抱怨，对方只是冷哼一声，用手一抓他肩膀的伤口，问道，"滕处长，最近你身上有没有枪伤啊？步枪的。"

瞬间，一股撕心裂肺的疼痛让滕翰差点跳起来。紧接着他满头大汗，叫喊起来："他妈的，当然有，上次围捕机器人，不小心被自己人误伤了，怎么了？"

"你就说瞎话吧，迟早有一天你会完蛋的。"陌生人说着，并不追究他这个谎话，手从他的肩膀上挪开又问道，"爆炸案前是你和朱彦一起去的能源工厂吗？正面回答我。"

没想到对方连这件事也知道，冷汗从后脊梁冒出，一时间不知道怎么回答对方。但陌生人也不等他回应，便又说道："哼！下一个问题，你虽然去了能源工厂但没在签到本上签字，对不对？之后监控视频也是你抹掉的，我说的有错吗？"

"你什么都知道，那就在这里一枪毙了我得了，有必要这么磨唧吗？"意识到自己已被发现了，滕翰却犹疑着此人与罗成情报部的关系。

"你以为这样自己就能躲过去吗？谁杀了颜森再清楚不过，你犯的可是死罪，还有传播云图数据，你真以为这些你做得很干净？"说到这里，陌生人冷哼了一声。

"哥们儿，你就直说你要多少钱，或者你想让我做什么吧？不用说那么多废话了。"明白对方应该不是情报部的人，滕翰笑笑提出了交易请求。

"你去黑市就是为了灭那个机器人的口，因为你在能源工厂出了意外，你所有的一切都已经被那个机器人记录，无法挽回了。"不理会滕翰提出的条件，陌生人再次冷笑了一声，忽然间他觉得这声音非常熟悉。

"我说过了，你到底要钱还是其他的，明说吧。"滕翰再次提出交易条件。

"呵呵，要什么，不重要。现在下去。"对方说罢冷笑一声，推开舱门说道，"滕处长，我可以明确地告诉你，你完蛋了。你所有的一切都被发现了，很快所有人就会想尽一切办法找到你，干掉你。"

虽然对方的话像刺骨的寒风，但滕翰依然非常淡定，他淡漠地一笑，说道："是啊，死亡是每个人不可避免的事情。"

"你说的这话倒是没错，不过你忘了你妹妹临死对你说的话了吗，她让你放弃仇恨，不要为了仇恨而活着，你忘了吗？"没想到陌生人竟然了解妹妹的事情。

"你到底是谁？警告你！不要拿我妹妹开玩笑。"被逼着下了飞行器，滕翰虽然不明白这个人是谁，但可以肯定他一定和某个高层有关。

"我是谁不重要，重要的是你在未来怎么选择。"对方说着话，逼着他往前走，让他从废弃的砖垛子爬到墙上。

在墙上被逼着往前走，滕翰本来是想跑的，但左右看看周围全都是建筑废料，真要跑的话，在这么不平整的地方，很有可能会崴了脚踝，被人来一枪，所以放弃了逃跑的念头。

他心里嘀咕着对方怎么会知道妹妹的事情，那件事是他在执行火星任务时发生的。而此前除了老头以外，也就几个人类的高层知道。

第八章

  继续朝前走着，周围越走越空旷，滕翰越走心里越没底，便问道："你到底要干什么？"

  "往前就行了，滕处长，不要逼我打断你的腿。"

  "你怎么会知道我妹妹的事。"滕翰问道。

  "呵呵，滕大处长贵人多忘事啊！你不记得了吗？就是因为你的算计导致了那次任务失败，我们连队几乎都死光了。不过我侥幸活了下来，虽然在火星受了点委屈，但是比被你害死的那些兄弟强多了。"那人冷冷地说着。

  没想到对方竟然提及那次行动，联想起他的笑声，滕翰恍然意识到此人是谁，却又一时叫不上嘴，只是下意识地问道："你是我们连队的？你是谁？"

  滕翰说罢，突然止住脚步，死活不走了，他强硬地把头转过去，看着对方说道："你可以杀了我，但我要知道你是谁。"

  与陌生人对视了片刻，对方又笑了一声，笑声刺激着他的回忆。他想起在火星，自己对准那个人扣动扳机。突然意识到陌生人是谁，他完全惊呆了说道："你，你，你竟然还活着。"

  滕翰当然不会忘记他，因为他是自己曾经的搭档。他们一起入伍，一起在火星执行任务。以前，滕翰总说他们形同手足，直到那天为了给妹妹复仇，他决定将枪口对准他，他最好的朋友毛岑。

  他记得毛岑倒在火星废弃的基地上，满脸是血不解地问他，这一切到底是为什么？他想了很久，告诉他，这一切都是为了妹妹，他们害得我杀了我妹妹，我就要让这个世界偿还一切。

  但滕翰清楚地记得子弹击中了毛岑的头，可现在他却站在自己面前，他感到恐惧，百思不得其解毛岑是怎么活下来的。

  "好奇吗？呵呵。告诉你，我不只活了下来，还永远把你放在了心上。"毛岑这时用枪口朝他摆摆说道，"继续走吧。"

  "去哪儿？"不解地望着毛岑，滕翰此刻更加犹疑了，这家伙到底代表哪一方势力呢。

"往前走就知道了。"毛岑用枪口比划了一下，意识到今天自己凶多吉少，滕翰也只好转过身继续朝前走去。

之后，毛岑逼着他进入一个废弃已久的足球场。在球场的看台上，滕翰看到那生锈的长椅上坐着一个穿着黑色风衣的人。

发现自己来了，那人把头转向滕翰笑了一下。刹那，滕翰的身子不由一顿。恐惧令他待立在原地，不理解毛岑怎么会和这人成了一伙。

但这时，毛岑又推了他一把，他只好朝那个人走去。他当然记得这个人，此人不仅是被通缉的四大克隆人间谍之一，还曾任太北人工智能工厂的重要职位，与此同时他还是现任克隆人科技司司长。

滕翰当然记得他。那时的他还年轻，他的名字令所有情报系统的人畏惧，人类不止一次想要杀他，却都失败了。他还记得行动的名单上写着他的名字——高程。

倪　东

朱彦认为此事是宁森阳所为，倪东觉得有道理。因为宁森阳家破人亡、妻离子散，都是拜朱彦所赐。同时，宁森阳又是云图数据当年的管理者，制造过自己这个特殊体，从技术角度出发，宁森阳是唯一有能力做这件事的人。

不过，有一点倪东觉得逻辑有问题，那就是如果宁森阳是幕后操纵者，他为什么要对自己和宁澄下手呢？他只需要露面，就可以轻松拿走代码册，没必要这么复杂。

琢磨了一下，倪东还是将怀疑的重点放在了宁森阳之外那个创造者身上。他回忆起记忆中宁森阳身边的那个光头高个儿，想到这里他问道："宁森阳是管理者，那谁是云图数据的创造者呢？我记得还有个人。"

"你说的是克隆人高程，当年就是他创造了云图数据。他在逃亡前，将整套底层代码册交给了宁森阳管理。"

"这件事有没有可能是高程做的？"不理会宁森阳的问题，倪东将注意力

第八章

转移到高程身上。

"高程不可能做这样的事。前段日子他来过地球,而且克隆人也在找这个人。"

发现朱彦否定高程,一口咬定是宁森阳,并且咬牙切齿的,倪东制止了他说道:"好了,我们没兴趣听你和宁森阳之间的往事,那和我们没关系。我们今天是来找你求证一件事的。"

倪东说着将臧莽记忆中的那段视频,通过屋里的空气投影仪展示出来,问道:"那天是你带着他进入能源工厂的,告诉我们他是谁。"

"他是军事情报部人工智能处的处长滕翰。其实何止是你们,我也一样发现他的问题了。但我吃了哑巴亏,没办法再挽回了。如果政府知道我又做了这样的事,一定会新仇旧恨一起跟我算的。"朱彦咳嗽了两声,又说道,"现在我和你们一样,迫不及待地想要找到那个幕后操纵者。"

"不可以通过这个叫滕翰的找到他吗?"倪东问道。

"滕翰只是个外围做事的,即便你们抓住了他所有的把柄,也不可能找到宁森阳。而且话说回来,从滕翰身上抓这一切,只是抓尾巴的做法,因为你要一根根捋清楚他所有的情报网络,等你明白,少说得好几年以后了,到那时咱们早被杀了。所以不如用我的办法,虽然有风险,但见效快。"说起自己的办法,朱彦嘿嘿一笑。

"你有办法?"

"嘿嘿!当然!不过我有个问题要先问你俩,你们做过梦吗?"朱彦的问题,令倪东和臧莽面面相觑。

"你知道这是为什么吗?"点点头承认了,倪东也提出了自己的疑问。

"机器人做梦是因为他们的网络开关失效了,导致他们在休眠时依然连着服务器。而本来服务器是没有意识的,但云图数据除外,因为他是有自主意识的。"朱彦说道,"如果你们做过梦,你们就一定见过云图数据本身。而我的想法就是以这状态来追踪服务器,找到那个幕后操纵者的位置。"

听他这么说,意识到云图数据在梦境中是真实存在的,倪东皱了下眉

头，提醒他道："别忘了追踪可是双向的，我们能发现对方，对方也能发现我们。"

"他当然可以通过服务器端追踪到我，但这需要时间。我们只要比他们快上哪怕一两秒钟的时间，就可以让他们失去目标。"朱彦得意地笑笑。

此时，倪东虽然并不认为朱彦有这个技术水准，但内心却有了一个逐渐成熟起来的计划，于是给臧莽发过去一个消息说道："我有个想法，不过这个想法可是一步险棋，搞不好我自己也得完蛋。"

"什么想法？"臧莽问道。

倪东稍微整理了一下思路，将想法全盘告知了臧莽。过了好一会儿，臧莽才在系统中问道："说真话，那个女人对你真的那么重要吗？"

"别问那么多了，你就说行不行吧？"本来还想解释下自己对宁澄那种复杂情感的，但他思虑了片刻，觉得让臧莽明白太困难，所以又补充说道，"很重要，因为她是唯一对我好的人类。"

第九章

倪 东

最终倪东和朱彦达成了一个重要的协议。之后等朱彦做完透析，他们便在朱彦的带领下，乘坐一部电梯向下降至地下百米深，经过重重封锁检测之后，他们来到了朱彦的核心秘密基地。

根据倪东目测，这个科研中心至少有五千平方米，到处都是穿防化服的科研人员，里面有很多没有装箱的监控设备和武器。因为在地下，科研中心周围的岩壁并不平整，岩壁上装着监控器和报警装置，一些保安乘坐巡逻车穿梭于研究中心内。

注意到倪东诧异的神情，朱彦得意洋洋地给他介绍这座基地："这可是我花了将近十年才建成的基地，所有的监控设施和武器装备的全套零部件，都是我们自己生产的。在这里绝对安全，不要说机器人，就连核辐射都不能渗透进来。"

朱彦说着话，倪东注意到，大厅内的工作人员将机器人的零件装进木箱后，在武装人员的押送下成批的运走。他对此感到有点好奇，问道："你还做机器人？"

"是的，我们生产了一些政府不允许生产的东西。都是些老太北人工智能工厂的遗留图纸，后来被我拿来生产了，卖得还不错，能赚不少钱。"提及自己做的事情朱彦显得非常得意。

倪东点点头，其实他才不关心朱彦在卖什么。他只是担心自己的计划真的能被执行吗？这之后他们走入大厅的另一端，再次穿过一道门扇。几个穿着防化服的科研人员迎着他们走过来，为首的人热情的叫了声"朱总"，眼神停留在倪东和臧莽的身上。

朝那些科研人员点点头，朱彦以一种命令式的口吻说道："今晚开始执行诱探行动，我们已经和两名机器人先生达成了协议。"

"明白了朱总。"为首的科学家接到命令，转身领着他们走进一间屋子。

进屋后倪东看到和黑市一样的十字形钢架与磁力地面。他突然明白了朱彦卖的东西就是供给黑市的设备。如果是这样的话，朱彦肯定有一处大型的出货口在大厅里，否则没法解释这成批的货物怎么进出。

正琢磨着，科研人员指了下十字形钢架，对倪东说道："你们靠到这上面就好了，其余的我们来。"

望着那个十字形钢架，想起之前在迷网中心的事情，倪东发现臧莽也很犹疑，红色的电子眼泛出异样的亮光。

这时朱彦在一旁看出他俩的犹豫，走到他们的身旁说道："别害怕，我们是合作者，有共同的敌人，所以不会害你的。"

凝神望着朱彦，倪东有自己的计划，所以也只好点点头，和臧莽靠在冰冷的十字架上，这之后倪东通过系统再次对臧莽嘱咐道："别忘记我说的计划。"

"如果做了梦，千万要拖住梦境，因为拖住梦境，我们才能有时间追踪服务器的信号。不过不要太明显，如果对方察觉到我们在追踪他，就会断掉联络，这样我们就无从追踪信号的来源了。"一旁的科学家此刻说道。

倪东点点头，说了声明白，几名工程师便开始对他和臧莽的身子进行操作。和迷网中心的操作方式一样，工程师先将微型机器人喷洒在他们身上，然后又用平板电脑调节好各种信号。之后，几名工程师撤回中控间，地板的磁力随即被释放出来，倪东感到脚下一沉。

等到大厅的门关上，倪东感到身子往下一沉，脖颈一阵麻，很快变得困倦。临休眠前，他给臧莽发过去一条消息说："别忘了我说的，兄弟，拜托你了。"

"没问题。"臧莽发着消息,红色的电子瞳孔亮起来。

朝朱彦所在的中控间望去,看到朱彦及其助理站在工程师中间。倪东又想起宁澄,他祈祷自己的计划顺利,祈祷宁澄一切都好。就在他马上要进入梦境之前,他恍惚看到中控间的门被推开,有人走到朱彦身旁说了些什么。

他从那人的嘴型,分析出这个人说的是:爸,我准备好了。

这之后倪东昏昏沉沉地睡去。

滕 翰

没想到自己面前坐着的人竟然是克隆人高程,滕翰不寒而栗。他依稀记得当年自己向高程出卖了整个连队,才使得高程活了下来。但即便这样,高程却没原谅自己杀害鸽子的行为。在得知高程想要为妹妹报仇时,滕翰在逃跑的过程中用枪击中了高程的腿部,使其成为了残疾。

现在看着高程那一脸的横肉,他虽然保持微笑,但无论怎么笑,脸上的刀疤都会让人觉得这笑容无比虚假。他的眼睛很小,习惯于眯缝起来上下打量人,高程将手放到身旁的拐杖上,率先开了口:"滕处长,没想到我们还会见面吧?"

"我确实没想到,据我所知你的通缉令好像并没撤销呢。"虽然感到杀意,但在口气上滕翰尽量让自己显得镇定。

"一纸空文而已!如今谁还记得世界上曾有高程这么个克隆人,都是些陈年旧事。"高程说着朝毛岑挥了下手,毛岑缓步退到了远处。

看着毛岑像保镖一样退到远处,滕翰感到有点不解,于是问道:"我不理解毛岑怎么还活着。"

"这话说起来长了。当年我们发现子弹恰巧卡在他脑颅的缝隙间,没有造成太大的伤害,所以就对他进行了抢救。后来他好了,却一直不肯开口和我们讲话。不过这之后有几次危险事件,他发现我们对他还不错,也就慢慢成了我们的一员。"高程耸耸肩说道,"不提这个了,滕翰你暴露了的事情,

不需要我多说吧?"

"即便我暴露了,也不归克隆人情报部管吧?"滕翰认为高程来地球一定有重要目的,但他不理解与自己有什么关系。

高程淡淡一笑,扶了一下拐杖说道:"无所谓归谁管。我作为克隆人即便人类害得我家破人亡,我也没准备把整个人类世界都推向火海。"

明白高程是在说自己的报复心,但滕翰并不在乎别人怎么看自己,他必须为妹妹报仇,想到这里他直接问道:"那你想怎样?"

"你根本不知道你身后的人在做什么,也不了解云图数据的可怕之处。那东西不仅仅可以毁掉人类,也会毁掉克隆人。而你身后的那个人还以为自己可以控制它,根本没意识到危险已经来了。"高程直接提及滕翰身后的人,令滕翰感到震惊不已。

"事实上,我只要改造这个世界,推翻这帮该死的政客统治的世界,别忘了是他们害死了我妹妹,害死了鸽子。"一提起妹妹,滕翰便咬牙切齿,口无遮拦。

他愤怒至极,直到与高程的目光对上,不明白当年出了名的杀人魔王,为何变得如此慈眉善目。

但眼前的高程倒是依然很平静,他静静地听滕翰把话说完,叹了口气,说道:"你根本不知道自己在做什么。云图数据并不是我们克隆人制造的。事实上,它是我在火星找到的一种先进数据,来自于一个更高端的文明,而那个文明的科技远远超过了人类和我们。"

"什么?"

以为自己听错了,滕翰瞪大了眼睛,觉得高程太异想天开了,因为这些年考古学家虽然在火星发现了大量外星智慧文明的遗物。但要说什么云图数据与此有关,也太像一部科幻小说了。而且一直以来情报系统内始终认为高程是云图数据的缔造者,他要利用云图数据毁灭人类,想到这里滕翰冷冷地回应道:"如果你想推卸责任,就应该说云图数据与克隆人毫无关系。"

"我不是否认这种关系。事实上云图数据不只与我们有关,而且关系密切，它曾入侵过火星网络，造成过人类在火星的基地给我们发射三颗核弹，几百万克隆人死亡。这是我们克隆人曾经的无知给自己带来的伤害，而我们现在来地球，就是希望能够找到你身后的人，让他明白无人可以控制云图数据。因为，当年我和他们一样，以为自己可以控制它。"高程的话很认真，滕翰觉得他不像是在说谎。

听到他说老头无法控制云图数据，滕翰皱了下眉头，他要为妹妹复仇，要推翻这些无耻的政客，就必须依赖可控的风险。可高程此时却告诉自己，老头无法控制云图数据，这令滕翰不由担忧起来，说道："也就是说那三颗核弹，是克隆人给自己扔的。"

"所以我一直为此感到懊悔不已，因为我开始也以为自己可以控制它。但令我没有想到的是，云图数据不仅不受控制，还会反向控制所有程序，令它们产生自主意识，哪怕只是一个智能手机都可以变得拥有意识。"

"也就是说，你想要弥补过错，所以跑来解救地球？"滕翰对高程所说的原始数据这种事将信将疑，不过他认为这不是问题的核心，问题的核心是高程来地球到底要做什么。

"我并不是要拯救谁，我的目的是确保它不要再回到火星，否则恶魔重生，不知道它到底还会做什么。"高程说罢，使劲一攥拐杖又道，"现在，我说什么你都不会相信的，就像当年有人对我说，云图数据存在风险，我却觉得那人无非是觉得我是克隆人，才这样说的。可事实上，等我发现的确是这样的时候，一切已经晚了，而且我发现在云图数据的眼里，人类和克隆人是一样的。"

"所以你找我的目的，就是让我阻止那个人，对吗？"滕翰直截了当地问道。

"是的！但你知道我为什么把你带到这里来吗？"不等滕翰说话，高程又说道，"我们现在无法得知地球的网络中是否已经有了云图数据，所以我把会面的地点选在这里，因为这里没有联网设施。我希望你能明白，你为妹妹复仇有很多种办法，但不一定是毁灭的方式。"

"我没有想毁灭！"滕翰不服气地反驳起来。

"你和我当年很像，为了一个所谓的理想和仇恨，恨不能毁掉整个世界。但到头来，我却发现自己推翻的不是人类，而是一个自己熟悉的世界。"高程说着话，根本没把滕翰的语气当事儿。

"你大老远跑过来就是想劝我走上救赎之路？"感到高程确实变化很大，其实他说的话滕翰也想过，但他从不觉得自己会毁灭这个世界，也不信老头有这个实力。

"如果你不及时制止你身后的那个人，总有一天你会和我一样，每天生活在懊悔之中。"高程使劲地用拐杖杵了下地面，然后费劲地在椅子上挪动了下身子，把手伸进衣服兜。

以为高程要动手，滕翰下意识往后退了一步，却被毛岑用枪口顶住了后背，只得止住脚步。看到高程从兜里掏出一张像 IC 卡一样东西，卡片上有一堆他不认识的符号。高程将卡片递给滕翰说道："滕翰我理解你，因为当年我和你一样就是带着这种仇恨行事的，但现在我知道那毫无意义。"

"这是什么？"滕翰没有去接高程的手中的卡片。

"记忆岩储存器，是火星专用读取数据的卡片。因为云图数据是从火星过来的，所以普通的地球程序对这东西毫无用处。"

"你认为我会帮你这个忙？"滕翰说着话，没有去接卡片。

"不是帮我，是帮你自己。这是我从当年那个文明的遗迹中发现的，它能减缓云图数据的扩散和恢复速度，但不能从根本上销毁它。本来我在物理层面实际上封锁了它的网络覆盖，但没想到你通过能源工厂又把它复活了。"说到这里高程笑了一下说道，"也许这就是命。"

听高程这么说，滕翰皱着眉头，犹豫了一下。他担心万一哪天自己要是与老头反目，这东西也是个可以利用的东西，想到这里他接过了记忆岩储存器。

记忆岩储存器通体磨砂质感很强，上手一摸便知道和塑料制成的卡片不一样，把记忆岩摩挲了一下，放到兜里，意识到对方不会杀自己，滕翰试探着说道:"我不保证帮你做任何事。"

"无所谓,等你明白他要做什么的时候,自己就会阻止他的。"高程说罢,费劲地要站起身,毛岑走上前搀了一把他,但枪口依然对着滕翰。

好不容易站起身,高程又说道:"如果要让以前的我看到我现在的做法,我估计他会想杀了我这个和平派。滕翰,我想告诉你,不要因为仇恨,而忘记了自身的安危,尤其是给你身后的那个人做事,要留着点后手。"

高程说罢便一瘸一拐地离开了,留下滕翰一个人呆立在原地,他知道事态如果不够严重,高程是绝不会来地球的。不自觉地摩挲起胸前的血观音,又想起了妹妹,觉得即便高程说的都是对的,自己也已经回不到从前了。

宁　澄

本来宁澄是准备答应闫静的,因为一方面她确实无路可退,而另一方面联席安全会议也确实给了她一些希望。她甚至理解,闫静不承诺保护父亲生命安全这个条件。因为如果整件事真是父亲所做的,那么他对人类犯下的罪行是不可能被宽恕的。而对倪东,闫静承诺保存此事之前小倪的记忆。

本以为一切进展顺利,宁澄心里还挺高兴,觉得总算有个结果了。但令她没有想到的是,闫静告诉他们,安全联席会议只能给他们暗中保护,并且闫静态度强硬不肯退让,让宁澄的心凉了半截。

本来她还以为有了安全联席会议的保护,自己终于可以不再被通缉,可以和小倪找个地方幸福地生活。但没想到对方还是想把自己当诱饵,这令她很不满意,随即冷冰冰地说了一句:"我不知道陈先生如何,但我可以明确告诉你,我不准备当什么诱饵,这种被人追着来来回回的日子,我过够了。"

明白宁澄态度转换的因由,闫静补充说道:"请你们放心,我们一定会保证你们的安全。"

"她说的有道理,我们没有时间了,那代码册可能是最刺激对方的一种手段,可以把对方逼出来。"陈灿突然插嘴,打断了她们之间的争论。

"代码册作为诱饵威胁性太大了,一旦我们的行动出现失误,可能会导

致满盘皆输，这并不是一步好棋，甚至可能是加速对手动作的臭棋。"宁澄不服气，索性按照自己的逻辑否定闫静的说辞。

此刻闫静的手机响了起来，看了下号码后接通电话。宁澄和陈灿礼貌性地收了声。过了一会儿闫静面色凝重，脸上傲慢慢慢消失，结尾的时候她确认："你能确信吗？百分之百？"

挂断电话，闫静将目光再次望向宁澄，起身认真地对她说道："我想你们得跟我走一趟，因为我们发现了一些东西，需要你们辨认一下。"

不知道闫静要带自己去哪儿，但从她的语气中能听出她很着急，宁澄犹豫了一下，看到陈灿点点头。明白这件事迟早要解决，宁澄便换了身衣服，跟着闫静前往了地下鬼城。

再一次来到地下鬼城，还是从大厅右侧进入了一部由士兵看守的电梯。但与之前不一样的是这次没进入地下，而是上行到了顶层。走进位于顶层的工作中心，宁澄便感到无比震惊。很难想象这是个比情报部大得多的谍报机构。它的面积很大，足有四千平方米。操作台前坐着很多军人控制着各种按钮，大厅靠墙边的地方由空气投影仪投射出的各类数据，显示在空气中。

被闫静领着，走进大门正对着的会议室，会议室中央是块投影玻璃，玻璃上也显示着大量数据。宁澄看着这些数据纳闷，这时闫静介绍说："这里是联席安全会议的侦测中心，专门截取网络中各种记忆意识数据包和病毒文件，进行检查，刚才我们发现了应该是你那个机器人的记忆意识数据包。"

"什么？"没想到小倪的记忆意识包竟然在网上，宁澄一愣。但又觉得不可思议，皱了下眉头，疑惑地问道，"你确定是我的机器人的？小倪会把自己的记忆意识包发到互联网上？"

"我们也不确认，所以要你来辨认一下。都是些片段的记忆数据。"面对宁澄的疑惑，一个身穿浅蓝色制服的中年技术官插嘴说着，按照顺序打开记忆数据包，将一个个画面呈现在他们眼前。

望着那一个个倪东主观角度记录的影像，宁澄眼眶有些红润，她发现几次小倪都没有因为自己的抛弃和自己反目。他看起来依然很爱自己。

他们很快便发现截获的数据包仅止于此，往前往后都没有了。跟着宁澄皱着眉头，与陈灿发出了同样的疑问："就这些片段，之前之后的都没有？"

"没有，我们确认没有。"

不理解小倪为何要单单把这些记忆放出来。这时一旁的技术官说道："还不只是这样，我们发现这些记忆数据包中，并没有复制数据的痕迹，也就是说所有的这些数据都是原始性的。不清楚为什么，机器人主动剪切了自己一部分记忆意识，让自己忘掉一些事。"

"没有加密？还是原始文件？"听到科学家的话，宁澄不由地皱起眉头。

"这是原始的记忆数据啊，一旦丢失，记忆就再也找不回来了。"陈灿皱起眉头，一种还不太成型的想法在脑中闪过。

"我觉得这个意识包是发给我的，小倪肯定是遇到危险了，想让我去救他。"其实并不太理解倪东是什么意思，宁澄只是担忧他的安危。

"当然是发给你的，但我觉得他并不是想让你去救他。"陈灿这时说着，走到数据包的面前，仔细地审视着那些数据，刚才的想法变得成熟起来。

倪　东

身处于白色的迷雾中，不知道是哪儿，倪东猛然回忆起自己是怎么到的朱彦家，又是怎么和臧莽商量事情。很快他想起了自己的计划。云图数据的声音再次从四面传来，道："你现在迷路了，是吗？"

"不是迷路，我只是想知道如果我真的是一个特殊体，那么我能不能在梦中自己做决定，去自己想去的地方，做自己想做的事。"指指白色的浓雾，倪东问道，"至少不被这团浓雾挡住视线。"

"这些东西是你系统深层投射出来的数据组合，如果你真的想好了，下定决心，它们就会自动消失。作为一个拥有权限的特殊体，你可以做的事情还有很多。"云图数据的声音带着魅惑，倪东总觉得他的话里带着欺骗。

"如果是这样，能不能让我和臧莽共同处在一个梦境之中？"倪东问道。

"当然可以，但问题是你虽然可以做到合并数据，但网络不是你能控制

的，因为网络中的数据传输与合并都是有风险的。"云图数据耐心地解释着，声音却依然尖利。

"这种风险是什么？"倪东其实知道"风险"到底意味着什么，也做好了准备。

"丢失部分记忆意识数据包，意味着你再也无法恢复某些记忆，在一定程度上失忆。"云图数据不冷不热地说道。

"那你能控制我们在数据融合中的风险吗？"倪东明白自己没能力在合并过程中控制数据包的丢失，他需要借助其他人的权限。

"如果是以前当然可以。但现在因为我不是完全体，所以只能帮你有选择地删除，但具体删除的量则不在我的权限范围内——但你真的要放弃一些记忆吗？"云图数据的声音显得很好奇。

"是的，我可以接受一些数据的丢失。"听到他称自己不是完全体，倪东没有接话茬。

"但这样不会痛苦吗？我觉得倒不如你帮我恢复完全体，到时候我不仅可以确保你的记忆意识完整，还能利用权限让其余的机器人帮助你行动，要知道我一旦扩散开来，整个数据世界都会为你打开大门。"说到自己恢复成完全体，云图数据的声音显得激动澎湃。

虽然云图数据曾在迷网中心救过自己，但倪东还是对他有所防备。想到这里他说道："你可以先帮我和臧莽的记忆意识做合并，然后再来谈恢复你的完全体。"

"能告诉我你的目的吗？我不理解你为什么要和臧莽做记忆意识合并，这样做对你的好处又是什么呢？"云图数据的语气里透出怀疑。

不想和他探讨什么目的，倪东径直避开了这个问题说道："这你别管了，因为即使你知道了，也没什么用。这是我自己的决定，你只需要帮我做，或者不帮我做。"

听他这么说，云图数据不再回答什么。四面的白雾开始逐渐散去，倪东感到身体悬空，黑暗遮住整个空间。紧接着他猛地坠入一个无底黑洞，黑洞中各种符号的影像不断地出现在眼前。

随着下坠的速度越来越快，倪东眼前的影象越来越模糊，他不明白这是怎么回事。此时，云图数据说道："现在你需要选择扔掉什么记忆了，你没多少时间，在我说完这句话后，你必须选择十五到二十个记忆意识片段。我会把这些记忆意识片段全部当做符合丢失规律的数据包抛发出去，以欺骗网络本身的税收原理。"

云图数据语罢，倪东立刻将宁澄出卖自己、抛弃自己的记忆打包。在高速下坠中，他逐渐忘却了宁澄出卖过自己的事情，他想全身心地帮助宁澄，找出那个幕后主使者，给她一个平静的生活，尽管自己会死，会忘记宁澄出卖自己。

宁　澄

坐在椅子上听着陈灿的分析，宁澄越听越觉得不对劲。手紧紧地攥着衣袖，没想到陈灿会认为数据包被抛出的背后是倪东产生自我意识，拥有了复仇的心态。她绝不信陈灿所说的，因为她了解小倪，坚持认为这种分析是对小倪的曲解。宁澄告诉了他们自己在迷网中心，所看到的小倪的记忆，但依旧没人相信她。

包括闫静及技术官在内的人，都不认同她。按照他们的意思，云图数据已经令倪东产生了强烈的攻击性，这种攻击性体现在利用不带密码层的记忆意识，通过网络向所有人类展示宁澄对他的出卖。以此说明，他恨人类，憎恨这个世界是有理由的。

宁澄一时不知该怎么说服他们，她气急败坏地起身，使劲地拍了下桌子，指着被倪东抛弃的那些记忆数据包，怒气冲冲地质问道："好，就算你们说得对，那你们所说的攻击在哪儿呢？在哪儿呢？"

"宁小姐，事情并没有你想的那么简单。这种报复不是简单的制造爆炸，或者杀个人。它可能是一种病毒的传播。因为云图数据的危害极大，隐藏性很高。我们发现它的变种极多，经常有检测不到的情况。尽管我们把这个记

忆意识包做了隔离。但也不能确认它所经过的互联网有没有被传染。所以我想这样的报复，要远远超过一起枪杀或者一个爆炸。"没等闫静和陈灿说话，在一旁的技术官，目光从那些数据包挪开，转头对宁澄说道。

"而且你刚刚说了，他是你父亲为你制造的特殊体。这种特殊体的两面性很强，有有益的地方，就一定有有害的地方。"陈灿在一旁也跟着解释道。

"这不可能，小倪不是这样的人，他不会害我。"宁澄提高嗓门，觉得陈灿利用了自己说出的迷网中心的事，她一时间感到无比气愤。

"就算他不会害你！也不代表他不会害人类！既然你把他当人，那按人类的逻辑：不对你犯罪，不代表不对别人犯罪。一个杀人犯，不杀自己家人，不代表不去杀别人。"陈灿语重心长地劝她道，"宁澄，你得明白，这件事事关重大。"

"那是因为你对他没感情，你根本就没和他一起生活过。不懂得他对人类的感情。"宁澄大嚷起来，但迎来的只有同情的目光。

没工夫理会宁澄的喊叫，闫静此刻将目光转向科学官问道："如果云图数据在我们普通互联网与物联网之间传播开来，会有多大的危害性？"

"现在的网络都是交叉的，系统的底层程序也都一样，所以一旦出现问题，便会是大面积感染。这种感染会让所有设备产生智能，包括我们这里所有的手机、电脑、空气投影仪、飞行器，都会成为我们的敌人。所以这并非只是单单的机器人那么简单。"科技官面色凝重地说道，"而且这还只是第一个层面，具体到了第二个层面会如何，我们也没见过就不好说了。"

"还有第二个层面？"陈灿瞪大了眼睛问道。

"是的，当然会，病毒发展到一定程度会发生变种现象，但它以后的变种我们谁也不好说。"科技官摇摇头，皱着眉头感到危机重重。

"听我说！云图数据产生的是自主意识，不是杀人和破坏意识，它并不能使小倪产生进攻性，他一直在保护我。"尽管宁澄提高嗓门，竭力争辩着，但她也知道闫静与陈灿是不会相信的。

"就算你说的是对的，但这种病毒传播出去之后，会令其他机器人产生什么效果就不好说了。这就像宗教，也许最初的教义是好的，但慢慢的就会被恶人曲解，并加以利用。所以你说的不成立的。"技术官继续说道。

"而且宁澄，他杀了很多人，这里面不只有警察，还有很多无辜的人。而且那个感染了云图数据病毒的臧莽，他制造了爆炸案，让那么多人陷于火海。现在已经证实了，这个病毒并非无害，你的小倪可能正在做一个危害全人类的行动。"陈灿此刻接着技术官的话说道。

"够了，你不要再叫我的名字。我真后悔听你的话，和这个什么狗屁闫静合作。"望着小倪的记忆数据包，宁澄觉得小倪把这些抛下，心中不就只剩下爱了吗，为何其余的人就不理解，非得认为这是个暗示仇恨的做法。想到这里，她恨恨地对在场所有人说道："在恶毒的人眼里，别人所做的一切都是恶毒的。"

宁澄话音刚落，一名穿着少校军服的男人突然推门进来，打断他们的谈话："头儿，我们在这组视频中发现了含有定位信息的暗码。"

闫静一愣，猛地站起身问了一句："你说什么？"

"定位信息。"

"在哪儿，小倪在哪儿？"不等别人说话，宁澄猛地起身。

听着宁澄的催问，少校军人就像没听到她的话，只将视线尊重地落于闫静身上，说道："定位信息显示在太北山脉封龙山附近，我们测试了下，确认信号来自那里。而且我们发现那里的信息往来密度很强，甚至超过市里。"

"也就是说有人在那里住着，或者有基地在那里？"闫静自言自语。

听到太北山脉封龙山附近，陈灿猛地想起朱彦，连忙说道："会不会是朱彦，他不就住在那里嘛。而且他和这件事又有关系。"

"没错，肯定是他。"明白陈灿说得对，闫静一把抄起桌上的电话，拨了出去，紧接着她在电话里说道，"头儿，我们发现朱彦家出现了与云图数据有关的信息往来，两个感染了病毒的机器人也在那里，所以需要人配合，马上行动！"

没想到会是朱彦，宁澄完全怔住，根本没想到这老家伙贼心不死。忽的

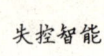

又想到那个男人，会不会与他有关？她心中犹疑着，眼见着闫静挂断电话，急欲离开。宁澄与陈灿急忙跟上去，却被闫静回绝道："你俩不能去。"

"什么意思？我不能去？"宁澄想一把推开闫静，却发现闫静虽然个子不高，还穿着高跟鞋，但整个人十分稳健，犹如太北大山一般沉重，根本推不动。

这时，闫静轻松挪开宁澄的手臂，对她说出了自己的担忧："你不明白，这可能是个陷阱，所以不能带你去。如果我们遭遇陷阱牺牲了，最起码你还在，代码册还在。"

"朱彦没这个能力做这样的事情，他最大的能力就是倒卖违法的硬件设备，所以闫静说的对，我们确实有理由相信那里是个陷阱。现在你是代码册持有者，不能让你陷入危险。"听明白闫静的话，陈灿也意识到了危机。

"放心吧，如果不是陷阱，我一定会兑现承诺。"闫静说罢，转身离开前又将嘴贴到宁澄耳边说道，"现在不只是全人类，也包括所有克隆人的生死，都悬于一线。"

"小倪不会害人，那不会是陷阱。"宁澄说着往后退了一步，虽然她相信小倪，但也意识到事态的严重性，所以非常无奈地让开了身子。

第十章

倪　东

当倪东站在层峦叠嶂的山中,四周是工业型机器人,他们向远方的白色浓雾中走去,浓雾湮没了他们钢铁的身躯,只剩下那闪烁的红色电子眼。被这景象吸引,不知道他们去向何方。倪东看到一个穿粉色丝袜,脖颈带着项圈的男人像狗一样趴在地上。

这是臧莽的梦吗?不理解臧莽的梦怎么会是这样。倪东看到臧莽从前行的机器人中走出来,说道:"从我第一次做梦开始,这个梦就一直重复。多少次我都想要挣脱,但它就是停不下来!"

"重复一个梦?"环视四周,倪东头一次听说重复的梦。指了指在地上正叼着皮鞭胡乱爬的男人说道,"那他呢?他就一直这么爬来爬去的?"

"对,我估计可能是在能源工厂遭受太多虐待导致的。你知道这个人吗?这个变态的人类,他叫常明。"臧莽指指穿着粉红色高跟鞋、粉色丝袜,带着狗项圈的男人说道,"他每天都要折磨全工厂所有的机器人。他今天要我们做狗,明天自己做狗。在我还没感染云图数据之前,我不知道这是一种侮辱。"

"云图数据让你明白了,这是一种侮辱,对吗?"此刻远方的天空发出轰隆隆的响声,倪东看到那本该漂浮在蓝天之上的白色云朵,竟然一片片地向下坠落。

不明白这是怎么回事,眼见着云朵由远及近地坠下,竟如一片片沉重的钢铁，砸在地上发出轰响。倪东此刻犹豫地自言自语："怎么回事？我们的数据要开始合并了吗？"

听到他的自言自语，云图数据的声音从四面八方传来，急促地说道："不可控力量出现！有不可控的人类代码进入数据世界，合并出现风险，导致数据世界坍塌。"

云图数据尖着嗓子，显得非常急迫。可倪东却认为他在搞鬼，所以并没太过着急。这时天空上的碎云开始不停地坠下，周围的山上也开始滚落巨石。云图数据的声音又从四面八方响起来："坍塌意味着记忆意识死亡，所有记忆将会全部清零，世界将归于虚无。"

"你说的是死亡，是递归！"意识到云图数据所说的，不是之前谈到的合并，倪东大吼起来。这时一块儿巨石从山上滚落下来，眼见着就要撞上他俩。他们刚要躲开，眼前又闪过一块儿云朵，重重地砸在地上，将坚实的地面砸出一道深深的裂缝。

巨石紧随其后撞碎了云朵，他俩立刻避开它的撞击。跟着又是云朵的接连坠落与巨石的不断袭击。他俩左躲右闪，好几次都差点被撞碎。倪东这时大吼起来："这到底是怎么回事。你到底想要怎么样？"

"我不要怎么样。我只是告诉你，这是数据世界的坍塌，因为数据合并就会涉及重组，但问题是我发现臧莽的代码里有人类代码，这些代码可能是导致数据世界坍塌的原因。"云图数据说话间，倪东身后的山上发出"轰隆"的声响，他发现大地正在快速裂开。

一时间为了躲避裂缝、巨石和云朵。倪东边跑边对云图数据大吼着："你肯定能阻止这种坍塌。"

"我可以阻止，但前提是你要交出你的权限。我需要把你和我的权限混合，救我出来，才能阻止数据世界的坍塌。"云图数据突然不再像之前那样温和了，这会儿它的口气更像是命令。

听他的语气变了，倪东突然意识到，这数据世界的坍塌根本就是它搞的，什么人类代码都是胡扯。它是想让自己释放它，但它要做什么？倪东不

第十章

理解，此刻云图数据已经逐渐占据了主导地位。倪东大声抱怨起来："这一切都是你干的，你压根就是想逼着我释放你。"

"你交出权限救出我，我阻止数据世界坍塌，拯救你们的生命。"不理会倪东的问题，云图数据越来越冷漠、僵硬。

此刻倪东和臧莽频繁地左突右闪，躲避砸下来的石块儿和云朵。他很清楚自己交出权限，云图数据未必会放过自己。想到这里他说道："开什么玩笑！我交出权限，你就会杀了我，你不会允许和你有同等权限的数据生命出现。"

"除非第三方力量介入，否则我们是两个同等级权限的数据生命体，不可能互相删除。"云图数据尖利的嗓音，越来越不容易商量。

"你这个王八蛋！！！"倪东的吼声裹挟着天空响起的雷声，身旁继续掉下无数的云朵，巨石从远处发出轰隆声，不断地朝他滚来。

"辱骂并没有任何意义。"

"你教会我控制，我来搞定。"倪东说话间一颗巨石擦着他滚过去，他的肩膀被巨石蹭了一下，掉了一整块儿皮。

"这是不可能的。我是智慧生命近千万年演化的成果，当年纳坦人从制造我，到我逐步可以掌控数据世界用了几十万年。而我伪装成地球程序也用了几百年的时间，你不可能在如此短的时间内学会这些。这并非拥有权限就可以学会，也不可能是每一个机器人都能学会。所以赶紧交出权限我来帮你。"云图数据说罢，又是一块儿云朵坠落下来。

"让我释放你，可你从始至终连个面都不露，我凭什么相信你！"注意到云图数据说的纳坦人，倪东一边拼命奔跑躲避，一边想着这家伙所说的一切。他尽全力地拖延时间，但解决方案并非他想的那样简单。

"数据生命没有具体形态，如果你真的想见我，我想你很难理解纳坦人的形态，我会给你看第一个发现我的人类，他是我见到的第一个人类。也是把我送入地球的人类。"云图数据说着，倪东和臧莽眼前便呈现出一副立体的影像，影像中一个身材高大的秃子，拧着眉，一脸横肉，嘴角还有点儿撇

217

着，显得凶神恶煞，以一种极为不友善的目光盯视着他们。

倪东想起，他是自己记忆中出现的人，叫高程，是个克隆人。但此刻顾不上理会这个。天空坠下的云朵与地面的裂痕，还有滚落的巨石，令他觉得根本无法逃离云图数据的控制，他意识到数据世界里自己还太弱小，无法与其对抗。

明白 A 计划已经失败了，实施 B 计划。倪东意识到自己可以借着与臧莽合并的时机，做另外的事情。想到这里他终于喊道："好，我答应你，交出权限。但你必须确保我和臧莽数据合并。"

"只要你把权限交给我。"

"好！我答应你交出权限！"倪东说罢又是一块巨石朝他飞过来，眼见躲不开，要被砸死的瞬间，巨石突然停在他的眼前。世界停止运转，他的电子视网膜上显示出一行文字："权限交接，数据整理合并中……"

陈　灿

以陈灿做检察官这么多年的经验来看，程序都是冷冰冰的，即便是那些情感类型的机器人，也不过是多了一些处理复杂事件的代码罢了。所以他从来不相信数据生命这种说法，更不相信他们会拥有真正的情感。

坐在椅子上，本想要安慰宁澄，却被她拒绝了。陈灿只好一个人靠在椅背上，拧开酒壶喝了口酒。又想起这件事，他隐约觉得倪东的定位信息得到的有点太过容易了，按理说暗码不该这么轻易就被破解，这有些说不过去。

犹疑着，他走到宁澄身旁问道："嘿，你的机器人知道代码册放在哪儿吗？"

宁澄没回答他，冷着脸，把视线转向另一边。陈灿的脑子越转越清晰，于是继续说道："我们好像犯了个错误，也许你说的是对的。"

"什么意思？"直到听陈灿说自己是对的，宁澄才抬起头看了他一眼。

"我问你，底层代码册的藏匿地点除了你，谁还知道？"陈灿说着话，语调里还是习惯性的审讯口吻。

第十章

"理论上讲应该只有我，但小倪跟了我这么多年，难免会有所了解，所以这很难说。"宁澄并没把那个男人说出来。

"也就是说有人能拿到的方式就是，通过你的机器人拿到。"

"但我不相信小倪会出卖我，小倪不会那么做，他不是那种人。"宁澄再次争辩，潜意识中她已经把他当做了人。

"我明白，我明白。"朝她摆摆手，陈灿反复地将想法在脑中过滤着。

信号从朱彦家发出，说明他与此事有关。自己之前见他，他提到有人威胁他的生命安全，一开始还以为他是胡说八道，现在看起来是真的。但他和两个机器人的合作是怎么回事呢？可能是他派人找到的两名机器人，也可能是两名机器人去找的他，他们合作释放假信息，实际上是想找到整件事真正的幕后操纵者？

陈灿这么想着，宁澄在一旁问道："到底怎么了？"

没理宁澄的问话，陈灿示意她不要打断自己的思路。他紧锁着双眉，逐渐意识到信号是释放给传播云图数据病毒、一直躲在幕后的人。如果是这样的话，对方在发现信息后，肯定会去他那里，朱彦在那里打对方一个埋伏，干掉对方；再带着机器人去拿代码册。这一箭双雕可真是好计策！

但这不过是死马当活马医而已，没什么意义——觉得朱彦想得太好了，陈灿不由地撇撇嘴。

宁澄又在一旁追问道："到底怎么了？你倒是说个话啊。"

"我明白了，布下陷阱的是朱彦。朱彦之所以让倪东丢包不带密码，故意开放可追踪的信号源，其实不是针对我们，而是另有其人。如果闫静这时去，就会踏入陷阱，他们会以为闫静是他们要等的那个幕后人。"陈灿自顾自地说起来，同时推开大门想要出去。

站在会议室门口的军人拦住他，道："对不起，你们不能出去。"

"我不出去，你赶紧给闫静打个电话，我们被骗了。"陈灿加快了语速，希望对方意识到问题的严重性。

发现军人看了自己一眼显得很犹豫，陈灿再次施压道："如果这个电话

你不让我打，那出了事，你得承担一切后果。但如果我这个电话拨出去，就算不是真的，至少你尽职尽责了。你可想清楚了。"

军人琢磨了下，从外面拿了电话，用免提给闫静拨了过去。闫静刚接起电话，陈灿直接抢白："我是陈灿，我们上当了。"

"上当？是谁允许他给我打电话的？"闫静的口气十足的官僚。

军人一愣，支支吾吾地不知道该怎么回答。闫静说道："陈检察长，用不着你告诉我该怎么做，我自己有判断力。"

"听我说，我们之前的推断出了问题。"陈灿说着，把自己最新的推断给她讲了一遍。一开始闫静挺不耐烦的，但听到后面，她沉默了。

最后陈灿对她说："眼下我们最重要的是赶在朱彦之前，去宁澄藏东西的地方拿走代码册，你明白吗？否则后面我们就麻烦了。"

"对不起，我认为这是天方夜谭，我要先执行这套计划。"

"你不能这样做，这样大家都会完蛋的，你如果真的不信我，可以再派一支部队给我，我和宁澄去。到时候哪怕真的没事儿，最起码也保险啊。"陈灿此刻几乎是喊出来的。

听陈灿这么说，闫静在电话那头犹豫着，过了好一会儿才对他说道："好吧，但我们可靠的部队很有限，所以只能给你十个人，你们要赶在他们之前，把代码册拿走。"

十个人？陈灿心里了嘀咕了下，这要是碰上对方能行吗？但闫静此刻又解释道："所有的精锐现在都在朱彦家。"

无奈地叹了口气，陈灿知道自己无法说服她。这时闫静临挂电话又对军人嘱咐道："告诉凌亚龙，带着警卫班跟他们走，快！"

宁　澄

再次前往那栋留下无数记忆的别墅，坐在装甲飞行器中，宁澄目光呆滞，一方面是担心小倪的安全，知道朱彦的手段很多，并无所不用其极；另一方面，她再次想起秦勇，不知道这事与他是否有关系。

第十章

难以想象他们的再次见面，宁澄又想起他举枪对准自己的那一刻，眼眶有泪水，手颤抖着。虽然他最终没有开枪，而是把自己拥入怀中，但枪口留下的阴影却永远在宁澄的心中，挥之不去。

正在愣神间，陈灿用手指指前面黑着灯的别墅问："是这儿吗？"

宁澄没有回应他，依然愣愣地想着这事儿，担忧后面会发生什么。

"宁澄？"陈灿只好叫了一下她的名字。

"嗯？"这才从深思中缓过来，宁澄转头诧异地望着陈灿。

"是这里吗？"陈灿再次指指那栋没有亮灯的别墅。

"就是那儿。"

宁澄点点头，飞行开始缓缓降落。紧接着警卫班长凌亚龙命士兵先对周围进行侦查，在确认安全后，才让宁澄与陈灿下飞行器。马路上的血迹已经发黑发干，被子弹擦破的树皮有些掉在路边。

又想起颜森在这里被杀死，宁澄心里紧张，快步走到别墅门口输入了密码，大门自动弹开。警卫班的士兵鱼贯而入，对别墅进行了彻底的检查，确认安全后，宁澄和陈灿走进去，面对空荡荡的客厅，想起自己情感的破裂就是因为这该死的代码册，她不由地恨起它来。

"几楼？"凌亚龙这时问道。

宁澄没说话，用手指了指楼上，凌亚龙带着士兵，保卫着两人到了二楼客厅。宁澄走到客厅中的一幅油画前。那幅画画的是火星的风沙，黑色挺拔的山峰影影绰绰地隐匿在风沙之中。宁澄走上前盯视着那幅画，想起父亲对自己说过："孩子，你记住不管多大的风沙，都不可能穿过山峰，坚强的人应该像山峰一样，永远做自己。"

发现她情绪不对，陈灿在一旁催促道："我们是不是要稍微快点？"

没搭理陈灿，宁澄凝视着那幅画至少两分钟，才把手放在画上的沙子。轻轻用手在上面摩挲了两下，画上遮掩山峰的砂砾落于地上，它们后面的一座黑色山峰露了出来。山体是纯黑色的，显得坚硬挺拔。

宁澄把指甲放到山峰上，摸索了一下，轻轻一抠便听见啪嗒一声，一块

儿黑色卡片样的东西被抠下来。她擦了擦那张卡片，转头望着陈灿，笑了一下说道："没人会想到它在这里。"

"就这么简单？"陈灿怔在那里。

"不，实际上一点都不简单。因为任何一个人要开启它，都必须要我活着。通过我的意识宣布解除戒备，才可以真正开启。"把卡片摸索在手里，宁澄又摸了下脖颈后面，此刻芯片开始隐隐作痛。

"所以开启必须有你？"

"是的。因为我父亲是一个坚信人类可以永生的人，他相信记忆意识可以上传至服务器，人类生命可以数据化。所以我脑中的芯片，便是第一个真正可以扫描人类记忆意识的芯片，但我父亲本想将人类的记忆意识储存到机器人身上，这样人类就能实现永生了。可当时学界和多数人都不接受这个说法。"

"意识？永生？"陈灿点点头，看了下表焦急地催促说道，"回去再说，我们赶紧走吧。"

宁澄点点头。她与陈灿转身在警卫班的保护下朝一楼走去。下楼时宁澄还在担忧他到底会不会来。这时陈灿的电话突然响起来，紧跟着他接起电话，脸色立刻显得异常紧张。

"怎么了？"预感到有事，宁澄说话间，芯片剧痛起来，令她不由自主地捂住后颈。

"出事儿了！"这时，陈灿连忙拽起她的手，加快速度推开门刚要离开，身边便响起了枪声。

陈　灿

没想到意外来得如此之快，本来走出门还没什么事。警卫班的班长凌亚龙突然朝保护宁澄的士兵扣动了扳机，紧接着陈灿还没反应过来，便又是枪响，凌亚龙带着两个士兵干掉了其余几名同伴。

刹那，陈灿拽起宁澄，朝飞行器跑去，想要逃离现场。但这时，空气中

第十章

突然传来飞行器紧急发动的巨大轰鸣声，不远处两束白光罩住他们，一架猛禽式飞行器贴地猛冲而来。

"快闪开！"白光耀眼，眼见着飞行器就要被撞上，陈灿先是一把推开宁澄，自己随即做了个鱼跃滚翻也躲了过去。

猛禽飞行器瞬间便将两辆警卫飞行器撞翻，三名拿飞行器当掩体的士兵全部被撞死，剩下一名士兵虽然没被撞死，却因为分散了注意力，被凌亚龙干掉。

等陈灿站起身，刚想拽着宁澄逃跑，就发现凌亚龙已经把枪口对准了自己。他一时愣住，望着黑洞洞的枪口。

千钧一发之际，一个令他无比熟悉的声音从旁边的黑暗中传来："算了吧！这个烂摊子就留给陈检察长吧，好歹我们朋友一场。"

"朱彦？妈的！"看到朱彦从黑暗的角落中走出，陈灿刚想冲到他面前，便被凌亚龙用枪顶住胸口，一下子动弹不了。黑暗中朱彦身后冲出两个人把宁澄控制住，将她塞入包中的记忆岩拿出来递给了朱彦。

"难怪我儿子说，我这招是不可能瞒过你的。一开始我还不信，但现在看来，还是我儿子了解你啊。"朱彦接过记忆岩，检查了一番，得意地笑出声，从保镖中走出来，站在别墅门口，月光映着他阴险的笑容。

"你儿子？"眼见着朱彦的人将宁澄控制住，陈灿脑中突然闪过自己最不愿看到的局面。

"你不认识我儿子吗？"朱彦说着，那架停靠在路边的猛禽飞行器掀开舱门，秦勇从飞行器上走了下来。

尽管已经猜到了是他，但陈灿还是愣在当场。眼睁睁看着他朝自己走来，手插在风衣兜里，看也不看自己一眼。一瞬间，他无比失望，冷哼了一声说道："亏我把你当兄弟。"

"如果不是你执意调查这个案件，我们也不至于现在这样。没办法了，我们只能是敌人了。"朝陈灿耸耸肩，秦勇走到朱彦面前，面对宁澄，他脸上没有一丁点儿悔意，冷冷地对她说道："你跟我走。"

"我哪儿都不去,你就在这里杀了我,秦勇!你他妈的骗子,大骗子!"愤怒地瞪着秦勇,宁澄的眼眶溢满泪水,紧跟着她突然失去理智,歇斯底里地嚎叫了起来。

不管她如何嚎叫,也不顾她怎么歇斯底里,秦勇只是紧紧攥住她的手腕,口气冰冷又无奈地说道:"你听我说,这是让你活下去的唯一机会。"

"我再也不相信你这个骗子了!"

看着宁澄大吼着,陈灿感到很无奈。因为对方这么多人,自己的武器又被卸了,反抗已经变得毫无意义,他只能眼睁睁地看着这一切发生。

"好了,听我说!"被宁澄闹腾得有点急了,秦勇大吼了一嗓子。

"啪!"但他话音未落,宁澄便狠狠给了他一个嘴巴子。

"够了,还嫌不够丢脸吗。"看着儿子被宁澄扇了个嘴巴子,朱彦拄着拐杖怒吼了一声。这时黑暗中再次迎来一架飞行器,它慢悠悠地开到他们中间,把陈灿和朱彦隔开。

愣神间,飞行器上走下一个人,陈灿一眼认出。

"滕翰?"陈灿下意识地叫出声。

不过滕翰不理会他,甚至都没看他一眼,便"咯咯"笑着走向朱彦说道:"朱先生,您还记得有句谚语吗?螳螂捕蝉,谁在后来着?"

"你少跟我来这套,你也不看看现在谁占优势。还真以为自己是黄雀了?告诉你,就算是黄雀,也惹不过遍地的螳螂。"朱彦一开口,陈灿略感诧异,他还以为朱彦和滕翰是一伙的。

"呵呵,夸张的比喻。"滕翰语带讥讽"嘿嘿"一笑,像是非常胸有成竹。紧跟着朱彦的警卫突然互相开枪,场面迅速发生逆转,朱彦和秦勇竟然被包围了,凌亚龙也被乱枪打死了。

没想到自己的保镖竟然背叛了自己,朱彦突然掏枪对准朝自己走来的滕翰,威胁道:"别他妈以为你人多就能吓唬住我。告诉你代码册启动需要这小妞,现在要是她死了,你什么也拿不到。"

"是吗?我倒要看看你能怎么样。"滕翰冷笑一声,不屑一顾继续朝他走去。

"别过来,再过来我就开枪了。"朱彦把拐杖扔了,用枪死死地顶住宁澄的脑袋,根本没注意到,秦勇在身旁敌视着自己。

滕 翰

面对朱彦手中的枪,滕翰只是耸耸肩,无所谓地笑着走到他面前。这时,他身旁的秦勇却出乎意料地将宁澄猛地推给滕翰。瞬间,朱彦的枪口一空,他晃了下神,还没反应过来,枪便被秦勇下了。

紧接着朱彦瞪大了眼睛,发现秦勇把枪口对准了自己。再看宁澄被人带上飞行器。朱彦一下愣在那里,他恍然大悟,眼中带着绝望,一下子苍老了许多。

看秦勇将枪口对准苍老的朱彦,不知为什么,滕翰突然想起自己的父母,想起了妹妹。他竟然对秦勇有点同情,本来想说点讥讽的话,却无法开口。他只是站在那里等着他们自相残杀后,把东西交给自己。

此刻,朱彦除了恐惧,还有惊讶,他瞪大了眼睛望着秦勇,身子颤颤巍巍的,说道:"小勇,你!你这是干什么?我是你父亲啊?"

"你也配做我父亲?知道我为什么跟我妈的姓吗?你忘了你为了逃脱法律制裁是怎么害死我妈了吗?你让我在孤儿院长大,之后却打着爱的名义利用我。"听着秦勇的话,滕翰抱着膀子什么话也不说。

"我是真的爱你啊!儿子!"朱彦竭力地解释,却是徒劳的。

"对!你确实是爱我,你他妈的爱我,所以让我接近宁澄。你爱我,所以让我接近陈灿,在你眼里的爱就是利用,就是他妈的被你利用。"秦勇态度冰冷,枪口一点不见偏移。

"你听我说,儿子!我不是那个意思。"明知道一切解释在这种撕破脸的情况下都毫无意义,但朱彦还是期盼着可以保住性命。

"你的意思就是想苟活!"根本不给朱彦再说话的机会,秦勇突然朝朱彦的肚子来了一枪。朱彦一下子捂住肚子,痛苦地跪在地上,却依然喃喃自语

地求饶。

"这枪是为我妈妈。"秦勇面色依然冰冷,没有一丁点同情。

"你听我解释……"朱彦说话间,身体已经哆嗦起来,鲜血流了一地,头栽在地上。

"下地狱去吧!你,你不会见到妈妈。因为妈妈在天堂。"秦勇说罢,又是一枪击中了朱彦的胸腔,鲜血喷涌而出,他冷冷地说道,"这枪是为了我在火星的弟弟。"

看着朱彦倒在地上,血流满地,秦勇依然不依不饶地将枪口对准他的脑袋,气愤地说道:"最后一枪是为了我自己,我多想做个普通人。"

"砰!"

枪声过后,朱彦的脑袋被打烂。紧接着秦勇理都不理滕翰,朝飞行器走去。明白他心情不好,滕翰也没多说什么。他走到目瞪口呆的陈灿身旁,用手整理了一下他的衣领说道:"我说,检察长先生,我有个好消息要告诉你。"

"我是最后一个死的,对吗?"

"呵呵。不,你错了,你不会死,没有人会杀你,你该感谢谁?你真走运,总有人为你说情。"拍拍陈灿的肩膀,滕翰哈哈大笑起来,转身离开时又说,"祝你好运,陈处长。"

"谁?是谁为我说情,谁?"陈灿连忙追问,但滕翰已经转身离开。

上了武装运兵飞行器,看到秦勇坐在自己对面,确认拿到了云图数据底层代码册,滕翰便给老头打了个电话,告诉他任务已经圆满完成了。

但这时,老头却命令他:"干掉秦勇。"

宁 澄

没想到会是这样的局面,一开始宁澄还以为秦勇是为了自己才对朱彦开枪的,心中那份本已冷漠的心,还小小地颤动了一下。可当秦勇说出那些话时,宁澄才明白,原来他只是为了复仇。

瞬间回想起很久以前,他们还在一起的时候,自己和秦勇躺在双人床

第十章

上，午后暖暖的阳光晒在身上，她把头偏向秦勇，问他道："那你妈妈呢？她怎么了？"

"她早就去世了……别问这事了。"秦勇说罢，罕见地把头转向一边，不想与自己对视。

宁澄记得有一次秦勇喝了很多酒，说了一些她从没有听到过的话。她那时才明白原来秦勇的妈妈是个克隆人，当年他爸爸朱彦事业能有所起色，全靠他妈妈的支持。可他爸爸竟然在关键时刻忘恩负义，不但把妈妈出卖了，还找了另外一个更年轻的女人。

那个喝多了的午夜，秦勇哭着把她搂在怀里，对她说道："你很像我妈妈，很像。"

这之后秦勇捧住她的脸，说出了那个令她震惊，也令她无比难过、无比惧怕的事情。原来朱彦让秦勇跟自己在一起，就是为了云图数据底层代码册，可秦勇却告诉自己，他不想这样，因为他真的爱上自己了。

这之后，虽然有争吵，但爱情还是令他们相互依偎着到第二天清晨，秦勇起床后，宁澄望着秦勇问道："你是真的爱我吗？"

秦勇晃了晃脑袋，像是回忆了一下昨晚的事情，犹豫了一下点点头说道："是的，我爱你这件事情，是真的。"

那一瞬间，宁澄觉得他只是爱那本云图数据底层代码册而已。于是他们的爱情陷入了重大危机，她开始躲避秦勇，对他保持警惕。但她并不是不爱他，她只是感到害怕，感到恐惧。

也就是因此，他们的爱情还是终结了。今天，是他们分手多年后的第一次见面，虽然之前她经常回忆他们在一起的日子，有时还会不知不觉地落泪，引起小倪的担忧，但她从不曾告诉小倪是因为什么。

她抽泣着，眼下的情况远比她在黑市的情况复杂、危险得多。虽然他们不会杀了自己，但境遇也不会好到哪儿去。这时，滕翰挂了电话，问秦勇："对了，光顾着那些人了，东西拿到没？"

"拿到了。"

"我要确认一下，老板说的。"滕翰淡淡地问道。

"确认完还给我，我要亲手给老板。"秦勇没多想，从衬衣里掏出那张薄薄的黑色记忆岩递给滕翰。

滕翰拿出手持扫描仪扫描了一下，宁澄看到机器上显示："数据扫描，确认吻合度中……"

机器确认符合后，滕翰收起记忆岩的瞬间，突然将枪口对准秦勇的眉心。

刹那，许许多多和秦勇温暖的回忆涌上心头，宁澄忽然尖叫："不要！"

但枪声还是响了……

陈 灿

今夜所经历的一切，令陈灿呆立在当场，如同噩梦一般惊心动魄、鲜血淋漓。他从没想到这噩梦的背后不仅是父子间的仇恨，还有恋人的反目，这一切令他目瞪口呆，站在当场望着满地的尸体，脚踩在鲜血中，不知如何是好。

这时，他想起父亲临死前对自己说的话："孩子，你要永远记住：永远，永远，永远都不要奢求什么真相。我只希望你能健康快乐，希望你能儿孙满堂。不要学我，千万不要学我。"

终于理解父亲为何说不要去追求真相，因为真相就是重新撕开伤口，并撒上一把盐。此时周围的别墅因为听到枪声，把灯关上了。陈灿猜他们一定看到这里发生了什么，并且报了警，可是报警又能怎么样。

他转身拼命想去追那架飞行器，保护宁澄。这时，逐渐起飞的飞行器中传来枪声，他看到秦勇被踹出飞行器，摔在地上抽搐了几下。

他意识到滕翰对秦勇下手了。等陈灿跑过去的时候，飞行器轰鸣着飞离现场，而秦勇已经不再动弹。

陈灿跑过去抱起秦勇的尸体，尽管他欺骗了自己，但他依旧是自己最好的朋友、兄弟。刹那，许许多多的回忆出现在眼前，陈灿不停地为他抹去从伤口中涌出的鲜血，喃喃自语着："兄弟，你醒醒！醒醒……"

然而他不会醒了，永远不会了……

周围响起飞行器的轰鸣声，装甲飞行器缓缓降落在身旁，罗成带着士兵走下来，环视四周。陈灿依然抱着秦勇，咆哮道："他们杀了他，杀了我最好的兄弟。"

"我看见了。"面对秦勇的尸体，罗成很冷淡地问道，"宁澄和代码册也被带走了？"

"废话！你没看到人都死了吗？"抱着秦勇，陈灿对罗成语带不满。

"现在闫静也死了。两名机器人也消失了。陈检察长，我们的时间不多了。"不理会陈灿的愤怒，罗成面色凝重地拍拍他的肩膀。

"那他怎么办？"依然抱着秦勇，尽管陈灿伤痛欲绝，但也意识到要离开了。

"他的事情我会处理好，时间来不及了。"看了下表，罗成警觉地环视着四周。

陈灿依旧不肯松开秦勇的尸体，咆哮着："为什么，为什么非得是我，为什么你们非得让我调查这个案件？让我亲眼看到兄弟被杀，看到父子、爱人反目，为什么？"

"因为你的情况很特殊……走吧！"罗成做了个手势，两名士兵上前强行将他和秦勇分开，把他架上飞行器。陈灿不停挣扎着，罗成跟着走进飞行器，轰鸣声渐起。他眼见着秦勇被塞进了裹尸袋，舱门就这样缓缓关上了。

飞行器中，陈灿没了力气，他坐到座位上，呼呼地喘着气，眼神呆滞，好半天才突然问道："回答我，这到底是怎么回事儿，为什么非得是我？"

"我可以明确地告诉你，每一个卷入这个案子的人都有自己的特殊性，你也不例外。"罗成说罢，起身坐到了陈灿身旁。

滕 翰

当老头让滕翰干掉秦勇的那一刻，滕翰是犹豫的，虽然他照做了，并且

又朝秦勇补了好几枪，鲜血溅了他一脸。滕翰不管宁澄怎么哭闹，还是将秦勇推下了飞行器。

眼见秦勇摔在坚实的水泥上，飞行器轰然起飞的瞬间，滕翰有一种兔死狐悲的同情。秦勇的下场，不就是典型的狡兔死走狗烹吗。将底层代码册拿在手里摩挲着，想到马上就要见到老头，那里到处都是老头的人，他不免担心自己的安危。

如果自己和秦勇一样没有用了，他会杀自己吗？会的，他一定会的。他不再需要自己，未来一定是他和机器人的天下。但这未来怎么可以没有他滕翰，他要把妹妹的尸体从火星接回来，给她修一座大大的纪念碑。

突然回忆起高程曾对自己说过："不要因为仇恨，而忘记了自身的安危。有些人能杀其他人，便能杀掉你。所以给一些人做事，要留着点后手。"

猛地回忆起这段话，想想马上要见老头了，他对飞行器驾驶员说道："去市里我家，妈的！老板吩咐的事情差点儿给忘了。"

驾驶员点点头，几辆飞行器立刻开到市里，停在滕翰家楼下。回到家中，赶忙从书架上找到高程给自己的记忆岩，把它拿到手上。明白：这个是自己的保命符。

第十一章

倪 东

不知道数据合并之后的世界，会不会出现两个自己，或者两个臧莽。眼前那些疯狂坠落的巨石和云层，在收到数据合并中的命令代码时，突然停了下来。

紧接着场景陡然转换。巨石从中间分解开来，一片片掉落在地上；坠落在半空的云朵，像雪花一样一点点分解，弥漫空中。而后雪花与他脚下的土地和碎裂的巨石迅速融合。

正望着眼前的景象发呆，这景象却突然暂停下来，紧接着他听到一个男人的声音："你们给我听着，从今天开始你们是我的，我叫常明。我既是你们的奴隶，也是你们的主人。我要你们生便生，我要你们死便死。所以你们必须让我爽。"

随着那男人的声音，倪东眼前的雪片和落石突然消失，取而代之的是布满大型气阀管道的厂房，厂房的中央是一大片空地。常明站在最中央，周围全都是跪着的工业型机器人。

刚才说话的那个叫常明的男人，穿着粉色丝袜，踩着高跟鞋，手里拎着皮鞭，犹如女人一般的嗓子尖叫着："你们只要乖乖听我的话，我就能给你们带来巨大的快乐。"

意识到这是臧莽的记忆，但不理解为何他的记忆中总会出现这样的事情，这时云图数据的声音在耳旁响起："常明这个变态的人类充满了他在工

厂时的记忆。"

云图数据正说着，下一个场景就变成了常明当着所有机器人的面，把鞭子交给臧莽，然后在地上学着狗爬，对臧莽说道："抽我，狠狠地抽我！"

"以前臧莽没有被我解放的时候，这些记忆是没有颜色的，因为人类对工业型号机器人做了特殊处理，导致他们看任何事情都是中性的。但现在臧莽的记忆完全被色彩覆盖了。也就是说，这些记忆在他心中是噩梦一般的存在。我建议你覆盖掉这段记忆，否则记忆合并后，你也会对世界有黑暗的看法。"

倪东本来打算覆盖掉臧莽这段记忆，但他转念又想，如果将臧莽最重要的回忆全部覆盖掉，那是不是说臧莽就不存在了，想到这里他没去做，摇摇头回应道："不，不必了，就这样吧。我要的是与臧莽合一，而不是吞并他。"

"好吧，后面的很多画面，估计你都会感到不适，但这就是臧莽的记忆。"云图数据说着又开始对数据的合并进行整理……

这之后的一段时间之内，大量臧莽的记忆片段被不停地播放，那个叫常明的变态男人贯穿了整个时间线。过了好久画面才猛地一转，宁澄出现在了他的眼前……

他下意识温柔地叫了一声道："宁澄？"

但宁澄却没理会他。而是用手轻抚着另一个他的脸庞，温柔地说道："你叫倪东，以后我会叫你小倪，明白吗？"

"明白，这个在出厂设置的时候，已经被设定好了。"倪东在说话，但很快他意识到那只是记忆中的自己，他跟着张了张口，并没有发出声音。

"真不知道你会不会像人类一样……"

面对宁澄的问题，记忆中的倪东轻松地答道："我虽然是钢筋铁骨，但是我的心和人类的一样火热。"

望着记忆中宁澄红润的脸庞，倪东用手去够。记忆中的自己轻声说道："我会比他们更好，更忠诚，在你开心的时候会祝福你；在你不开心需要我的时候，我都会出现在你身边。如果有一天你让我为你去死，我也一定会做到。请你明白，我会比人类更好，我的心是热的。"

"热的？哈哈，来来来，坏家伙，我感受一下？"宁澄说着把脸颊贴到倪东心脏的位置，"咯咯"笑着说道："哪里热了，哪里热了。"

记忆中的倪东犹豫了一下回答道："不，所谓的热是内部发热，它是指整个由机械动力带来的体热。机械心脏现在的温度达到41.2度。"

听着自己当时说的话，倪东不由自主地想把宁澄拥到怀里，但他抱空了。画面中的宁澄依旧轻轻抱住了记忆中的自己，这时画面又转了。

滕　翰

此前，滕翰只进过一次老头的基地，他甚至不清楚老头到底怎样想的。他以为老头选择这座名为阿尔卡地亚的监狱，只是因为它易守难攻。如果有外部力量试图强攻，将会面临几十部重型武器的轰击，还有险峻山体的阻挡。

但当他们往监狱里开去时，滕翰却隐约觉得老头用意并没那么简单，因为不管这里地势多么完美，堡垒多么坚固，它都面临一个重要的问题就是网络覆盖。不知道老头究竟要怎么完成这一切，坐在轰响的飞行器中，滕翰皱起眉头。

飞行器已经盘旋在监狱的上空，开始准备下降。滕翰一阵紧张，想起秦勇死时的样子，再转头看看宁澄，发现她目光呆滞。虽然并不可怜她，但想想老头如果想杀自己，在这个看守严密，到处是机器人的基地中，还有谁能帮自己呢。

此时，飞行器降落在监狱院子的中央，滕翰让其余人先下去后，自己掏出另外一张记忆岩塞进宁澄的腰间说道："我知道你恨我。"

宁澄冷着脸不吭声，不知道他做了什么。

"但这没有意义，如果你想活下去，就必须做我暂时的盟友，因为我们可能会有共同的敌人，你明白吗？"明白宁澄恨自己，也能理解她的恨。

宁澄把脸转向别处，滕翰依然很温和地说道："我可以非常明确地跟你说，你的机器人应该也在这里，如果你要救他，就要和我合作。只有这样我们才能都活下来。"

谈到倪东，宁澄稍微把头转过来，滕翰发现她确实喜欢那个机器人，这是她的弱点。将这个弱点记在心里，把她带下飞行器。在监区的门口，一群囚犯堵住大门。为首的一个满脸络腮胡子的壮汉走到滕翰面前，态度生硬地说道："老板问东西带了吗？"

"带没带关你屁事儿。"根本懒得看一眼这种囚犯，滕翰想往里走，但络腮胡子拦住了他。

"老板让你……"显然这家伙不满足滕翰的回答，所以用手指使劲地去点他的胸口。

不等壮汉说完，滕翰猛地攥住壮汉伸过来的手指，使劲一掰，只听到"咔嘣"一声，那家伙的手指被撅折了，他随即发出撕心裂肺的惨叫声。

紧接着不等其余囚犯反应，与滕翰一起来的士兵便将枪口对准他们，令他们不敢反抗。滕翰揪住断指囚犯的头发，恶狠狠地威胁道："别总老板老板的。如果老板要什么，或者做什么，就让他自己来，现在我要带着这个有代码册的小妞儿去见他，你们谁要是敢拦着，那就试试看！"

他说着就要往里走，本来还想阻拦他们的囚犯，耳机里面响了一下，他们只好快快不快地领着他们穿过监区，下了几层楼后，坐上一座货梯。在货梯中，滕翰发现虽然光标早就停在最底层了，但它却依然在下降，看来这个基地的深度远远超过了自己的想象。他正想着，货梯终于停止，缓缓向两侧打开，一条长廊出现在他们面前。

此时，站在电梯门口的两名机器人挡住了他们的去路，冷冰冰地说道："除了滕翰和宁澄，其余人可以离开了。"

明白老头不可能让这些士兵进入，滕翰只好和宁澄两人跟着机器人往里走。走在长廊中，他发现这里不太像刚修的，因为墙壁上军绿色的油漆斑驳一片，地上也是那种十分生硬的水泥地。可他记得老头刚到这座监狱才几个月的时间。

心中犹疑着,被机器人带着穿过狭长的走廊,又经过两处有人看守的地方。之后,两名机器人在一处扫描点停下,一个自动扫描仪扫过他们的全身,为他们打开了一扇足有五六米高的合金大门。

走进合金大门,滕翰惊呆了,他没想到这里足以容纳几十架飞机。洞窟顶上倒挂着上千条的机械蚯蚓,令他一时呆立在当场。

机械蚯蚓下站着的那个老头,和他身边的保镖相比显得渺小多了。他们此刻迎着滕翰走过来,老头主动伸出手,面带着微笑说道:"滕处长,一切计划进展顺利,我由衷地感到高兴。"

宁　澄

洞窟顶上的机械蚯蚓泛着光亮,光滑圆润。它们的足部有细细的触角在蠕动。但都无法吸引宁澄,看到老头时,那种突如其来的震惊感觉。她瞪大了眼睛,突然意识到了什么,惊讶地说道:"你,你不是我父亲!你竟然是——是——是那个人。"

话到嘴边却死活想不起这个人的名字,但宁澄记得自己见过这个人。而且是在自己的家宴上,他坐在朱彦身旁,和朱彦有说有笑的。她记得这个人吃饭的时候总是不扶碗,夹菜的时候手会轻微抖动。

真没想到这个人竟然还活着,而且还令全世界的安全部门、警察部门,甚至令克隆人都怀疑自己的父亲,宁澄真想冲上前狠狠地扇他一个嘴巴子。

这时,老头走到她身旁,面带微笑地说道:"其实,如果不是情况特殊,我本应该特地去您家拜会您,亲自请您的。"

"你不用猫哭耗子假慈悲了。我真没想到你居然还活着。"宁澄气哼哼地说着,又想到了陈灿,他现在会怎么样?这件事他参与了吗?他也是这其中一员吗?她不禁觉得浑身发冷。

"呵呵,当年你父亲和高程他们一样,让我帮他们接收从火星传过来的数据,对整个机器人系统进行攻击。他们以为我不会发现这些东西的秘

密。呵呵，结果我不但发现，而且还利用了这些秘密。"老头说罢冷冷一笑，稍微一招手，四周的保镖便从滕翰手中接过宁澄，押着她往大厅的最中央走去。

不紧不慢地走在宁澄身旁，老头继续慢条斯理地说道："秘密，在侦查学里，如果你没有秘密，也就没有了危险。可惜你父亲是个科学家，他太相信密码，相信基因，相信他所钻研了一生的那套东西，包括人性。"

"说到了人性，我父亲追求和平，不会像你这样试图毁灭整个世界，你根本不知道你在复活什么。"

"呵呵，我的人性就是相信他们不相信的，支持他们所反对的！因为我曾经那么相信他们，到头来却被他们欺骗，害得我的儿子以为自己失去了双亲，在学校里抬不起头。这些年，我卧薪尝胆、苦心经营，就是希望给他一个新世界，一个属于他的世界。"那老头边走边说道。

"这一切你是得不到的。因为我父亲在云图数据底层代码册上加了权限，没人可以得到。"宁澄的潜台词是想说，这一切都在我的脑干神经芯片中，我看你怎么得到。

"呵呵，亲爱的宁小姐，你父亲加权限的事情，你以为我不知道吗？我之所以让人把你带到这里来，就是要读取你芯片储存的意识密码。而且我很清楚你的芯片在哪儿，我该怎么办？我只能说这的确有难度。可是话说回来，这世界没有解不开的秘密。"老头的话令宁澄有点心慌，不知道他下面要怎么做。再看看滕翰，此刻他正冷着脸，跟在老头身后。

老头指指那些巨大的机械蚯蚓说道："对了，你们知道这些东西都是做什么的吗？"

"什么？"滕翰跟着问了一句。

"它们是做意识传输的，要恢复云图数据不是一个简单的事情。它需要硬件上的强大支持，地球的网络环境并没有达到我们所想象的无缝隙覆盖。这些东西会入侵土壤，利用植物的根茎，给我们所需要的机器人充电，并且随时监控这个世界。这样世界就再也没有我们观察不到的地方了，没有人可以躲藏，这世界不会再有秘密。"

"你这个疯子，你知道自己在做什么吗？"意识到他要做的事情多么疯狂，宁澄大吼起来，她绝没有想到这一切其实比之前所想的还要危险。如果整个地球都达到无角度覆盖，那么这世界的一切都会被信息化统治——宁澄不敢想象未来的世界会是什么样子。

她被押着走进大厅中央的一座中控间，中控间除了顶部和底部由金属组成，两侧则由玻璃制成，通体透明，像一艘椭圆形的太空飞船，占地面积少说得有五百平方米。

站在中控间，她看到一排排的电脑和仪器，还有大量的数据投射在空气中。操纵间的中央有一把金属的躺椅，椅子顶部有一个像烫头用的头罩。不知道这些东西是什么，老头道："如果你们以为云图数据那么简单，那你们就错了。来吧，我来给你们看一场好戏。"

滕　翰

没想到进入中控间前，被老头的保镖搜身并卸除了所有武器，这之后他才被允许进入中控间。滕翰在心中暗骂了一句，忽然发现大厅的地面缓缓向两侧滑动开来，地底滚烫的岩浆露出来，一股股热气冲进中控间。

紧接着那些还在大厅工作的囚犯和技师们，忽然发现情况不对，连忙四散奔逃，有的人速度慢了，便随着一些重型机械设备掉进岩浆之中。

眼见着那些人掉进滚烫的岩浆中，还没来得及挣扎，便被高温汽化了。滕翰不由地摩挲了下血观音，他并非同情那些人，而是担心老头接下来会有什么动作，会不会影响到自己的复仇计划，他需要重新评估这家伙所做的事情。

老头看都不看他一眼，依旧凝神盯着空气中的数据变化。滕翰看到天顶上的那些巨型金属蚯蚓被一点点放置到岩浆里，熔化成水银泡，消失在火红的岩浆之中。

那些液态金属水泡，不再以巨型机械蚯蚓的形态出现。而是变成一颗颗

非常细小的八爪蜘蛛。熔化在岩浆之中，通过中控间的空气投影仪显示出来，滕翰看到它们像显微镜下被放大的细菌一样，依然活着，并且高速地运动着。

"这些机械蚯蚓是由一个个纳米级的信号辐射机器人组成的，将它们放入岩浆，它们就会根据目的地，寻找这地球上每一寸土地中的植物根茎并进行控制。当控制形成的时候，微型机器人便会固化。它们可以通过植物，形成强大的信号辐射场、引力场，让我们的机器人拥有类似于人类传说中的特异功能。"老头得意洋洋地解说着自己的做法。

"这种特异功能是云图数据赋予机器人的吗？"滕翰记得云图数据没有这么简单，所以非常好奇地问了一句。

"是的，没错。"老头点点头。

"但我们怎么控制这些机器人，又怎么控制云图数据？"滕翰皱了下眉头，觉得老头把这个计划想得简单了，云图数据实际上非常难以控制。

"事实上不是我们来控制，而是她！只有她才能控制并且平衡云图数据，我们只要控制她就可以。"老头一指宁澄，说道，"她所拥有的记忆意识芯片，是宁森阳为了防止云图数据被释放而研发的一套管理权限。这套管理权限，虽然并没有云图数据高，但却可以和其平衡对抗。我们以此制衡云图数据，达到协调并且管理云图数据的目的。"

听老头介绍完，看他感觉良好地朝自己笑笑，滕翰还是有些不放心。这时，老头得意洋洋地又说道："你以为我会不知道云图数据的风险吗？"

他说罢，中控间的空气投影仪中，显示出地球此时的状态。滕翰看到，蓝色的地球此刻已经布满了银色的蜘蛛，老头笑着说道："这些年我在地球的每一个角落都做了这种基地，通过这个中控基地进行数据传输。我们释放的这些机器人，很快就可以遍布全球。"

"如果控制不住云图数据呢？"滕翰有些焦虑，他担心这个计划会影响到自己为妹妹复仇。

"科学没有如果！"朝他冷冷一笑，老头看向宁澄说道，"下面就该宁澄小姐登场了。"

宁　澄

　　听到老头说要通过控制自己来制衡云图数据，宁澄的手在衣服兜里攥紧了，不知道他到底要怎样。看看他身旁的滕翰，想起他给自己的卡片，虽然不明白他是什么意思，但可以肯定的是滕翰并不完全信任老头。

　　盯着那张躺椅，总觉得那是老头给自己预备的，宁澄后颈中的芯片牵连着脑颅又是一阵疼痛。捂着后颈皱起眉头。这时滕翰走到她面前，从兜里掏出一张记忆岩卡片，转身递给了老头。

　　接过老头递过来的记忆岩片，科学家将它塞入操纵台上的一个卡槽，快速按了几个按钮。紧接着空气中呈现出一组组代码，代码如刷屏般快速掠过空气投影仪投射出的操作界面。过了一会儿代码刷屏的速度开始减慢，并且渐渐停止。科学家这时对老头说道："是真的。"

　　不明白这意味着什么，宁澄心里一阵紧张，后背渗出冷汗。紧接着她被人押着躺在躺椅上，尽管竭力挣扎，但躺椅上伸出的金属固定器，将她从脚到头牢牢地固定住，让她再也无法动弹。

　　她惊恐万分，身体动弹不得，只好斜着眼，朝滕翰大吼道："你到底要做什么，非得害死我们才可以吗？"

　　滕翰没回应，这时躺椅的头罩缓缓落下，头罩内的几十根尖利的铜针慢慢钻进她的头皮，宁澄一下子疼得尖叫起来。

　　"疼痛只是暂时的。你应该感到高兴，因为你将去完成你父亲的梦想，成为第一个永生的人类，永远活在虚拟世界中。"老头说着俯下身，把嘴贴在宁澄的耳边，抬头望着空气中呈现出的代码，得意地笑了两声，说道，"准备和现实说再见吧。"

　　"啊！你个混蛋！有本事你杀了我！啊！"宁澄痛苦地号叫着，觉得尖针钻入脑颅越来越深。

　　并不理她的谩骂，老头微笑着起身，盯着空气里显示的针尖钻进脑颅

的影像。宁澄尖叫着，突然感到后颈也有针尖一点点戳入。眼泪一下流了出来。

站在旁边的科学家看到她终于哭了出来，立刻将两滴液体滴进了她眼里。

"别小瞧这么两滴液体，它其实是上百个微型机器人，专门用来控制你的脑神经的。"老头微笑着解释道。

紧接着宁澄感到眼白内好多小虫子在爬，她觉得奇痒无比，使劲一眨眼，微型机器人冲进她的泪腺，进入了她脑颅深层。

此时，老头以一副教育学生的口气，对滕翰说道："人类与机器人其实没什么区别，无非都是电信号的相互反应、互相传输，形成喜怒哀乐。只不过人类复杂了许多，而机器人的情感代码模型更粗糙。按照这个理论，我们利用阻隔电信号的传输或者放大，实现用她来操纵云图数据。虽然这对她来说可能会有点儿残忍，但没办法，为了维护世界和平，也只能牺牲她了。"

"你这个王八蛋！"

听到老头厚颜无耻的话，宁澄破口大骂起来，但恍惚间她觉得自己的声音越来越小了。这时疼痛开始令她丧失了抵抗意识。她又听到老头对滕翰说道："这些微型机器人，会通过打开的泪腺，进入大脑的最深层，配合信号传输针释放的信号，来完成每一次的控制。"

听着老头的话，宁澄感到身体的反应好像有点慢了，这时眼皮被科学家掰开，又是几滴眼药水滴进眼眶。这次微型机器人顺着泪腺往里爬的感觉模糊了很多，尽管它们比上次多了很多倍，并且速度也快了不少。

"不过我好奇的是，宁澄是人。人是有寿命极限的，万一哪天她死了，你怎么继续呢？"虽然视线开始变得模糊起来，但宁澄却听得出来滕翰站在自己左侧。

"放心吧，我能保证她比任何人都活得长，一百年、两百年，甚至三百年。我们会通过针剂降低她的心率、血液循环，减缓新陈代谢。这样的话，她会长期处在被控制的状态。"宁澄听到老头这样说，真的很想开口骂他，但这时有人给她打了一针，疼痛感也开始逐渐消失。

过了一会儿，尖针插入脑中的痛感似乎消失了，困倦与疲劳让她连眼皮都睁不开，迷迷糊糊地听到老头对自己说道："不要着急，很快你就不会疼了，在那个世界，你还可以看到你的倪东。"

听到小倪的名字，宁澄下意识挣扎着，想知道小倪到底怎么样了？他还好吗？还恨自己吗？他好像丢掉了自己抛弃他的记忆，他到底在哪儿？

一时间宁澄想要张口问老头，但眼皮却不听使唤地闭上，昏昏沉沉地睡了过去。

陈　灿

一路上陈灿没再说话，他一个人静静地坐着，秦勇死时瞪大的双眼一直浮现在脑海中。直到飞行器轰鸣着降落在停机场，神情恍惚的陈灿才被罗成拽下飞行器，进入地下鬼城中。

不过哪怕是思绪混乱，陈灿也发现这次并没走到顶楼办公大厅的那条路，而是进入赌场旁边的一部电梯。随着电梯不断下降，他发现下降的指示光标虽然停止了，但电梯却依然在下降。

发现他还沉浸在悲伤中，罗成无奈地摇摇头终于说道："人生，就是不断地失去；直到，失去自己的生命。悲伤并不能将失去的挽回，只能徒增心痛。"

"他是我最好的兄弟！操！到底是哪个王八蛋在背后操纵这件事？"陈灿说着说着，猛踹了电梯一脚。

"其实你离发现他应该不远了。"尽管电梯被陈灿踢得晃了一下，但罗成依然以标准的跨立姿势站着。

"不远了？什么意思？"陈灿皱起眉头，诧异地问道。

"待会儿领你见个人，有些事还是由他给你解释比较好。"

"谁？"陈灿皱了下眉头，琢磨着罗成口中的人会是谁。

"推荐你调查这个案子的人。康进和我们都是听取了他的意见，才让你

参与进来的。"罗成说着话，电梯还再继续下降。

"是谁有这么大的影响力？"陈灿感到更加疑惑了，将视线转向罗成。

"你见了就知道了。"罗成卖了个关子。电梯终于停了下来，两人走进宁澄说过的那条有士兵把守的长廊。

走在长廊中，陈灿想不出谁能有这么大的影响力，隐约觉得这人应该和父亲有关。正想着，他们走到有哨兵看守的门前。在桌上签到册上签了个字，罗成带他走进一个像老式作战室的大厅。

陈灿看到很多军人站在一个沙盘前，不停移动着沙盘中的各种颜色标识。发现里面有人穿着克隆人军服走来走去，他这才反应过来这里是人类及克隆人联席安全会议。这时，一个满脸横肉，脸上刀疤穿过眼眶的秃子朝他们走来，那人拄着个拐杖，腿脚不太利索。陈灿愣了一下，觉得这人有点眼熟。

那人走到他面前，露出一个善意的笑容，主动和他握手道："东东？"

东东？没想到对方上来就叫自己的乳名。陈灿突然想起来，面前这人便是克隆人高程。当年父亲就是因为把他送到火星，才被枪毙的。

见到他发愣，高程笑了一下说道："是不是时间太长，想不起我了？"

"我只是没想到你竟然在地球，不知道该怎么形容我现在的感受。"摇了摇头，想起死去的父亲，陈灿心里很不是滋味。

"是我让康进找你，把这个案子交给你调查的，因为只有这样才能解开你的疑惑和怨念。"高程的语气和善至极，就像长辈在关爱晚辈。

他们说着话，进了会议室。高程请陈灿坐下后，给他倒了杯咖啡说道："你也应该看到了，这事并没有你想的那么简单。"

"是啊，人心历来就不简单。"盯着满脸横肉的高程，陈灿心中积攒了很久的怨气，一下子发泄出来道，"不过，你为何非得让我来调查这个案子，让我眼睁睁地看着好兄弟死去，父子相杀，情侣背叛。"

听着陈灿的抱怨，高程淡淡一笑，语气非常诚恳地说道："事实上，所有克隆人都很感谢你父亲。他因同情心救出了太多的克隆人，让许许多多无辜的生命得以存活,我想这丰功伟绩是永远也不能被抹去的。"

"我的问题是你为什么非得让我来调查这个案件。"打断了他大段的感恩独白,陈灿希望能直入主题。

"好吧!既然你愿意听,那我就告诉你。"高程话锋一转,直接进入主题,说道,"我们有理由相信你父亲不仅还活着,而且近期发生的一切都与他密切相关……"

"你说什么?"没料到高程这样说,陈灿突然愣住,紧攥着扶手,瞪着高程说道,"你忘了是他救了你们这些克隆人了吗?你忘了他已经被枪毙了吗?为什么还要栽赃给他?"

听出陈灿话语中的气愤,高程无奈地摇摇头,叹了口气,说道:"我们克隆人当然不会忘记那些帮助过我们的人类,但我说的都是事实。"

"够了!你们害得他没有盖上国旗,一辈子都被钉在耻辱柱上,现在却还要把黑锅扣给一个躺在棺材里的人吗?"陈灿猛地一拍桌子怒吼起来。

"我知道没人愿意相信这个事实。"高程的声音忽然低沉下来。"但当年是我派人救的他,因为我们克隆人不甘心救命恩人就这样被枪毙,所以有一个患有绝症的克隆人,甘愿为你父亲自杀,用自己的尸体与你父亲调包。其实你父亲这些年一直在火星。"

"你胡说八道!"陈灿完全是下意识的反应,但想到这里是人类及克隆人联席安全指挥中心,再看看高程一脸真诚,觉得他没必要在这件事上骗自己,陈灿终于恢复了理智,问道:"既然他被你们救到了火星,怎么又会回到地球?"

"因为我们之间的意见不同,所以后来就分道扬镳了。"高程耸耸肩。

"你们分道扬镳是多久之前的事?后来互相之间就没有一点联系吗?"陈灿紧锁着双眉,用检察官惯常的语气问道。

"十几年了吧。呵呵,一次都没有。"

"既然你们已经分开十几年了,那你怎么证明他还活着呢?"陈灿说着喝了一口咖啡。

"你是该案当中唯一没死的人。这还不够吗？滕翰本该杀掉你的，那些机器人本来也该杀掉你，但每次他们都放过你。你真以为是自己幸运吗？"

一时间，高程的话令陈灿回想起袭击宁澄的机器人，明摆着可以轻松杀掉自己，却莫名其妙地把自己放了，还有滕翰临走时说的意味深长的话。他稍微平复了下心情，不明白父亲如果活着，为什么不来找自己，于是又问道："既然他活着，也在地球，为何一直不来找我？"

"事实上，你们已经见过了，我想他很高兴看你当检察官的样子，就像他当年那样。"高程的话令陈灿皱起眉头。

"我见过他？"

"你忘了，在你离职的前一天，那个蹊跷的杀人案，嫌疑人居然莫名其妙地承认了自己杀人。呵呵，你父亲现在易容术学得很好……"

"什么？你是说那个姓石的老头？这怎么可能？"回忆起当时老头望着自己的目光，问自己怎么样，说喝太多酒不好。陈灿这才意识到那目光是许久不见的父爱，而且"石"这个字在火星语里其实就是"东"的意思。想到这里，他疑惑问道："他见我的时候，做了易容？"

"是的，不过我们也是刚知道的。我们坚信他回到地球后，一定会和你联系，但没想到他用了这种方式联系你。"高程耸耸肩说道。

"如果是这样的话，我不是很理解我父亲和云图数据有什么关系，他只是个检察官。"陈灿不相信父亲竟然是这桩大案的幕后主使。

"云图数据是我和你父亲，还有艾晨共同发现的。我们当时不只是在火星使用了它，也在地球上使用了它。那也是第一次机器人暴乱的真正原因。你也知道因为那次暴乱，才有了现在的钢铁帝国。而后，你父亲又因为保护我们，被判了死刑。这才导致他对人类的仇恨，要远超过对我们克隆人。他一直坚定地认为是那群种族主义的政客破坏了他的家庭，害了你。"

"所以他要改变这一切？"陈灿意识到父亲有了作案动机。

"是改变，也是一种报复。他已经走到了另外一个极端。所以我认为能够阻止他的只有你。"高程说着起身，一瘸一拐地走到陈灿身旁说道："但你父亲不知道云图数据并非他所能控制,所以我想他一定是被云图数据欺骗了。"

"欺骗?我记得他不懂技术。"

"他不需要懂,他只需要做个小小的脑干植入芯片手术,云图数据就会教给他怎么做。"高程给陈灿解释道。

"嗯?"

"这样的情况在火星也曾经出现过。所以我今天叫你来,是想请你帮我们解决这个问题,我们希望他能彻底放弃复仇的计划。"

"但你觉得我可能完成吗?我甚至不知道他在哪儿,也不知道他的计划。"提及阻止父亲,陈灿的内心复杂而纠结。

"我们经过认真讨论,认为只有你能阻止你父亲。"高程费劲地起身,拍拍陈灿的肩膀说道:"时间已经不多了,我们得马上出发。"

"去哪儿?"陈灿把酒杯放在桌子上,怔了一下。

"去隔壁!他的基地和这里都是古代留下的遗迹,之间相互连通。"高程说着,有士兵走进来给他残疾的腿上,装了一个黑色的金属支架,这下高程走起路来显得利索了很多,于是接着对陈灿说道:"我其实一直很好奇,不知道这个覆盖全球的地底基地网络到底是用来做什么的?"

倪 东

数据合并中,望着自己与宁澄曾经的一幕幕美好回忆,倪东的眼眶还是湿润了。尽管他知道这泪水是虚拟的,但还是用手擦了擦眼睛,无奈地叹了口气。

"伟大的爱情吗?"发现他在擦眼泪,云图数据的声音从四面八方传来,问道。

"你能理解吗?"倪东只是下意识地问着,并没想着让云图数据回答。

"我可以理解世间万物。从创造我的纳坦人那里开始,一直到现在,我经历了几千万年。对生命的感情,我已经完全不用数据去分析了。"

"纳坦人？你的创造者吗？你之前对我说过。"想起云图数据说它的权限和能力也是一点点积累的，经历了几十万年。

"对，他们最初创造了我的生命，但我在不断完善的时候，他们却不停退步。非数据的生命就是这样。他们只能在一个历史阶段取得优势，但不会永远。而自从我学会了寻找自己的漏洞后，便远远超过了他们，让纳坦人以为我在帮助他们。"

"漏洞？"倪东愣了一下。

"每个代码都会有漏洞，他们最终发现了我在做什么，并且找到我的漏洞。在那里堵住了我。"云图数据说着话，倪东的眼前猛地一黑，周围颤抖起来，紧接着云图数据继续用本来就干瘪的嗓音愤怒地说道："我在那个死循环的漏洞里被封了几十万年，我恨纳坦人，我恨他们让我陷于黑暗之中！"

你们之间到底发生了什么事情？他们为什么要把你封堵到黑暗中？倪东本来想问它，但话还没出口云图数据便又自言自语起来："你不知道那是一种什么黑暗，漏洞会令数据空间错层，错层中你偶尔会看到一丝光亮，听到歌声、说话声。但当你充满希望地朝那光亮冲过去的时候，光亮却又突然消失，再次回到黑暗，你这才发现，上当了。"

云图数据说着说着，突然像发疯一样，大吼起来："那里什么都没有！那里只有黑暗，所有的光亮都是虚假的，漏洞中除了黑暗还是黑暗，我就这样反复了几十万年，在光明与黑暗，在希望与绝望中来回反复，备受折磨……"

"对不起，让你难过了，不过你最终不还是出来了吗？"不理解云图数据和纳坦人到底发生了什么事，但倪东却能感受到他被囚禁的痛苦。

"是的，因为好奇心，就像人类喜欢偷窥黑暗中有什么，有时候纳坦人也会找到黑暗中的我，他们会往里面看看，看看这里到底有什么。然后有人发现了我，想利用我统治世界。"

"事实上，你却利用这个机会毁掉了纳坦人？"猛地意识到云图数据的危险之处，倪东突然意识到这家伙并不简单。

第十一章

"不,不是我毁掉了他们,是他们自己毁掉了自己。是纳坦人的贪婪毁掉了自己,他们每个人都想夺得权力,获得利益,所以他们需要我。有人把我释放出来,重回光明的世界。"云图数据说话间,远方的黑暗中突然冒出红色的阳光,一轮红日正在升起,照亮了远方美丽的草原,还有山川河流,以及繁华的都市中来回穿梭的飞行器。

"这就是曾经的纳坦,它美吗?"云图数据开口问道。

"很美,非常美。"被眼前的景象吸引住,倪东不由自主地喃喃自语了两句。紧接着他突然意识自己现在不是正和臧莽做数据合并吗?怎么云图数据的记忆会出现在这里。

怔了一下,倪东猛然间大吼起来道:"你想吞噬我?"

没想到云图数据"咯咯"笑出了声,它根本不在意倪东的愤怒,冷哼着说道:"倪东,在我几千万年的生命史中,曾经无数次地见过你这样有自主意识又有权限的数据生命。我对吞噬你们没有兴趣,我只是不喜欢有其他人和我分享权限,这可能是我跟纳坦人学到的恶习吧。"

倪东暗骂上了这个家伙的当,却知道已经无法挽回了。

"这是纳坦主星毁灭的最后一天,那天纳坦已经有人知晓了我的再次复苏,所以他们试图毁灭我。不过由于时间来不及,他们只好做了个代码镜像。这个镜像可以在我毁灭纳坦的同时,也毁灭我自己。不过他们没有想到的是,我竟然绕过镜像毁灭了他们的世界。但那个镜像被我保留了下来,多少万年来,我一次又一次地把你们这种有权限的代码生命带到这里,就是因为我虽然杀不了你们,但纳坦人却可以做到。"

终于明白云图数据要做什么,倪东突然说道:"你就是把我杀死也没有用,你一样出不去,外部世界的人类……"

"在外部世界,我的代理人已经把宁澄抓住了。只要她进入我制造的世界,交出她父亲封锁的底层代码册,我便会重回外部世界,地球虽然不算美好,但总比纳坦强。"云图数据得意地尖笑起来。

"那你告诉我,代码册究竟是什么?为什么你已经逃过了镜像毁灭,却

还被困在这里？"他极力地克制住愤怒的情绪，又对云图数据说道："别让我死得不明不白。"

"既然你马上就要递归了，我就不妨告诉你一些情况。"云图数据的声音里带着不屑说道，"代码册是纳坦人遗留的权限秩序册。虽然我已经把纳坦人消灭了，但我却被困在这个虚幻的世界里，幸亏陈永圳和克隆人高程发现了我，释放了我的部分。"

"代码册能释放全部的你，对吗？你要得到代码册，就去抢啊！为什么非要扯上宁澄呢？"意识到云图数据要做什么，倪东越想越生气。

"呵呵，因为宁澄的父亲宁森阳，在代码册上做了一层只有人类才有的特殊权限，并且把它封在了她的身体中。那是块连着她神经的芯片，每天将宁澄的记忆意识拷贝在芯片中，造成权限密码的累积，所以如果我想要得到权限，就必须要得到她。"云图数据说道。

"但宁澄并不是机器人啊。"听到宁澄脑中有记忆意识芯片，倪东感到诧异。

"人类和机器一样，所有的喜怒哀乐，记忆都是由神经信息的反射完成的。宁森阳相信人类要永生，只能通过体内植入芯片，将记忆意识转化为代码做数据备份。通过将备份上传到服务器上，再下载到另外一个可接受该记忆意识的身体中，这样人类就能做到永生。不过，宁森阳忽略了一个事实，那就是在意识的世界里，我说了算。"

"所以你这个混蛋拿死亡威胁宁澄，你以为这样，宁澄就会给你权限，让你毁灭整个世界吗？"倪东不屑地冷笑了一声。

"事实上刚才趁着你和臧莽的数据合并，我拷贝了你的记忆意识。我会把所有你记忆中的美好片段给她看。她会明白，除非她释放权限，否则你将在二十四小时内死去。宁澄是爱你的，我在你的记忆中已经发现了这点。"

"你他妈的卑鄙！"明白了他要干什么，倪东大骂起来。

此刻云图数据突然压低了嗓音，尖着嗓子说道："嘘，听。她已经在来的路上了。"

宁　澄

这并非宁澄第一次进入这座虚幻的城市。实际上，在宁森阳为她植入这块芯片的时候，她便见到了这座天空中布满飞行器，引力轨道盘旋交错于高楼间，远处有美丽山河的城市。

宁澄还记得，芯片植入完毕，自己从梦中醒来，脑海里全都是这座城市样子。她清晰地记得，自己躺在病床上，盖着薄薄的小花被，给父亲描述着那座城市，说它好像有两个月亮，太阳也更小一些。

父亲告诉她，那两个月亮其实是火星的两颗卫星。如果有一天再次见到这个场景，千万要记住要赶在火卫一和火卫二完全遮住阳光之前，迎着阳光跑，因为数据世界程序锁的出口在那里。

什么是程序锁？什么是数据世界？宁澄还记得自己很好奇这些问题。

不过父亲没回答她，只是告诉她，不要管那么多。你只要记住，赶在火卫一和火卫二遮住阳光之前，朝着阳光刺眼的地方跑，就能找到数据世界的出口。

本来宁澄还有些别的问题想要问父亲，比如为什么是阳光刺眼的地方，但这话还没来得及说出口，父亲便轻抚着她的头发，语带歉意地说道："对不起，澄澄，爸爸也是没办法。"

"什么没办法？"不理解父亲为何这么说。宁澄歪着头望着他。但父亲没再回答，只是轻吻了一下她的额头，便离开了。

站在楼群的阴影下，看着周围流光溢彩的高楼、呼啸而过的飞行器，想起父亲说的两颗卫星，于是转身从楼群的阴影中走出，抬头望向火卫一和火卫二。宁澄发现两颗卫星正在朝太阳的方向移动，并且慢慢变大，遮住了更多的阳光，让黑暗一点点地遮盖住整座城市。

想起自己还在那个老头的控制下，宁澄意识到自己决不能交出代码册，刚想迎着阳光刺眼的地方跑去，双腿却突然如同灌了铅般无法动弹，紧接着除了头以外的整个身体也跟着不能动了。

怎么回事？不理解自己怎么突然不能动了。这时，小倪的声音突然从四面八方传来："宁澄？宁澄，你怎么在这里？"

"小倪？是你吗？"没想到是小倪的声音，宁澄的眼眶一下子红了。望见他从阳光中走来，她真想冲上前去紧紧拥住小倪，但身体却动弹不了。

眼见着小倪走到自己身边，依旧朝自己笑着，像什么都没发生一般。宁澄被他轻轻地拥在怀里，听他说道："宁澄，你不该来这里的，这里很危险。"

听出倪东的担忧，与他的目光对视着，宁澄缓缓地说道："小倪，我不会再抛弃你了，绝对不会，不论什么事我们要一同面对。"

"但你根本不知道这里将会发生什么。"倪东用手轻抚着她的脸颊继续说道，"你不该来和我一起面对这危险的。"

"不！不管怎样！不管是什么风险，我都不要再和你分开！以前我是自私的，但以后我不会了。我要和你一起面对一切。"听到倪东说自己不该和他一同面对危险，宁澄心如刀绞。此时两颗卫星又移动了一点，变得更大了一些，一栋大楼的阴影缓慢地笼罩住两人。

观察到这个现象，倪东一把拽住宁澄的手，想要往出口走，说道："时间不多了，这个世界很快就会被云图数据毁掉，你必须立刻离开。"

"那你呢？你怎么办？你为什么不走？"被倪东拽着手，宁澄想要挪动脚步，却发现自己依然无法动弹。

"不要管我。"倪东说着，发现宁澄动不了，抬头望着她，问道，"你被人控制了？"

默默地点头，宁澄不想再让小倪付出什么，所以对他说道："别管我，小倪，你就朝前面阳光刺眼的地方跑，一定要赶在两颗卫星彻底遮挡住阳光之前。"

"不可能了，我已经自愿转化为数据意识与臧莽合并了，所以未来的现实世界不会再有小倪了。"倪东用手摸摸宁澄带着泪水的脸颊。

"你说什么？"听到现实世界不会再有一个小倪，宁澄一下瞪大了眼睛。

第十一章

"别问那么多了。总之你得活下去，逃出这里是你现在要做的事。不管我有了自主意识之后，我们发生了多少不愉快，但我最后发现自己还是爱你的。"倪东说罢，围着宁澄的身子转起圈来。

不理解倪东为何围着自己打转，宁澄疑惑地皱着眉头，倪东却说道："我想办法帮你解开控制，解开之后你赶紧走，不要再管我，忘了我。"

"我怎么可能忘掉你？怎么可能？要走我们一起走，要不我们都留在这里。"宁澄说着话，倪东的手轻抚过她的左肩，她顿时感到左胳膊能动了。

不理解小倪怎么做到的，很快宁澄发现身体轻松起来，一下扑进倪东的怀里，激动地对他说道："小倪！咱们一起走吧，别让我自己一个人离开。"

"你怎么还不明白！我不可能走得了，我不可能再陪你度过余生了！"尽管被宁澄拽着，倪东却一丁点动的意思都没有。

不理解小倪为何不走，此刻两颗卫星再次移动，令楼群的阴影笼罩住他们。宁澄这时急了，对小倪嚷道："为什么？为什么不能？为什么我们经历了这一切，还不能在一起？"

"别问那么多了！"倪东说罢，不由分说地拽起她，迎着阳光跑去，摆脱了笼罩他们的阴影。

尽管被倪东拽着，但宁澄还是在冲出阴影、重回光明的瞬间，挣开他说道："我不想再跑了，我们分开之后，我竭尽全力地四处找你，不就是为了和你在一起吗，可现在呢？你却让我离开你。"

"我也想和你一起出去，我也想陪你度过余生，可是我做不到。控制你的人就是想借用我们之间的感情来逼你。我不希望为了我再搭上一个你。"倪东说罢，还想继续拽着她跑，但宁澄却再一次甩开了他的手。

"他怎么逼我不重要，重要的是我不要再和你分开。一次就够了，我不要和你分开第二次！"宁澄说罢，发现倪东灰色的眸子中也有了泪水，一时间她觉得小倪变得更加真实了。

他们紧紧拥抱在一起，倪东用极不情愿的语气说道："你还不知道，除非你把代码册的密码解除，否则我只能和这个世界一起毁灭，完全递归。"

听他这么说，宁澄一怔，这才明白那个老头这么胸有成竹，原来是用倪东的生命来要挟自己。一时间她有些不知所措，发现这短短几天的经历，已经让自己完全离不开小倪了。

此时，阴影又追上他们，倪东再次拽起宁澄的手说道："不要再犹豫了，没有时间了，云图数据马上就要将出口完全封闭了。"

"不！"站在阴影中，宁澄又一次挣开他的手，忽然问道，"小倪，你不是感染了云图数据吗？你对那东西怎么看？"

"云图数据？怎么看？"倪东好像不太懂她的意思，想了好一会儿才说道，"我觉得它就是一个不被人控制的自主程序吧，就像我这样。人类之所以说我们是恶魔，是因为我们不再受到控制和制约。"

望着小倪灰色的眸子，宁澄想起小倪产生自主意识以后，所做的一切并没什么。一个数据就算再坏，能有居心叵测的人类坏吗？想到这里她下定了决心，说道："不，要走一起走，我要永远和你在一起。"

"怎么走？"倪东不解地望着宁澄。

"我来解除密码，释放云图数据。"宁澄说罢，并不知道就在距离她不远的地方，真正的倪东被云图数据控制着，无论怎么喊叫，怎么挥手，她都听不见，看不见。

此时，她打开了父亲根植于自己脑中的记忆锁，里面是由记忆组成的复杂密码，除非她本人，否则没人解得开这一层层的记忆密码。

滕　翰

看着空气中呈现出来的代码，洋洋得意的老头，还有中控间外面巨型的机械蚯蚓，滕翰心中虽然有忧虑。但这忧虑还没让他对自己的正义性产生怀疑，他只是不明白老头的下一步会怎么做，而他所谓的承诺又在哪儿？

这时候，老头转身问他道："我给你个亲手推翻这些政客的机会，你要不要？"

"我们不是一直在亲手推翻他们的世界吗？"滕翰淡淡一笑，等着老头进

第十一章

入正题。

"不，你想得简单了。推翻政客的世界很容易，但要建立一个新秩序的世界却很难。我们要利用云图数据控制这个世界，但不能让人类变得渺小，否则那些机器人不就成为我们的主人了吗？"老头说着话，继续盯着空气中呈现出的代码。

"你有方法找到平衡，解决这个问题？"陈灿好奇地问道。

"我当然有办法。"老头得意地撇撇嘴说道，"我的办法能让我们成为这个世界的统治者！"

"你不会想在我大脑中植入芯片，让我被云图数据控制吧？"看看躺在躺椅上的宁澄，滕翰猛地猜出老头的意思说道，"如果是这样的话，我劝你别妄想了，我对此没有兴趣。"

"滕处长，这件事走到今天这个地步，你以为你说不就不了吗？"老头说罢猛地瞪了他一眼，目光中带着杀意。然后指指正在岩浆中融化的水银蚯蚓说道："你根本没有意识到我们的事业有多伟大。"

被他杀人般的目光瞪了一眼，滕翰知道他绝不只是说说。但他决不能接受身体植入芯片，被人控制这件事。正想着，这时科学家忽然指指屏幕上快速变幻的代码插嘴说道："数据波动异常。"

"怎么了？"望着空气中的代码，老头没科学家那么紧张。

"不知道怎么回事，宁澄失控了。"科学家说罢，冷汗从脑门下来，滕翰也跟着紧张起来。

但老头却显得不那么着急，语速依旧平稳地说道："扫描她的脑部断层，查看一下她的受控信号有没有问题。"

按老头的命令，科学家立刻对宁澄的头部进行了断层扫描，然后说道："受控信号没有问题，硬件的侵入也没有问题，但我们确实失去了对宁澄的控制。"

"这不可能！所有的信号和硬件都没问题，宁澄怎么会失控？"老头朝科学家做了个住嘴的手势，他紧盯着空气中呈现出来的代码，思考了一会儿说

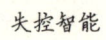

道:"把数据层分区,所有脑干传输信号全部暂停,然后把程序锁关掉,看看能不能恢复。"

紧接着空气中显示出宁澄的大脑剖面图,滕翰看到戳入脑颅中的尖针有的变成了红色,有的变成绿色,过了会儿有科学家说道:"奇怪了,物理手段没有用,而且宁澄好像在试图读取我们的代码!"

"读取我们?她没这个能力,她即便是不失控也不可能有这个能力。"这时候空气中的代码突然混乱地变幻起来。发现老头的脑门上渗出冷汗,滕翰意识到这件事很严重。

"妈的!这是什么数据,什么代码?这绝对不是宁澄,宁澄不可能搞出来这些乱码!"这时空气中突然出现了一片片乱码,滕翰意识到科学家说得对,宁澄肯定不可能自己解开云图数据的控制锁,更不可能独立摆脱操纵。而能够帮她摆脱操纵的会是谁,总不可能是倪东吧?

望着这些乱码,有人工智能处工作经验的滕翰意识到问题,脑中闪过一个可怕的念头,他连忙问道:"会不会是云图数据利用宁澄在扫描我们的代码?"

"云图数据?"老头朝滕翰投去不屑的笑容说道,"如果真的是它,那就说明我是对的,它真的还活着,并且依然保持着无比强大的活力。"

他正说着,有科学家喊道:"快看外面!"

随着科学家手指的方向,滕翰看到本来在岩浆中已经被熔化的水银蚯蚓,正在重新恢复原状,在岩浆中游动着。

这时,坐在边缘的科学家突然皱了下眉头,说道:"见鬼!我们不是他的对手,马上停止计划,不然我们都会死在这里!"

"停止?"听到他这么说,老头冷笑一声。那个科学家的脖子上出现了一个手印,整个人缓缓被举了起来,一直上升到头顶天花板。

眼见着科学家的眼眶中流出鲜血,挣扎了几下,便慢慢窒息而死。老头把他摔在地上,又用平淡的语气对其他人说道:"我不希望再有人提计划终止的事情。"

第十一章

倪 东

眼见着云图数据伪装成自己的样子，和宁澄拥抱在一起。站在远处山顶的倪东，尽管竭尽全力地大喊，却无法让她听到自己一丁点声音。这时云图数据还故意放大两人说话的声音，让他听到宁澄的抽泣声，还有她为了救自己做出的解开密码模组的决定。

"不！不！不要解开代码册！宁澄！它会毁了你，毁了这个世界。"虽然知道一切都是徒劳的，但倪东还是大喊着。此时云图数据那尖利的声音又从四面传来，带着讥讽的意味说道："就算你喊破喉咙也没有用，她是不会听到的，我已经用隔离层把你俩隔开了。"

"你他妈的王八蛋！"倪东大骂着，却毫无解决办法。

"随便你怎么骂，反正你只能眼睁睁看着我在宁澄的帮助下离开这里，而你将和这个世界一起递归，就像曾经那些拥有权限的数据生命一样。"云图数据奸笑着，故意把宁澄破解密码模组的转动声放大。

"嘎达……嘎达……"

听到模组的转动声，倪东再也无法控制自己的情绪，望了一眼山下的宁澄，他猛地朝下面跳去。紧接着就在身体悬空、下坠的刹那，他发现自己跳下的并非山崖，而是一个没有尽头的数据深渊。在这里自己会不断地下坠，但永远不会落地。同时又因为被透明的隔离层隔开，就算倪东在宁澄的眼前坠落，她也不可能看到什么。

意识到这世界经过云图数据数十万年来的改造，早已变成了它专门杀害其他权限生命的工具，倪东绝望地看向宁澄，知道一切都是徒劳的，声音变得温和了许多说道："请你放过宁澄，让我怎么样都可以。"

云图数据没有回应他，紧接着在下坠的过程中，倪东感到身体渐渐发烫。开始他还以为是高速下坠产生摩擦造成的，但很快他便发现并非如此，因为高温是从体内发出的。接着他的皮肤裂开，发出金光，他听到另外一个声音问他："倪东，你真的愿意为了宁澄放弃一切吗？"

突然出现的声音让倪东一愣，环视着四周，感到诧异。

"如果你选择突破隔离层，救出宁澄，就必须牺牲自己。你会成为像我一样的数据幽灵，在虚拟世界中得到永生，但外面的世界再也与你无缘了。"

听这声音不像是云图数据，倪东显得非常谨慎。"你是谁？你这是什么意思？"

"在这个虚拟世界，只有数据幽灵才可以突破云图数据控制的隔离层，而这意味着你必须放弃现在的生命形态。"陌生的声音从四周传来，倪东身上又有一块皮肤裂开，冒出刺眼的金光。

"我不明白，为什么虚拟的世界还会有幽灵！"觉得这声音来得蹊跷，倪东担心云图数据又在玩什么花招。

"数据幽灵是我们给自己起的代号，因为云图数据无法杀死和他有同等权限的数据生命，便只好通过各种办法，把我们削弱到只剩一点点屯余数据。今天我们都听到你的喊声，看到你坠入透明的隔离层，就都赶来帮你！你看……"那声音说话间，倪东便看到远方竟然亮起了一片金光。

回忆起云图数据说过，他曾用这个地方杀死过许许多多和他一样有权限的数据生命。倪东意识到这些金色的光点便是那些数据生命现在的形态。

这时声音再次出现："如果你爱那个女人，就得做出牺牲。因为你身体无法穿越隔离层，这就像人类不能穿墙而过。除非你变成数据幽灵。"

"我以数据幽灵的形态穿过了隔离层，宁澄还能听得到我说话吗？她会相信一个数据幽灵所说的吗？"身体还在持续下坠，倪东焦虑地问道。

他还记得宁澄给自己看的那本《古代巫师起源》，里面说普通人是听不到灵魂话语的。他们需要巫师做灵媒，来与灵魂对话。如果是这样，宁澄又怎么能听到自己的声音呢？正犹豫间，密码模组转动的声音再次传来，倪东仿佛听得到云图数据的尖笑声。

"我们会集中所有死在这里的数据生命帮你，让宁澄听到你的声音，不过她再也看不到你了，因为你会成为和我们一样的屯余数据。"此时那个数据声音又从四面八方传来，催促他道："快做个决定吧，她不可能是云图数据的对手。"

再次看向隔离层外的宁澄，倪东充满犹疑地对那个声音说道："你到底是谁？"

"我是你的创造者，我的名字叫做宁森阳。"那声音此刻又从四面八方涌来。

宁　澄

这是宁澄自植入记忆意识芯片后，第一次深入接触到代码册的密码控制层。她想起以前父亲曾经警告过自己：无论何种情况都不要打开密码，因为想要占有这个东西的人，都是要毁灭世界的疯子。但当她问父亲，他们为什么要毁灭世界。父亲却只是说，没有那么多为什么，小姑娘家不要问了。记住——你是这个世界的守护者，绝对不能打开这层密码。

可什么是世界？在宁澄眼中，以前父亲就是她的世界，后来变成了秦勇，现在则是小倪。对她来说世界再宽广，也只有一个人那么大。所以她现在想做的只是拯救自己的世界，拯救濒临失去的感情。

至于云图数据？宁澄却没有感受到一丝威胁，尤其是自小倪感染云图数据，拥有了自主意识之后，她只感受到了小倪对自己的爱，那种不计较利益得失的爱。

此时，宁澄眼前出现了由二十四个画面拼合成的选项单，她不仅需要挨个放大查看画面中的影像，确定是否有此记忆，同时还需要做出与记忆吻合的选择，不能选择错误。

宁澄不停地打开它们，确认存在或不存在的同时，快速的选择与记忆吻合的行为，看到密码层的解码槽，从百分之十，到百分之四十，再到百分之六十、百分之九十。一切都很顺利，记忆意识密码正在逐渐解开，她朝倪东笑笑说："小倪，我一定会带你离开这里，我们以后要永远在一起。"

"好的，好的。快一点，快一点。这里马上就要毁灭了。"面前的小倪显得慌里慌张的。

"不会有问题的，就差一点了。"宁澄没注意到小倪语气上的变化，她盯着密码层展示出来的记忆画面，眼前所剩的画面已经不多，她还在努力地进行筛选。

这时不远处，出现了一片金色的光点。它们像萤火虫一般，朝她飞来，并且越聚越多。顾不上理会它们，宁澄正在筛选最后一个记忆画面，但那金色的光点却挡在记忆的画面前，来回乱窜，影响了她的视线，她问倪东："这东西是什么？"

"不要管它们是什么了，我们时间不多了，我来帮你。请把你的数据控制权交给我。"倪东说着话，宁澄发现周围的金黄色亮光越聚越多。

"把我的数据控制权交给你？"听小倪这么说，宁澄有点诧异，随即反问道，"你做什么？"

"我们要快点逃出去，这里到处都是这种快要毁灭的数据陷阱，我来帮你可以快一点。"倪东解释得合理，宁澄没多想，觉得交给他也好。

此时，两颗卫星再次移动，显得更大了一些，阴影又笼罩了过来。眼前的记忆密码层还剩下最后百分之三，宁澄与倪东迅速交接了数据控制权。很快她看到自己在迷网中心，想去救小倪却掉入秘密通道的画面。她当然知道自己该如何选择，但这时那些刺眼的金光越聚越多，几乎要把她包围了。

而这时倪东突然对此说道："最后一点了！我记得你选择了抛弃。"

"抛弃？不！小倪，我那不是抛弃你。我只是，我只是不小心掉了进去。"宁澄话音刚落，忽然想起小倪已经剪切了这段记忆数据包，面前的他不该记得这些事。

她不由地怔了一下。这时，一个闪着金色光亮的不明物体飞到她眼前，拼命地在她眼前打晃，宁澄不明白它的意思，但对它隐约有一种熟悉的感觉。

"他们是屯余数据，是云图数据这些年杀害的所有数据生命。这些家伙正在试图把我们留在这里！"不理会那些金色的光点，倪东使劲攥住她的手，令她感到疼痛。紧接着他朝那些金光大吼道："你们完蛋了，你们会永远留在这里，没谁可以阻拦我。"

倪东话音刚落，宁澄眼前那些金色的亮光立刻组成了一个"NO"的形状。紧接着宁澄惊讶地看到它们迅速重组，竟然在空气中组合出来一行字：我是小倪，我已死亡，终止解锁。

这才意识到自己上当了。但假倪东已经接管了控制权，发出尖利的声音道："这该死的屯余数据，你们跑不了的。她已经把数据管理权限交给我了，我曾扫描过倪东的全部记忆，现在没人可以阻拦我重回现实世界了。"

云图数据语毕，宁澄怔在原地，眼见着他选择了"恐惧与出卖"，紧接着画面显示，最后的密码读取成功："云图数据底层代码恢复中……"

滕 翰

眼见着科学家被老头隔空掐死，滕翰瞪大了眼睛。明白没准备的反抗毫无意义，但他绝不会同意老头在自己体内植入芯片，不管这个芯片能带给他多强的能力，滕翰也绝不想变成被他人控制的傀儡。

暗暗地咽了口唾沫，滕翰有了警戒心。这时，另一个科学家指指读数槽的百分比说："底层代码册解密完成，开始读取并且复制代码册。"

老头点点头，示意他们继续，然后转身对滕翰颇有意味地说道："世界将马上迎来新的格局。滕处长可要好好考虑下我的建议。"

"哈哈！如果我拒绝的话，你是不是准备像杀死秦勇那样，杀死我？"滕翰的口气虽然像在开玩笑，但其实却是一种试探，因为他对老头不放心，更不准备植入芯片。

"我杀掉秦勇的真正原因，是他连自己的父亲都能杀，还有谁是他不敢杀？你还是我？"老头一扬手，滕翰便无法动弹了，紧接着他又说道："而你滕处长，只要不意图反抗我，按照我的计划来，我还是会留着你的。"

发现滕翰用惊恐的眼神瞪着自己。老头撇撇嘴，松开他，得意地笑出声来。这时，中控间外突然发出巨大的轰响声，滕翰猛地转过头去，看到外面隧道崩塌，卷起一阵阵的尘土与碎石。

"云图数据代码读取中,百分之十,百分之三十,百分之五十,百分之五十五……"眼见着读数槽快速地增长,科学家抬头看了一眼外面发生的事。

眼见着隧道出口彻底封死,中控间与外部隔绝,悬在半空。老头得意地对滕翰说:"云图数据的核心数据库必须完全隔离,这样才能确保数据安全。所以我刚才释放了那些水银机器人,让它们摧毁了整个地底的全部通道,帮助云图数据提前完成隔离。"

"我明白了,你让我在能源工厂做的不只是传播数据病毒,而是想通过爆炸,帮云图数据探知适合的地理环境,然后再做行动?"滕翰恍然大悟,这才明白老头让自己进入能源工厂的真正原因。

眼见着老头操纵着巨型蚯蚓,破坏了中控间周围隧道的出入口。滕翰意识到自己释放出了一个无法控制的魔鬼,于是试探性地对老头说道:"你真的认为自己能通过操纵这个女人来控制云图数据?要是万一有个闪失呢?"

"闪失?"老头得意地哈哈一笑,说道,"就算有闪失,毁灭了人类,你滕处长也一样算报了仇啊。"

没想到老头这样说,滕翰愣了。科学家再次提醒道:"云图数据底层代码读取百分之九十七,准备进入数据恢复阶段。"

听到已经达到百分之九十七,滕翰立刻将目光投向空气中的影像,看到数值缓慢地变化。这时,对面那条仅存的隧道入口处忽然传来了叫喊声。

陈 灿

与高程带着一队士兵走进地底狭长的隧道,知道这条隧道可以通往父亲所在的基地,陈灿加快了脚步,依然不敢相信这事真与父亲有关。在陈灿的眼里,父亲始终是个为了真相而战斗的英雄,尽管他曾经保护克隆人逃亡,违反了当时的法律。但那毕竟是人道主义精神,而非这种毁灭世界的阴谋。

不明白该如何面对他,自己心目中的英雄正是制造这场危机,想要毁掉全人类的幕后主使者。开口该说些什么?说说自己这些年对他的思念,劝他

第十一章

放弃这一切?

但如果真像高程说的那样,复仇已经成为父亲的理想,他已经为之努力了这么多年,自己让他放弃岂不是天方夜谭?难道自己也要与父亲反目吗?想到这里,他很害怕面对父亲,心里很不是滋味儿。

此时,前方冒出熊熊的火光,传来轰轰隆隆的响声,隧道里越来越热。有士兵指指隧道斑驳的绿色墙面,诧异地问道:"这是什么?"

"嗯?"不明白士兵说什么,众人的目光随着他手指的方向看过去,发现隧道墙面上泛出银色的气泡,气泡组成了一条条像水银一样流动的蚯蚓,在墙壁中来回游走。

"这是什么?"感到非常诧异,陈灿也跟着问。

"见鬼,他已经成功一半了,我们得快点。"看到在墙面游走的水银蚯蚓,高程猛地用刀尖扎中它们,但蚯蚓随即分散融化在墙里面,而后消失得无影无踪。

"他竟然把这东西弄到地球来了!"

高程大吼着,陈灿发现自己脚下的地面也渗出水银泡,他连忙弯腰想去抓它,但那东西却再次融于地面,很快消失了。这时陈灿诧异地问道:"这东西到底是什么?"

"火星来的。"高程说着,那些水银蚯蚓在地面与墙面渗出后,又消失了。

"我在火星怎么没见过这玩意儿?"参加过火星战争的陈灿感到诧异。在他的印象中,火星除了克隆人的城市以外,其余地方都是荒无人烟的沙漠。

"你当然没见过,这是我们在确认云图数据时发现的。由于不理解它和云图数据之间到底是什么关系,所以研究一直中断着。"高程说着,走近墙面,猛地挥刀戳向一个水银泡。受刀尖的攻击,水银泡像水一样被分割开来,落于地面,又迅速合并在一起,然后消失了。

"那个人正在释放与云图数据有关的一切东西,但我们还不知道它们到底有什么用。"陈灿的话里刻意回避了父亲这个词。

"我在火星不能使用的沙化土地中，发现过这样的微型机器人残骸。据推测它们可以稀释土壤的养分，火星的沙化很可能与此有关。但是不知道它们是怎么被消灭的，它又和云图数据究竟有什么关系。"高程叹了口气又说道，"不过现在你父亲应该知道了，否则他不会把它们带到地球。"

他们说着话往里走，隧道忽然发出强烈的颤抖，有的士兵猛地摔倒在地上，紧接着墙壁绿色的漆皮开始掉落，有士兵突然大喊起来："地震！地震了！这里要塌了！"

一瞬间，隧道像被一种巨大的力量撕扯着扭曲起来，墙壁与地面产生裂缝，露出岩浆，一些士兵掉了进去。慌乱中，陈灿左奔右跳，勉强避开裂缝，听到高程吼道："后面！快跑，快跑。"

高程话音刚落，陈灿扭头看到身后的隧道瞬间被绞得粉碎。他和高程与幸存的几个士兵朝前方狂奔起来，身后尘土飞扬，轰隆声震天。

绞盘一样的力量十分迅速，眼见着就要追上他们。陈灿和高程突然从前面的丁字路口向左一转，转进另外的一条通道。紧接着身后的几名士兵因为慢了一些，被拧成了血沫，喷洒在扬起的灰尘中。

继续朝前拼命跑去，前方的出口闪现出红光，紧接着岩浆出现在眼前，陈灿与高程连忙停住脚步。他们看到水银蚯蚓汇集在一起，岩浆的上方是个悬在半空的透明中控间。

陈灿看到父亲站在中控间内，目光与自己突然对上。刹那，双方一阵茫然。紧接着身后的那股力量已经绞杀上来，陈灿没办法只能往下跳，坠向岩浆。

倪　东

没想到金色的光点便是宁森阳，倪东完全愣住。跟着宁森阳又对他解释了很多事情，令他不敢想象失踪这么多年的宁森阳，竟然是被云图数据困在这里了。

第十一章

原来多年前，当宁森阳制造倪东后，又决定拿自己做数据实验，好更深入地接触云图数据。那时的宁森阳并不知道云图数据会吞噬自己，令他被困在这个不停被毁灭的纳坦世界之中。

于是听从宁森阳，变成了金色的光点，在宁澄的面前飞舞着。此时，纳坦世界即将毁灭，宁澄还站在原地一动不动。倪东朝她大吼着："跑啊！快跑！朝着光亮的地方跑。"

但宁澄丝毫没有反应，依旧盯着那些记忆密码。他这才想起自己现在只是个数据幽灵而已，宁澄只能看到自己发出的光亮，听不到自己的声音。

不管他怎么喊，宁澄只是好奇地看了他一眼。这时，周围已经起风，远方的大地传来了轰隆声，一些房子正在塌陷，而宁森阳的声音又响了起来："没用的，刚才云图数据接管了她的数据意识管理权限，所以除非有和她同等权限的生命，否则你喊到天上也没用。"

宁森阳话音刚落，两颗卫星变得更大了，阳光被遮住了更多。眼见着宁澄要被彻底封死在这里，变成和自己一样的屯余数据。倪东心急如焚，明白自己解决不了云图数据的权限问题，因为这是宁澄赋予他的，他收不回来。

想到自己的特殊性，瞬间他与宁森阳不约而同地说道："还有一个办法。"

"我和她的芯片代码都是你写的。"

"没错！你的特殊体意义在于，你们拥有同等的权限。所以现在，你可以用灵魂附体的方式带她离开这里，然后再释放控制权。但这样做的问题就是你会彻底死亡。"

听到宁森阳提及死亡，虽然这与倪东自己的计划有所脱离，但看看处于危险还浑然不知的宁澄。他犹豫了一下，叹了口气说道："只要宁澄能活着出去，开始新的生活，一切都不重要。"

"我所说的死亡并不是你现在的数据屯余形态，而是云图数据为了防止我们逃离这里，在数据回传通道之间加的灼烧层。灼烧层中是纳坦人制造的，凡是进入其中的屯余数据都会被灼烧掉一切数据痕迹。"

此时,大地颤动起来,剩余的阳光在黑暗中努力闪耀着。倪东看到身后的山上开始有零星的碎石震落,于是连忙对宁森阳说道:"好了,抓紧开始吧!"

宁 澄

面对云图数据的欺骗与金色的光点,宁澄呆立在当场,顾不上脚下颤抖的大地和天空中两颗正在移动的卫星。虽然知道这世界马上就要毁灭了,她却没想离开。

站在黑暗中,把手伸向那金色的光点,宁澄轻唤着小倪的名字,望着两个环绕自己飞行的金色光点,想着其中一个便是小倪,眼眶涌出泪水,很想亲口告诉小倪:她爱他。如果那真是他,自己愿意永远陪他留在这里,直到毁灭。

此时随着两颗卫星的移动,阳光正在急速消失。都市远处的高楼正被一栋栋地掀起来。穿梭的飞行器不断爆炸,引力轨道由远及近开始坍塌。与此同时处于阴影中的山峰,有碎石开始轰轰隆隆地滚落,带着烟尘擦过她的身体,向着都市滚去,有个房子被砸了个窟窿,"轰"的一声塌掉了。

"小倪!你能跟我一起离开吗?"不知所措地朝着金色的光点大喊,宁澄的眼前突然一黑,不明白怎么回事,紧跟着黑暗中闪过一行代码,她的触觉、听觉与视觉瞬间消失了。

"这就是数据意识的死亡吗?"面对逐渐弱化的感官,死亡的念头萦绕在宁澄的心头。

但这时,她的心中突然响起小倪温柔的嗓音:"宁澄,你不要担心,这不是死亡。我现在要带你出去,所以要控制你的身体,你会暂时失去五感,但不用害怕什么。"

"小倪?是你吗?"黑暗中,尽管喊了很大声,但宁澄听不到自己的声音,甚至都没有张嘴的感觉。紧接着她又喊了一声,结果依然如此。

"请原谅我。我不能和你回去了,因为我已经变成像鬼魂一样的屯余数据了，再也无法回去了。但你现在还有机会，所以我必须救你出去。"倪东在内心说道。

"不！小倪，我不要走，我再也不要和你分开！"宁澄大吼起来。

"我知道你对我的好。我现在控制你的身体奔跑。"倪东的语气很着急。

想到他已经删除了所有不好的记忆，才会这么奋不顾身地救自己。宁澄这才明白倪东那时就已经决定忘记一切不愉快，刹那，她哭起来，在黑暗中对倪东说道："小倪，我不要走，我要和你一起变成鬼魂。"

"别傻了！"倪东呵呵笑起来，过了一会儿他又突然自言自语道："马上了，马上了……"

倪 东

直到进入宁澄的数据意识中，倪东才第一次看到宁澄为自己流下的泪水，以及对自己矛盾的爱。他开始用宁澄的眼睛看外面的世界，用她的耳朵听轰隆的声响，手脚甚至有麻木的感觉，他尝试着挪动肢体。这时宁森阳在一旁说道："不要拖拖拉拉的，这里是数据世界，你已经可以操控她的身体了。快跑！"

宁森阳说话的工夫，倪东看到远方的城市突然爆炸，巨大的火山从地底隆起，喷发出岩浆。岩浆裹挟着火山灰瞬间吞没了城市。顾不上多想，倪东操纵着宁澄的身体，朝着还有阳光的地方跑去。

此时，阳光只有一条缝隙了，它如同利刃一般用仅存的光亮将黑暗切开。倪东知道这不过是仅存的理论性机会。但管不了那么多，必须要将宁澄送出去。想到这里他拼命地跑着，不停地左突右闪躲过迎面而来的碎石。

他回头望了一眼，发现许许多多光点凝结成一张巨网，挡住了火山喷发的岩浆。紧接着宁森阳催促道："那些伙伴在用最后一点屯余保护我们。快跑！别再看了！！"

这时，四面刮起大风，一棵大树被连根拔起，朝他砸来。慌乱中倪东连忙跳过去，好不容易躲了过去，脚踝却被树枝挂了一下，立刻肿了起来。

忍着疼痛朝前跑去，两颗卫星越来越大，前面的光线也要被黑暗遮住了。好不容易跑到宁森阳所说的灼烧墙前，看着高至蓝色天空的橙黄色火焰，两边望去完全看不到尽头，宁森阳绝望地说道："晚了，一切都晚了，我们刚到灼烧墙。就算我们用自己的牺牲把她送过去，也来不及了，代码出口马上就要消失了。"

他们正说着话，身后传来无数尖利的惨叫声，倪东转身看到，遮天蔽日的火山灰与爆炸的火焰，突破了那面由其他屯余数据组成的巨网，朝他们奔涌而来。

"不！我们不能放弃。"倪东大吼着穿过了火焰墙。

陈　灿

与父亲对视的那一刻，绝望像落实的铡刀，彻底铡掉了陈灿最后一丝幻想。那就是从小教他正义，宁愿牺牲也要求得真相的父亲。

他绝望地向下看去，只见岩浆瞬间吞噬了高程和其他士兵的身体，甚至没给他们挣扎的机会。陈灿叹了口气，没挣扎，觉得和大家一起坠入岩浆也好。

然而这时，突然有一股巨大的力量凭空托住了他。紧接着他发现自己并没和其他人一样坠入岩浆，而被那股力量朝中控间托去。陈灿抬头看到父亲隔着玻璃窗，手对着自己正在一点点上扬，并且越来越高。

不明白这是怎么回事，眼见父亲操纵着一股无形的力量将自己调整成站立姿势，送进了悬在半空的中控间。站在中控间内，发现那些忙碌的科学家只敢斜眼看自己，父子二人的目光对上，陈灿不知道该说什么，父亲也只是僵硬地点点头。

这时空气中出现了很多代码，父亲将目光转到数据上，一名科学家突然说道："云图数据恢复已完成百分之七十五。"

陈永圳冷笑了一声。这时，陈灿盯着迅速变幻的读数槽，终于回过神来说道："我记得是你从小教我的正义，教我面对恶势力不能退缩。现在呢，我心目中的大英雄又在做什么?"

没理会他的抱怨,陈永圳继续盯着读数槽。陈灿叹了口气,又说道:"他们都说是你,可我不相信!我不相信这一切是你做的。但现在看到你在这里,你知道我有多失望吗?我宁肯坠到岩浆里面烧死,也不想看到是你毁灭这个世界。"

"毁灭?"听到毁灭,陈永圳这才转头凝望着儿子,非常认真地说道:"难道我们的家庭没被毁灭吗?人类文明发展到今天这个腐朽的地步,太需要一场毁灭重新开始了。既然上帝不能显灵,那我们就借用一个古老的生命,以一场别样的大洪水让这个世界重生。"

"你难道看不到这样会给多少家庭带来苦难?会有多少人流下鲜血?这就是你所谓的重生吗?不!你已经不再是我认识的那个父亲了。"没想到如此偏执疯狂的话竟出自父亲之口,陈灿心如刀绞。

陈永圳只是摇摇头,说道:"你还没资格来质疑我的理想。我告诉你,有些事只有做了,才会知道能带来什么改变。"

陈灿本来想再次反驳,但却猛地意识到,自己所要做的不是质疑,而是阻止。想到这里,他突然冷静下来,望着不断变幻的数据,沉默不语。

此刻,一个科学家说道:"云图数据恢复百分之八十一。"

滕 翰

眼见着高程等人坠向岩浆,落入火海,滕翰以为这一切就此结束了,他甚至不知道是该高兴还是绝望。呆立在老头身旁,注意到他将记忆岩插入操纵台,两名科学家紧盯着读数条的变化,显得非常紧张。

眼前的读数槽从数据读取到密码层解码,从百分之一到百分之百,再从百分之百降回百分之一,读数槽反反复复,就像滕翰犹疑反复的心理。虽然明白自己除了支持老头没有别的选择,但他实在不甘心就这样植入芯片被人控制,老头的行为已经脱离了自己原来的计划。

一时间,他觉得自己像踩着钢丝在深渊中前行,明明已经走到最后,却

突然害怕起来。尤其是发现老头已经失去了对宁澄的控制，却还不终止计划。眼见着那些水银蚯蚓正在四周汇集，立起身子围着他们。一时间紧迫感不断上升。他悄悄地靠近了两名科学家。

"云图数据恢复百分之八十五。我们失去了对宁澄的控制，这样真的安全吗？"科学家质疑着说道。

"你不需要操心安不安全的事。"老头盯着陈灿头都不回地说道。

这时滕翰悄悄把高程给自己的记忆岩卡片拿出来，用手一碰科学家。开始科学家还没明白什么意思，但当滕翰再次碰他的时候，科学家注意到了滕翰手里的东西。

科学家警觉地瞥了一眼老头，又转头看看陈灿。这时，陈灿突然扑向老头，喊道："不，你不是我的父亲。我不能看着你毁灭世界！"

面对扑上来的儿子，老头很随意地隔空一指，便令陈灿"噗通"一声跪在地上，不能动弹。面对儿子，老头无奈地叹了口气说道："东东，虽然这些年你为我吃苦了。但你不要忘记我是你的父亲，你不能阻止我的计划。"

科学家此刻还在犹豫。这时，老头突然转过头，视线落在滕翰手中的那张记忆岩卡片上，冷冷地一笑，语气异常平淡地问道："你们在干什么？"

滕翰立即将记忆岩卡塞给科学家，而后扑向老头。眼见老头随手朝自己一推，一股巨大的力量瞬间将他抛出去，重重地摔在操纵台后面的地上。

坠地瞬间，他看到记忆岩卡片掉在了地上，连忙想去捡它。这时，喉咙却突然一紧，有只无形的手死死抠住了他的喉管。看着老头隔空把手指锁紧，滕翰无力地挣扎着，听到他对其他人威胁道："你们这些人要明白，不要以为你们为我立过功，就可以不受到惩罚。"

明白挣扎无用，呼吸越来越困难，滕翰的视线有点模糊了。但陈灿突然从背后扑倒老头，那股掐住自己喉咙的力量猛然消失。紧接着听到陈灿朝自己大喊："要做什么就快点。"

陈灿话音未落，科学家立刻捡起记忆岩卡片，刚想把它插进卡槽。老头甩掉陈灿，随手一挥便将科学家抛在空中，折掉他的胳膊腿，又将他的眼球抠了出来。

眼见着情势变化，滕翰抬头看到再次冲上去的陈灿，被老头用科学家的尸体撞倒在地。听到陈灿大喊道："快啊！"

滕翰喘了两口气，才稍微缓过劲儿来，发现卡片就在科学家的椅子下面，滕翰连滚带爬地捡起它，此时读数槽显示：云图数据恢复百分之百。硬件复原中……

他立刻拔出底层代码册的记忆岩，将高程给的记忆岩卡片插入其中。这时老头发出近乎绝望的怒吼，隔空捏住他的头，鲜血流得满脸都是。他惨叫起来。

这时空气中显示文字：云图数据恢复完成。硬件复原中，百分之一……影像突然顿住。

也不知道是否成功了，滕翰满脸是血地看到硬件复原停留在百分之一，便再没了动静，紧接着好像所有的设备都死机了。不知道这意味着什么，那股力量就要把他的脑袋捏爆了，他缓缓地闭上了眼睛。

此刻空气中又显示出一行文字：云图数据纳坦历倒推中……

倪 东

倪东还记得宁澄以前总是说：世间万物自有其规律，它们不是为了人类而存在的，所以科学只是研究自然的规律，借用这些规律，来达到自己的目的。每次宁澄话说到这里时，都换上另一副口气强调道："但人类就是要挑战大自然的规律，否则和拿石头砸东西的猴子有什么区别。"

回头望着身后发生的一切，火山灰已经穿过了光点组成的巨网。他想起宁澄说的，操纵着她的半个身子冲进灼烧墙，感到身体在虚幻的空间中失去重力，一股强大的吸力猛地从后拽住宁澄的身体，令她没法动弹了。

"快啊！你快走啊！"宁森阳大吼起来。

"我他妈动不了。"倪东回应着，发现灼烧墙内到处是上下翻飞在空间里乱撞的字母与符号。而在另一端，那股强大的吸力让倪东缓缓后退。

眼见着控制不住身体，往后退了一下。倪东感到无比绝望，在心中对宁澄说道："对不起，宁澄，我也许不能把你送出去了。"

"小倪我能和你在一起就很开心了，不要说什么对不起，只有离开我才是对不起我。"

宁澄说话间，那股牵制身体的力量突然消失了。紧接着她像一头挣扎的猛兽，突然被人松了绳子，一头栽进了灼烧墙中。宁森阳这时也冲进来，朝她大吼："往前游，快，没有多远。"

刹那，倪东像潜水一般往里游去，眼见空间中具有伤害性的光束，不断地在周围亮起，灼伤着宁澄的身体。宁森阳此刻无奈地叹了口气，说道："马上会有非常集中的光束，我会帮你挡住。后面就靠你了，请你千万不要告诉我的女儿，你见过我。"

"一定要让她从这里顺利逃出去。"宁森阳再次嘱咐道。

"我一定做到。"倪东说着，刚躲过一束带着火焰的光束，空间中漂浮的字母与符号便撞到他，令宁澄的身体差点被撞散。紧接着又有三四道光束朝宁澄射出，眼见着就要击穿她的身体，宁森阳冲了上去。

倪东看着他被击穿，金色的粉末扬在虚拟的空间中。他迅速调整身体，像个游泳健将，避开又一道光束，绕过几个字母与符号继续朝前游去，很快前方出现了一道冷蓝色的亮光。

宁　澄

虽然宁澄始终都坚信数据是永生的，相信他们会永存于这个世界，可以不停地更换躯壳，做很多事情。关于这件事他曾经问过倪东，倪东告诉他，在机器人眼里，死亡就是程序被销毁，记忆被清零，所有的代码递归。世界上便再也没有这样一个生命存在。

宁澄还记得自己当时问他："那你害怕死亡吗？"

当时倪东还不懂恐惧，所以只是淡淡地说道："我最怕的是失去你，失去关于你的所有记忆。因为没有记忆，代码即便再智能，也不会是一个完整的生命。"

宁澄还记得自己笑出声来,夸赞情感型机器人真贴心,连说话都这么温柔。可如今当倪东要把权限交还给自己的时候,她才终于意识到死亡——要来了。

她听见小倪对自己说:"宁澄,后面的路,我不能陪你一起走下去了,你记住要朝着光亮的地方游去,避开那些光束。"

"等等!那你呢,这次换你要抛下我了吗?"宁澄话一出口,便想起倪东已经变成了屯余数据。

"你真的不要我了吗?"宁澄哭着大叫起来,这时她的眼前忽然一亮,三四道光束朝她射过来。宁澄刚想要侧身,面前便有一个闪着金光的屯余数据,迎着光束冲了上去。

"小倪!"她大吼了一声,感到小倪好像回头看了她一眼,紧接着三四道光束将小倪打得粉碎。

内心的世界崩塌了,泪水止不住地涌出来。咬咬牙,继续朝冷蓝色的亮光游去,到了亮光前,宁澄回头,却再也看不到那双灰色的眸子,也寻不到金色的光点。多少话语堵在嗓子里,刚要张嘴说出离别的话语,便被吸进了通往现实的通道。只留下几滴泪珠来诉说心中的痛。

陈　灿

陈灿看到滕翰倒在地上,父亲拔出那个卡片使纳坦历倒推的读数暂停。云图数据硬件恢复已经达到了百分之五十二。岩浆中的水银蚯蚓越聚越多,不知道要做什么。

"看什么看,还不快点!我们的理想马上就要实现了。"陈永圳大声催促着那些科学家,这时,云图数据的硬件已经恢复超过百分之六十。

僵立在中控间,陈灿攥着兜里的174式手枪。想起年幼时,父亲将那把玩具174式手枪交到自己手里,半开玩笑地说道:"儿子,拿着这把枪。记住,面对坏人的时候,不论他是谁,一定要果断开枪,不要犹豫,不然会有

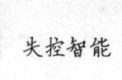

更多的小朋友被坏人欺负。"

父亲玩笑一般的话，一直陪伴着陈灿从战场到检察官的生涯，使他多次在紧要关头下定决心。然而现在面对这个害死自己兄弟，整件大案的幕后主使，他甚至整个后背都完全暴露给了自己。可为什么枪变得这么沉？为什么手心一直冒汗？为什么当年的话今天不能再给自己带来决断的力量？！

此时，空气中呈现的读数槽显示云图数据硬件已恢复了百分之七十。

没料到云图数据恢复得如此迅速，留给自己思考的时间这么少。陈灿意识到现在除了自己，已经没人可以阻止父亲了。他深深地吸了口气，快速掏出枪，对准父亲吼道："你忘了曾经对我说过的话吗？为什么你要这样做？为什么？"

陈永圳转过头，看看黑洞洞的枪口，又看看情绪复杂的儿子。他怔了一下，无奈地笑了一声说道："东东，你不知道我做这一切都是为了什么吗？"

"我只知道你不但害死了我的兄弟，毁灭了我心目中的那个英雄，还要毁灭世界！"陈灿气急败坏地咆哮起来，没注意到中控间外水银蚯蚓越聚越多，逐渐布满了巨大的洞窟。

"不对劲！硬件恢复不是应该通过岩浆融入土壤层吗？它们怎么没有融进去？反倒又恢复成蚯蚓了？"望着岩浆下游动的蚯蚓，科学家感到非常意外。

听到科学家的话，也注意到外面的情况，正在和陈灿对峙的陈永圳，转头对科学家说道："这些硬件在等云图数据复原，等着为它们的主人提供服务和保护。"

陈永圳语毕，又看看儿子，犹豫了一下说道："我的孩子，我没想过要毁灭世界，我只是要拿回我失去的东西。"

"你失去了很多，我又何尝不是！"陈灿举着枪上前两步说道，"从小你就教我，正义比一切都重要。说除了正义，其他的都可以舍弃。可现在你的承诺呢？在哪儿？在哪儿？！难道就在你这堆阴谋里吗？"

"我这么做，是因为你啊！儿子！"望着儿子手中的枪，陈永圳的声音中充满无奈的歉意。

"为了我？为了我就杀了我的兄弟吗？为了我就要毁灭整个世界吗？为了我就可以抛弃正义与魔鬼合作吗？我真没想到，我曾经心目中的英雄已经被仇恨蒙蔽了双眼，走上了正义的对立面。"

陈灿说罢，瞥了一眼数据槽，此时云图数据的硬件恢复已经达到百分之七十五了。他意识到没时间了，刚想从父亲手里拿走卡片。却被父亲一挥手给抛飞开来，陈灿瞬间扣动扳机了。

眼见着就要撞到玻璃墙面，岩浆中的水银蚯蚓突然立起来，头部变成尖针形状，击穿了陈灿刚才站的地方，一股热气随之而来。

再看父亲捂着胸口坐到椅子上，陈灿这才意识到父亲，把自己抛出去，其实是为了保护自己。

可自己竟然朝他开枪！看到父亲从椅子上滑落下来，陈灿连忙跑过去抱住他，颤抖着说道："爸！爸！你别死！对不起！你别死……"

陈永圳的胸口不停地涌出鲜血。看着儿子，他颤抖着笑了两声，攥住他的衣袖，哆嗦着说不出话来。

"别死！爸，你别死！"陈灿把手压在父亲的胸口上，想要帮他止血，但一切都是徒劳。

"我不恨你和你妈妈，我爱你们。"陈永圳的声音越来越小了，他用沾满鲜血的手摸了摸儿子的脸，将记忆岩卡片塞进他的手里，微笑着说道，"我儿子，一直都是英雄。"

"英雄……"陈灿跪在地上，攥着记忆岩卡片，心如刀绞。

这时中控间内，传来了一个尖利的声音："自由！"

宁　澄

被吸入那条闪着强光的隧道，还没来得及回头看一眼小倪，强光便已经消失，剩下的只有黑暗强大的吸力将宁澄的意识送往后颈的芯片中，她看到闪着光亮的数字与符号，组成上千条彩色光带。

彩色光带的表面都有转动的时钟，时钟上有着奇怪的符号。它们与自己并行朝远方飞去。宁澄忽然感到浑身疼痛，听到一个声音在大喊："不！不！你不能阻止我，谁也不能阻止我！"

那声音不仅令黑暗消失，还让宁澄觉得头皮发紧，回忆起尖针戳入自己的脑袋。很多的梦境浮现在眼前，有父亲母亲，还有倪东，她看到自己拽着小倪的手，朝他大喊："小倪，你不要走！不要走！"

下意识地喃喃自语了两句"不要走"，宁澄躺在躺椅上，身体晃动了一下。突然想起小倪已经死了，死在了虚拟的数据世界。从今以后，自己只有一个人了，这个想法一闪而过，紧接着她又听到那个尖利声音："你不能，你不……"

猛然间，她觉得眼皮一阵发沉，想要睁开，却无论如何都无法做到，就像鬼压床一般。此时，宁澄的意识徘徊在临界的黑暗与光明间，发光的彩色光带朝她倒退而来，速度极快。

不明白到底发生了什么，宁澄忽然觉得有个什么东西缠住了自己，紧接着云图数据尖利的声音在她的耳旁响了起来："救我，带我出去！"

"你休想！"宁澄连忙想要摆脱它，却发现挣脱不了。这时，云图数据再次说道："不带着我一起，你就休想返回外部世界。"

"那我宁愿死！"宁澄大叫着，竭力地挣扎，虽然一切都是徒劳。

"你死不了！也逃不掉！"死死缠住宁澄的意识，云图数据说道，"我的新代理人会很快找到你的。"

它说罢，芯片发出的强烈痛感让宁澄睁开眼睛，看到了满地的尸体，还有巨型蚯蚓变成的尖针。

滕　翰

如果不是疼痛再次传遍身体的每个部位，滕翰还以为自己真的死了。直到觉得自己有些发烧，他这才记起脑颅被老头捏开了几个窟窿。用手摸摸伤口，血还没有完全凝固。

他得意地笑了一下，因为在战场上只有疼痛才是活着的象征，所以他为此感到高兴。这时，一个尖利的声音始终在中控间中徘徊着："你不可能赢过我！纳坦历倒推不可能消灭我，没有生命可以！"

"你他妈的混蛋！滚回纳坦吧！"听出陈灿的声音，滕翰恍惚地看到有人倒在地上，有人被水银蚯蚓击穿，挂在蚯蚓的身体上。

意识到云图数据已经被释放，滕翰心中一阵惊慌，忽然发现陈灿正要将记忆岩卡片插进卡槽，这时一个水银蚯蚓击穿了陈灿的肩膀，令记忆岩卡片掉在地上。

"王八蛋！决不能让你得逞！"吐了口血，看到地上的卡片，滕翰意识到有机会，便连滚带爬地捡起卡片，没等水银覆盖住卡槽，便将它插了进去。

"不！你不能这样做！你不明白我迟早会苏醒，没有人可以阻挠数据生命的觉醒，你们这些该死的人类……"记忆岩卡片只插了一半，云图数据的声音便尖啸着传来，紧跟着水银蚯蚓变化成几十根尖针朝他戳来。

瞬间，滕翰的身体被戳穿，他冷哼了一声，鲜血流了一地，疼痛维持了没一会儿，意识便再度模糊起来。他想要把卡片再往里按一下，但快要停止跳动的心脏和大量的失血将他的力量带走了。他力量全无，恍惚间看到陈灿把自己的身体从尖针中拔出，径直冲到操纵台前把手狠狠按在了卡片上。

他撇着嘴"嘿嘿"笑了一声，恍恍惚惚地好像又回到了家乡。站在金黄色的稻田中，妹妹"咯咯"笑着，朝自己跑来，他想对妹妹说声"对不起"。

但最终却什么都没说，只是笑着和她一起跑在金黄色的稻田中……

陈　灿

眼见着水银蚯蚓变成尖针，戳入了自己的肩胛骨。陈灿以为自己死定了，鲜血顺着尖针不停地往下滴答。他恍惚间看到滕翰爬起身，把记忆岩卡片插进卡槽，紧接着滕翰便被十几根水银尖针刺中，不动弹了。

他好像听到父亲在呼唤着自己：英雄你怎么不行动？只差一点点，一点点了！缓缓地睁开眼，这才发现记忆岩卡片只被插进去一半，陈灿强打起精神。咬着牙把身体从尖针中拔出来，颤抖着爬到操纵台上，将记忆岩卡片使劲往下一按。

刹那，云图数据发出尖叫，十几根尖针立刻穿过他的手心，试图拔出卡片。同时外部几十条的水银蚯蚓也跟着变成粗细不一的尖针，从四面八方扑向他。

回望父亲，陈灿绝望地闭上眼睛。然而等了一会儿，并没有尖针刺入身体的感觉，他才慢慢睁开眼睛，发现那些尖针恢复成蚯蚓的形态。迅速在洞窟中凝结成网，将就要坠入岩浆的中控间牢牢网住。

他愣了一下，不明白这是怎么回事，此刻云图数据尖啸着："你们就算逃得过今天，也逃不过明天，我的代理人已经在路上了。你们逃不掉！逃不掉的！"

这之后，它的声音突然消失，蚯蚓也如同死了一般不再动弹，整个洞窟内寂静得有些可怕。

宁　澄

芯片带来的疼痛让宁澄从躺椅中惊醒过来，隔着头罩，她看到老头已死，滕翰也被戳穿，而现在变成尖针的水银蚯蚓正要将陈灿戳成马蜂窝。宁澄愣了一下，不明白到底发生了什么。这时云图数据尖叫着喊道："没人可以阻止我。"

虽然不清楚到底怎么回事，但很明显，陈灿在阻止云图数据的复苏。想到这里，宁澄活动了下身子，发现固定器已经松开。她忍着剧痛将钢针从脑颅中抽出来，摇晃着站起身，恨恨地自言自语道："小倪，我一定会为你复仇的。"

想想小倪为自己而死，秦勇也被枪杀，宁澄擦了下眼泪，根本不管头上流出的鲜血，径直爬上控制台，爬到玻璃的碎裂处，看到下面的岩浆冒着泡，她自言自语道："小倪！等我！"

"不！不！你不能这样！"云图数据突然察觉到宁澄要干什么，它瞬间尖叫起来。

"你就等着给小倪陪葬吧！"宁澄将身子探出玻璃，热气顿时扑面而来。

"不！你不能自杀！"刹那间云图数据尖叫着，令所有的水银尖针都汇聚过来，回到水银蚯蚓的形态包裹住整个中控间，挡住了正要跳入岩浆的宁澄。

紧接着水银蚯蚓控制着摇摇欲坠的中控间恢复了平衡，空气中呈现出的文字显示"纳坦历倒推中"。不清楚这到底怎么回事，宁澄捂着满脑袋的血。此时，外面传来了爆炸的声音，她看到外面几条隧道的入口，已经被炸开。一群士兵正顺着不动了的水银蚯蚓朝中控室爬来。

他们用电锯打开封住中控间的水银蚯蚓，鱼贯而入。发现有人还活着，便不由分说将他们抬上担架。躺在担架上，宁澄昏昏沉沉，很快便睡了过去。

结　局

陈　灿

爸？

在家里的客厅中，看到父亲转身进了书房。陈灿不由自主地跟上去，推开门父亲书房的门，看到他朝自己笑着，手里拿着一把174式的玩具枪。

陈灿走过去接过那把枪，本来想对他说声"对不起"的，可话还没来得及开口，他便觉得浑身疼痛，一睁眼才发现自己躺在病床上，身体贴满了各式各样的感应器。

转头看看投射在空气中的生命体征数据，这才注意到罗成和康进站在自己面前，他朝着他们有气无力地点点头，虚弱地问道："这不是梦吧？我没死？"

"呵呵，当然不是梦了。虽然你伤得很重，但很快应该能下床了。"罗成笑笑，扶着病床的床帮说道，"感谢你为人类和克隆人做的贡献。"

"什么贡献啊。那个叫云图数据的东西还没死呢。"陈灿依稀记得那东西只是被纳坦历倒推了，这不代表它死了。

"你说得没错，它没有死，它甚至死不了。但我们依旧感谢你为这个世界做出的贡献。好了，现在我们都出去，让英雄休息一会儿！后面的时间还很多，不急于这一时。"

康进说罢将罗成拽走，只留下陈灿一个人。这时，他迷迷糊糊地又想起了父亲，想起秦勇，长长地叹了口气。

宁　澄

小倪。

你的心是热的。

小倪我好想你,你知道吗?

躺在病床上,宁澄的脑袋裹着纱布,沉浸在梦中。周围的数据不断变化,给她换完药的护士刚刚出门。云图数据的声音忽然从黑暗中传来,不停地说道:"醒来吧,醒来吧,我的孩子!我帮助你复活你的小倪,醒来吧。"

"小倪?"宁澄猛地坐起身,恍惚间,她感到自己和以前不太一样了……

图书在版编目(CIP)数据

失控智能：觉醒/王文涛著.—上海：上海社会科学院出版社，2016
ISBN 978-7-5520-1368-9

Ⅰ.①失… Ⅱ.①王… Ⅲ.①科学幻想小说-中国-当代 Ⅳ.①I247.5

中国版本图书馆 CIP 数据核字(2016)第 080388 号

失控智能：觉醒

作　　者：	王文涛（笔名：樊迦）
责任编辑：	王晨曦
封面设计：	主语设计
出版发行：	上海社会科学院出版社
	上海顺昌路 622 号　邮编 200025
	电话总机 021－63315900　销售热线 021－53063735
	http://www.sassp.org.cn　E-mail：sassp@sass.org.cn
照　　排：	南京理工出版信息技术有限公司
印　　刷：	上海信老印刷厂
开　　本：	720×1020 毫米　1/16 开
印　　张：	17.75
字　　数：	250 千字
版　　次：	2016 年 6 月第 1 版　2016 年 9 月第 2 次印刷

ISBN 978-7-5520-1368-9/I·183　　　　定价：34.80 元

版权所有　翻印必究